CB042925

Kimberly Knight

USE-ME

Traduzido por Martinha Fagundes

2ª Edição

2022

Direção Editorial: Anastacia Cabo
Gerente Editorial: Solange Arten
Preparação de texto: Cristiane Saavedra
Tradução e revisão: Martinha Fagundes - CS Edições
Arte de Capa: Ok Creations
Diagramação: Carol Dias
Ícones de diagramação: flatart_icons e Freepik/Flaticon

Este livro segue as regras da Nova Ortografia da Língua Portuguesa.

DADOS INTERNACIONAIS DE CATALOGAÇÃO NA PUBLICAÇÃO (CIP)
BIANCA DE MAGALHÃES SILVEIRA - CRB /7 6333

K69

Knight, Kimberly
Use-me / Kimberly Knight ; Tradução Martinha Fagundes. – Rio de Janeiro: The Gift Box, 2019.
268p. 16x23cm.

Título original em inglês: Use me
ISBN 978-65-5048-004-2

1. Literatura americana. 2. Romance. I. Fagundes, Martinha. II. Título.

CDD: 810

Para Jeremy Roenick: se, por acaso, você já leu este livro, espero que não se importe com o seu papel. Você é um dos melhores para mim e ainda me lembro do seu 500º gol, quando jogava em uma das melhores equipes de hóquei. Obrigada.

PRÓLOGO

RHYS

Quatorze anos de idade

O Ensino Médio é uma merda.

Na verdade, ser calouro é uma merda. Meus pais sempre me disseram que os melhores anos da minha vida seriam no Ensino Médio, mas não sabia quando isso aconteceria, porque nesse exato momento, eu o odiava.

Parei de pé em frente ao meu armário e peguei os livros para a quinta aula, quando o vi. Ele estava atravessando as portas duplas no final do corredor e não estava sozinho. Ele nunca estava sozinho. Não sabia por que as pessoas queriam ser amigas dele. Talvez fosse porque todos tivessem medo *dele.*

Eu tinha.

O idiota era veterano, e tudo o que fazia era aterrorizar os calouros. Jogávamos hóquei no time da escola, e nos treinos, ele podia – *e fazia* – de tudo para me jogar contra as muretas do jeito que quisesse. E também falava todos os tipos de merdas. Não importava com quem estivéssemos ou se nunca fizéssemos qualquer coisa a ele. Sentia prazer em ser babaca com todo mundo, e mesmo longe dos treinos, parecia que eu era sempre o que levava a pior, ainda mais porque o treinador me fez iniciar o último jogo, e não ele.

Eu estava cansado de ser empurrado, cuspido e tomar rasteiras. Então todos os dias após o treino, eu usava os pesos do meu pai na garagem, esperando ganhar massa muscular para que pudesse acabar com a raça *dele.* Tudo o que eu queria era que ele me deixasse em paz para poder rir com meus amigos nos corredores e no *campus.* Ser um estudante normal do Ensino Médio. Eu não queria ter que fugir com medo porque um imbecil achava que podia me usar de saco de pancadas como atividade extracurricular.

E, infelizmente, ainda tínhamos meses até ele se formar.

Enfiei na mochila os livros que precisava para o resto do dia na aula e para casa, na esperança de fugir antes que *ele* me visse. Assim que saí pelas portas no lado oposto do corredor, eu o ouvi.

— Ei, bichinha!

Não parei.

— Cole! — ele gritou atrás de mim. — Aww, o bebê está correndo pra casa, para a mamãezinha.

O grupo de garotos com quem ele estava riu de mim, mas não me virei, nem parei. Talvez se ele pensasse que não o ouvi, me deixaria em paz.

Ouvi passos correndo na neve, e antes de perceber, minha mochila caiu no chão. Eu girei para pegá-la, tentando não olhar para ele, mas a raiva me venceu. Eu o encarei. Naquele momento, finalmente enfrentaria aquele idiota. Não me importava se ele e os amigos dele acabassem comigo. Eu estava farto. Mas antes que eu pudesse pronunciar uma palavra, parei.

Ele estava segurando uma faca.

Olhei para a mochila no chão e percebi que as alças tinham sido cortadas. Foi assim que ela tinha sido arrancada dos meus ombros. Quando comecei a levantar, ele me empurrou e caí esparramado na neve.

Ele chutou a neve na minha cara.

— Você acha que é um jogador de hóquei grande e malvado que pode chegar à *minha* escola e assumir a *minha* posição, bichinha? Você não é merda nenhuma. — A neve na qual eu estava sentado começou a molhar meu jeans. — É melhor torcer pra eu não te encontrar fora do *campus*, porque você não conseguirá andar depois que eu te der uma surra e acabar com você. Tome cuidado. Vou te pegar uma hora ou outra. — Ele chutou a neve na minha direção uma última vez antes de se afastar, junto com seus fiéis seguidores.

As gargalhadas continuaram enquanto o grupo de meninos atravessava a porta pela qual tentei escapar. Eu já estava ansioso para chegar em casa. Ia levantar o dobro de peso para poder encorpar mais rapidamente. Ele se arrependeria de um dia ter me ameaçado.

Um dia, quando eu acabasse com a raça dele.

CAPÍTULO 1

ASHTYN

Dias de hoje

— Eu sou Ashtyn Valor. Obrigada por assistir. Tenha uma boa-noite, Chicago.

Dei um breve aceno enquanto sorria calorosamente e desenhava um coração no papel ao lado, como se estivesse escrevendo algo importante, enquanto esperava o sinal de que não estávamos mais transmitindo.

— E... estamos fora do ar. — As pessoas começaram a se mover quando a transmissão ao vivo terminou.

Meu estúdio de notícias era um pouco diferente das emissoras locais de padrões de telejornais. Normalmente, as salas de redação tinham os mesmos âncoras que transmitiam o noticiário das cinco, seis e dez horas, mas nós tínhamos apenas as transmissões das notícias das cinco horas e uma às dez, e cada horário tinha um apresentador diferente.

Depois de ter recebido meu mestrado em jornalismo, trabalhei até conseguir ser promovida a âncora do telejornal noturno. Para falar a verdade, eu queria mesmo era, além de apresentar o noticiário da noite, fazer o das cinco horas. Se bem que trabalhar nesse horário tinha suas vantagens, pois nos dois últimos anos trabalhar à noite me dava tempo suficiente para fazer tarefas domésticas e outros compromissos, antes de ter que fazer uma apresentação às quatro da tarde, além de também dar certo com os horários do meu namorado. Corey era controlador noturno de tráfego aéreo em O'Hare, apesar de que eu trabalhava de segunda a sexta-feira e a programação dele mudava o tempo todo. Não importava. Nós conseguimos conciliar.

— Vejo você amanhã — eu disse a Mitch, meu co-âncora, quando retirei o microfone da lapela.

— Tenha uma boa-noite — respondeu Mitch.

Levantei e me preparei para sair da sala.

— Suas flores semanais chegaram.

Abby, a amiga mais próxima que eu tinha na emissora, sorriu quando nos cruzamos. Nós éramos totalmente o oposto da outra no quesito aparência, mas tínhamos a mesma personalidade. Eu era loira; ela, morena. Eu tinha olhos verdes; ela, castanhos. Também era alguns centímetros mais alta do que ela.

— Se pelo menos fossem do meu namorado — murmurei e continuei caminhando em direção à minha mesa. Eu vinha recebendo essas flores de um admirador secreto há pelo menos um ano. Adorava recebê-las porque alegrava meu espaço de trabalho. Eu só desejava que fossem do meu namorado, o qual estávamos juntos há dez meses.

Avistei as rosas vermelhas ao me aproximar da mesa. Sempre vinham acompanhadas de um bilhete do tal Admirador Secreto. A primeira tinha sido:

> *Prezada Senhorita Valor,*
> *Você estava bonita esta noite.*
> *AS*

Os bilhetes lentamente progrediram para o uso do meu primeiro nome:

> *Querida Ashtyn,*
> *Você é a mulher mais bonita do mundo.*
> *AS*

E o da semana passada foi meio assustador:

> *Querida Ashtyn,*
> *É em você que eu penso quando alguém me pergunta o que está em minha mente.*
> *AS*

Tirei o pequeno cartão que estava saindo do buquê dessa noite.

> Querida Ashtyn,
> Você pensa em mim tanto quanto penso em você?
> AS

Deduzi que AS representava Admirador Secreto. Fazia sentido para mim. Peguei o cartão desta semana, joguei no lixo, peguei a bolsa e fui para casa.

Alguns dias depois, Corey ia, finalmente, conhecer minha melhor amiga, Jaime.

Ela e eu éramos amigas desde o Ensino Médio e, com nossas vidas loucas, raramente nos víamos desde que comecei a namorar o Corey. Era difícil nos encontrarmos porque eu trabalhava tarde da noite e passava os finais de semana com Corey quando ele não estava trabalhando. Mas esta noite, *finalmente*, nós teríamos um encontro duplo.

O tempo estava começando a ficar um pouco frio à noite, então eu vesti jeans, uma blusa floral rosa e preta e saltos. Arrumei meu longo cabelo loiro em um rabo de cavalo alto, e coloquei um conjunto de colar e brincos de prata.

Saí do meu quarto, pronta para ir, e vi Corey sentado no sofá assistindo TV.

— Pronto?

Ele suspirou e pegou o controle remoto para desligar a televisão.

— Acho que sim.

Parei de caminhar em direção à porta.

— Você não quer ir?

— Eu só não vejo porque precisamos jantar com seus amigos.

Estaquei, olhando em seus olhos castanhos.

— O que você quer dizer com isso?

— Que fico feliz por sermos apenas nós.

— Eu não vejo minha amiga há meses.

— Foi por isso que eu concordei em ir. — Ele alisou os cabelos loiros e agarrou sua jaqueta preta, encolhendo os ombros.

— O que há de errado com meus amigos?

Nunca conheci os amigos dele e sempre que eu sugeria que fizéssemos algo com meus, ele, convenientemente, tinha que trabalhar.

— Não tem nada de errado. Eu apenas não entendo porque você quer sair com eles.

— Tá brincando, né?

— Por quê? — Ele abriu a porta. — Eu preferia ficar em casa e assistir ao jogo.

Durante a temporada de beisebol, era difícil tirar o Corey de perto da TV porque, atualmente, os *Cubs* estavam em uma boa fase. Pensei que essa fase acabaria quando a temporada chegasse ao fim, mas aí começou a do hóquei, que parecia ser um novo vício para ele. Eu tinha que admitir, que por morarmos em Chicago, hóquei era um esporte aclamado na cidade, mas Corey nunca perdia um jogo.

Eu não tinha problemas com esportes. Na verdade, precisava saber o básico por conta do trabalho. O meu problema era isso ser prioridade para o Corey e não eu. Aos sábados, quando os *Cubs* tinham jogos diurnos, Corey me levava para jantar. Esses eram os momentos que eu mais ansiava. Mas agora, ele estava sendo um idiota sobre sair para jantar e conhecer meus amigos.

— Tá bom. Esquece. — Dei-lhe as costas e comecei a caminhar de volta ao meu quarto para trocar de roupa. Eu tinha dado alguns passos quando ele falou:

— Não, espere. Me desculpe. Eu vou. Você vai vestida assim?

Mas. Que. Porra? Lentamente me virei para encará-lo.

— Vou.

— Você não acha que mostra muita pele?

— Estou vestindo jeans. — Franzi as sobrancelhas.

— Estou falando dos ombros.

— Você só pode estar de brincadeira.

— Eu só não quero que as pessoas olhem para o que é meu.

Ri sarcasticamente.

— São apenas ombros!

O rosto de Corey começou a enrubescer, e então ele respirou fundo.

— Tudo bem, mas pegue uma jaqueta.

— Se vai te fazer sentir melhor... — chiei enquanto pegava minha jaqueta de couro. Eu já estava planejando usá-la de qualquer maneira, já que o clima estava fresco.

Não conversamos enquanto ele dirigia até o restaurante. Nunca tinha ouvido falar de alguém que não quisesse encontrar os amigos da própria namorada. Talvez depois de conhecê-los e não terem se dado bem, sim, mas não de antemão. Apesar disso, quando entramos no restaurante, coloquei um sorriso no rosto. Assim que vi a Jaime, corremos para um abraço.

— Como vai? — Dei um passo atrás e olhei para o corpo magro dela. — Você está maravilhosa!

— Obrigada. — Jaime sorriu. Seus olhos castanhos refletiam as luzes decorativas brancas que pendiam ao redor da decoração do salão. Ela jogou o cabelo loiro atrás do ombro. — Você também.

Eu me virei para o marido dela. Ele tinha cabelo preto curto e olhos azuis cristalinos que pareciam quase exóticos. Jaime fez uma *boa* escolha. Dei-lhe um abraço.

— É bom ver você, Chase.

— Você também, Ashtyn — disse ele.

— Corey, essa é minha melhor amiga, Jaime, e o marido, Chase. Gente, este é Corey.

Os três se cumprimentaram com apertos de mãos. Esperamos mais alguns minutos para nos sentarmos à mesa. Corey e Chase falaram sobre esportes, enquanto eu e Jaime fofocamos sobre tudo e qualquer coisa. A comida estava deliciosa e tudo ia bem até a conta chegar.

— Já que a ideia desse encontro foi da Ashtyn, acho justo que ela pague, não é? — Corey riu.

Olhei para ele, mas rapidamente sorri e concordei para não gerar um mal-estar. Chase tentou oferecer para pagar, mas recusei. Corey estava certo. A ideia *foi* minha e, por mim tudo bem em pagar, afinal, eu ganhava o suficiente para não ter que depender de homem algum.

— Eu sou Ashtyn Valor. Obrigada por assistir. Tenha uma boa-noite, Chicago.

Mais uma semana havia se passado, e mais flores foram entregues na segunda-feira.

> *Ashtyn,*
> *Quando você sorri... minha TV ilumina o ambiente.*
> *AS*

Quando cheguei em casa na sexta-feira, fiquei surpresa ao encontrar Corey. Nós não morávamos juntos, e pensei que ele tivesse que trabalhar naquela noite e que ainda demoraria algumas horas para chegar.

— Oi — cumprimentei, jogando as chaves no prato na mesa ao lado da porta da frente.

— Oi — ele respondeu de volta, sem nem se mexer de onde estava deitado no sofá.

— Você não tinha que estar trabalhando? — eu perguntei, tirando os saltos.

Ele esfregou a nuca e sentou.

— Nós precisamos conversar.

Meu estômago embrulhou. As temidas três palavras que nunca devem formar uma frase. Não me mexi enquanto o olhava, esperando que ele continuasse.

— Porra... — Ele suspirou. — Isso é difícil, e não quero que você surte.

Eu ainda não tinha saído do lugar. Não conseguia me mexer. Meu coração começou a bater incontrolavelmente, e comecei a pensar o pior. Ele foi demitido? Queria terminar? Ele me traiu? Estava doente? As perguntas eram muitas, mas não conseguia pronunciá-las e nem sair de onde eu estava parada, em choque.

— Sente-se. — Corey deu um tapinha na almofada ao lado dele.

Neguei com a cabeça.

— Pode falar.

Ele respirou fundo e encarou a direção contrária de onde eu estava, olhando pela janela do décimo quinto andar do meu apartamento.

— Eu tenho pensado muito nisso ultimamente. Está na hora.

— Hora de quê? — Não sei porque perguntei. Minhas entranhas já estavam me dizendo a resposta.

— Você pode sentar, por favor?

Cruzei os braços sobre o peito.

— E você pode falar de uma vez?

Corey gemeu.

— Eu vi seu *Pinterest.* Você o deixou aberto um dia desses.

Pisquei, sem entender o que o *Pinterest* tinha a ver com a conversa.

— E?

— Nós queremos coisas diferentes. — Ele deu de ombros.

— Coisas diferentes? Tipo... eu quero fazer biscoitos caseiros com farinha de amêndoa, e você quer fazer com farinha de trigo? — perguntei sarcasticamente.

Ele piscou.

— O quê?

— Eu não entendo como meu Painel de Receita ou o meu Painel de 'Faça Você Mesmo' tem algo a ver com querer coisas diferentes na vida.

— Não são desses painéis que estou me falando.

— Qual é, então?

— Você tem um painel ou pasta, sei lá, sobre como seria o nosso casamento dos sonhos.

Meu coração quase parou. Eu não podia acreditar que isso estava acontecendo. Toda mulher solteira que quisesse casar tinha um painel de casamento. Tudo bem que a minha era secreta, e eu não estava noiva, mas tinha arquivado coisas aqui e ali. Eu não estava, necessariamente, planejando meu casamento com o Corey. Estava apenas apontando ideias para quando chegasse a hora. Nunca esperei que Corey visse aquilo.

— Estou confusa — finalmente admiti.

— Você vai me fazer soletrar?

— Por que ter um painel de casamento é um problema?

Nós nunca falamos sobre casamento. Presumi que estávamos indo por esse caminho já que estamos juntos há quase um ano. Acho que errei em pressupor que estávamos na mesma página.

— É um problema porque não quero me casar.

Meu peito estava apertado.

— Comigo?

— Nunca — ele afirmou com naturalidade.

— Então você quer terminar? — sussurrei.

Corey levantou-se e deu um passo na minha direção. Retrocedi e ele suspirou.

— Ash, eu não quero magoar você, mas acho que é o melhor. Tivemos um lance legal nesse tempo, mas queremos coisas diferentes para o futuro.

— Pensei que você me amasse. — Uma lágrima deslizou pela minha bochecha.

— Foi bom enquanto durou. — Ele deu outro passo, sem confirmar o que tinha me dito *uma vez*: que me amava.

Eu dei um passo atrás.

— Enquanto durou?

Ele sorriu.

— Você acha que é exclusiva pra mim?

— O quê? — eu gritei.

— Há outras, Ashtyn.

— Você disse que me amava.

— Eu disse o que você queria ouvir.

Mais lágrimas derramaram dos meus olhos.

— Achei que o que tínhamos era sério.

— Você achou, né?

— Isso não é brincadeira, você já tem trinta e sete anos. Pra quê serviu a merda da sua juventude, então?

— Não vamos mais nos alongar. Me desculpe, mas pra mim, já deu.

— Vai embora! — gritei e fui até a porta, abrindo-a de uma vez. — Sai. Daqui!

Ele sorriu para mim, mas caminhou até a porta.

— Eu te ligo amanhã para combinar de poder vir buscar minhas coisas.

— Você terá sorte se eu não queimar tudo — sibilei.

— Não é o seu estilo, baby.

— Quem é você nesse exato momento?

Este não era o cara com quem namorei nos últimos meses. Era como se eu estivesse namorando um psicopata.

Ele parou e se virou enquanto eu estava encostada no batente da porta do meu apartamento.

— Você não entendeu? Eu fingi tudo porque você é gostosa.

E então ele saiu.

Contemplei a porta se fechar em um clique, então me sentei no piso de madeira, mais lágrimas descendo pelo rosto enquanto meu coração se estilhaçava no peito. Como isso aconteceu? E por que estava acontecendo? Senti uma parcela de culpa porque esperei tanto tempo para tentar me estabelecer. Passei pela fase dos vinte anos me dedicando a mim e à minha carreira, e imaginei que nos meus trinta estaria começando uma família.

Eu estava errada.

Como já estava perto da meia-noite, me arrastei para o banho e chorei um pouco mais. As lágrimas se misturaram à água e sabão enquanto tudo descia ralo abaixo e saía da minha vida.

Assim como o Corey.

Depois da minha autoaversão, coloquei meu pijama e chorei até dormir.

Quando acordei na manhã seguinte, estava com olheiras e meus olhos verdes estavam inchados e vermelhos de todas as lágrimas e desgosto que aguentei na noite anterior. Ainda não conseguia acreditar que Corey tinha terminado comigo, ou que tenha me dito que estava apenas me usando porque eu tinha uma boa aparência.

Eu agora o odiava com todas as minhas forças.

Enquanto meu café escorria na minha caneca, fui até a porta da frente e peguei o jornal da manhã. Embora hoje fosse sábado e não estivesse trabalhando, eu ainda tinha que ficar antenada com tudo o que estava acontecendo no mundo. Eu tinha que viver e respirar notícias. Quando olhei para a primeira página intimamente esperava ver uma manchete que dizia:

NOTÍCIA DE ÚLTIMA HORA:
ASHTYN VALOR E COREY PRITCHETT TERMINAM RELACIONAMENTO.

Mas, é claro, términos de namoro não eram notícias da manhã, a menos que se fosse famoso, o que não era o meu caso. Exceto em Chicago, acho, mas eu era apenas uma âncora de notícias local. Na verdade, nunca falei muito sobre a minha vida pessoal em público. Até fui sozinha para os Prêmios Emmy de Chicago / Meio-Oeste[1] no ano passado, porque ele teve que trabalhar. Ou pelo menos foi o que me disse. Agora, depois de tudo o que foi dito, ele provavelmente estava era com outra mulher.

Depois da minha segunda xícara de café, meu telefone anunciou uma mensagem de Corey:

Fui chamado para cobrir alguém nesta manhã. Chegarei por volta das oito para pegar as minhas coisas.

Não escrevi de volta.

Em vez disso, coloquei as roupas de ginástica, fui até a academia do meu prédio e corri por trinta minutos seguidos, tentando aliviar a minha ira.

Às 7:48 daquela noite, eu já tinha tomado banho, estava com o meu mais belo jeans, que Corey sempre dizia que deixava minha bunda fantástica, e vestia um suéter preto que pendia do ombro. Eu queria que ele pensasse que eu estava bem, quando na realidade, não tinha certeza se alguma vez ficaria. Eu amava o Corey...

Ou, pelo menos, pensei que amava.

Eu poderia deixar de amar tão rapidamente? Era mais fácil pensar assim, pois eu estava com raiva, mas, ao mesmo tempo, meu coração ainda doía.

Às 7:55 fui em busca de vinho. Pensei que talvez Corey tivesse bebido o resto em algum momento, mas acima do balcão ainda tinha meia garrafa. Peguei uma taça e a enchi com o líquido Borgonha.

Às 7:58 eu terminei a taça e voltei a enchê-la com o restante da garrafa, desta vez bebendo-o enquanto navegava na Internet, me atualizando com as notícias do mundo.

1 Refere-se ao Chicago / Midwest Emmy Awards, que premia profissionais da televisão.

Às 8:09 ouvi a batida na minha porta. Corey ainda tinha a chave, e esperei que ele entrasse como sempre fez. Eu precisava me lembrar de pegá-la de volta.

Caminhei até a porta, o vinho me deixando tonta por uma fração de segundo, e ao abri-la, dei de cara com seu rosto bonito. Quero dizer, a cara do idiota. Eu precisava continuar me dizendo que ele era um babaca. Deus, eu adorava o rosto dele. Adorava como sua barba curta fazia cócegas entre as minhas pernas. Como eu puxava seus cabelos loiros, gemendo enquanto gozava. E como seus olhos castanhos brilhavam na luz da manhã quando ele sorria cheio de covinhas, todos os sábados ao acordarmos.

Não! Pare isso agora, Ashtyn! Eu me repreendi interiormente.

— Oi — ele saudou como se nada tivesse acontecido na noite anterior.

— Oi? — Estreitei os olhos. — Você acha que eu estou feliz em te ver?

— Eu mandei mensagem de texto.

— Não dou a mínima.

— Deixe-me pegar minhas coisas e vou embora.

— Entregue a minha chave primeiro.

Ele pegou as chaves no bolso da calça, retirando a minha do elo que ligava às outras, me entregando em seguida. Testei na fechadura e, depois de perceber que era a chave correta, abaixei e peguei a caixa que eu já tinha embalado. Empurrei no peito dele.

— Aqui está. Adeus.

Comecei a fechar a porta, mas ele me deteve.

— Uma última foda pelos velhos tempos?

Um bufo escapou do meu peito.

— Sim, vou te dar uma última foda. — Balancei a perna para trás e depois para frente, acertando-o nas bolas. — Vá se foder!!

Seus olhos se arregalaram antes de deixar cair a caixa com seus pertences. Alguns dos conteúdos caíram, eu os afastei do caminho e finalmente bati a porta.

Não sei quanto tempo ele gemeu do lado de fora da minha porta, mas às 8:34 saí para ir à loja de bebidas para comprar mais vinho.

O ar gélido penetrou no tecido do meu jeans. Eu definitivamente precisava de mais vinho. O suficiente para anestesiar a dor e o frio. Era o final de outubro e a temperatura devia estar em, pelo menos, uns dez graus centígrados. E, quão sortuda eu era... estava chovendo. Não tinha ideia de que o céu imitasse meu coração chorando, mas era como se também estivesse com o coração partido. Foi conveniente ter deixado meu guarda-chuva no apartamento. Eu estava muito chateada e machucada para me importar com isso, então comecei a andar pela rua em busca da loja de bebidas mais próxima. Caminhei pelos edifícios tentando ficar sob as marquises e fora da chuva até encontrar o bar que ficava a poucos quarteirões de distância do meu apartamento. Como ele estava mais perto do que a loja de bebidas alcoólicas, mudei de ideia e decidi entrar lá, ao invés de continuar minha busca.

O que eu não sabia, era que essa decisão mudaria minha vida.

Mas mudaria para melhor?

CAPÍTULO 2

RHYS

Observei enquanto Bridgette gemia, seus quadris balançando e os cabelos castanhos escuros caindo pelas costas. Ela tinha belas costas. Inferno, ela tinha uma bela bunda.

Eu ia sentir falta daquela bunda.

Ela gemeu de novo, as costas arqueadas enquanto o pau de um sujeito se afundava nela. Não era meu pau e não era eu quem a estava fazendo gemer. Não, um cara estava na minha cama, fodendo a minha namorada, enquanto eu estava parado na entrada do meu quarto. Sempre que eu via essa cena acontecer na TV ou no cinema, passava pela minha cabeça que eu piraria e mataria o cara se acontecesse comigo. No entanto, enquanto olhava para a pornografia ao vivo na minha frente, não estava louco ou irritado. Eu estava achando... divertido.

Devo bater palmas quando terminarem?

Devo assobiar?

Devo pagar pelo show?

Ou deveria fazer as três opções?

Antes que eu pudesse fazer qualquer coisa – como parar de assistir – Bridgette gritou. Um grito que eu conhecia muito bem. Um grito que significava que ela estava gozando. O cara estocou um pouco mais e depois grunhiu seu orgasmo.

Comecei a bater palmas.

— E o prêmio de Artista Feminino do Ano vai para... Bridgette Walters.

Ela se virou, afastando o pau que estava alojado dentro dela, puxando o lençol para se cobrir. Cobrindo o corpo que eu vi nu todos os dias nos últimos dois anos.

— Rhys — ela ofegou. — Você chegou em casa mais cedo.

Sim, cheguei mais cedo. O jogo que eu estava cobrindo foi cancelado porque o gelo não era adequado para condições de jogo. Foi uma situação rara. Não tínhamos todos os detalhes, mas tinha a ver com um concerto que aconteceu na noite anterior. No meu tempo, eu só tinha ouvido falar de ter acontecido isso uma vez, e era um jogo de pré-temporada no Arizona. Depois que minha equipe e eu entramos no ar, ao vivo, e informamos ao público que o jogo entre o Chicago *Blackhawks* e San Jose *Sharks*, seria reprogramado, vim para casa.

Ri e olhei para o cara enquanto ele cobria o bagulho dele com *meu* travesseiro.

— Devo nomeá-lo para Artista Masculino do Ano?

— Sobre o que você está falando? — perguntou Bridgette.

— Que nunca vi pornografia ao vivo antes — ri, e com um gesto, acenei meu dedo indicador entre os dois — , mas essa performance foi muito boa. Tenho certeza de que vocês dois poderiam ganhar alguma coisa nos prêmios de pornografia em Las Vegas.

— Prêmios de pornografia? — ela bufou.

— Melhor eu ir — disse o cara.

— Que nada, cara. Fique. Coma a minha comida. Use o meu chuveiro. Inferno, você quer um pouco do meu dinheiro, porque a minha namorada você já comeu e na *minha* cama, não é? — Eu estava amargo. Talvez a situação não fosse totalmente divertida.

Ele me olhou, mas não respondeu. Isso significa que ele sabia que a Bridgette tinha namorado? Ele sabia que esse era o meu apartamento? Ah, quem se importa? Ela não seria minha namorada por mais tempo.

Eu me virei para sair, mas voltei para dizer meu último adeus para Bridgette.

— Pegue suas merdas e se manda daqui. Se você estiver aqui quando eu voltar, chamo a polícia.

Peguei minhas chaves que estavam em cima da mesa da sala de jantar onde larguei momentos antes. Eu era âncora de esportes e repórter de uma rede local há oito anos. Meu trabalho era cobrir o *Blackhawks*, e eu amava aquilo. O esporte sempre fez parte da minha vida, desde pequeno, e como não tive chance de jogar na Liga Nacional de Hóquei porque nunca fui convocado, decidi falar de esportes para ganhar a vida, então me formei em jornalismo e fiz disso a minha paixão, minha *vida*. Meu trabalho era apresentar o pré e pós-jogo, bem como a cobertura de intervalo. Estava no início da temporada, e eu normalmente não chegaria em casa até as primeiras horas da manhã, mas esta noite foi diferente porque decidi levar meu trabalho para casa e estudar as estatísticas e coisas do gênero. No entanto, esse desfecho não era o que eu tinha marcado na minha lista de tarefas.

Descobrir que minha namorada é uma puta traiçoeira – Confere.

Perceber que minha mãe estava certa quando disse que eu precisava manter um conjunto extra de lençóis no armário do corredor – Confere, embora eu não ache que ela se referiu para este motivo específico.

Decidir beber até cair esta noite – Confere duas vezes.

Saí do meu apartamento, optando por esquecer o trabalho e as prostitutas, e caminhei alguns quarteirões na chuva, até encontrar um bar que frequentava algumas vezes por semana. Bridgette geralmente vinha comigo, e nos divertíamos com nossos amigos, dançávamos um pouco próximo à nossa mesa se estivéssemos no clima e bebíamos cervejas até fechar, mas hoje seria diferente.

Hoje eu precisava de mais do que cerveja.

Entrei no bar, meu corpo aquecendo instantaneamente por sair do frio e da chuva, e caminhei direto para o balcão de madeira. Ainda era cedo para um sábado à noite, então consegui me sentar no bar. Um assento que eu não deixaria até o último momento.

O barman me chamou a atenção e caminhou até mim.

— O de sempre?

Eu sorri.

— Hoje não, Tommy. Hoje eu preciso de algo forte. Traz um 7&7 com gelo.

Tommy assentiu ligeiramente e se virou para fazer a minha bebida. Retirei o celular do bolso e comecei a apagar todas as fotos minhas e de Bridgette. *Foda-se aquela puta.* Depois de excluir algumas, o barman deslizou a bebida à minha frente e lhe entreguei meu cartão de crédito.

— Mantenha a conta aberta.

Ele balançou a cabeça novamente e depois saiu para atender outros clientes. Voltei para o meu telefone, excluindo imagem após a imagem, entre goles do meu uísque. Então, do nada, uma mão agarrou meu braço, me surpreendendo.

— Este é o meu namorado, desculpe.

Olhei para cima, a partir da mão que me tocava, e nos olhos verdes de uma mulher que reconheci na hora. Ashtyn Valor, de uma das emissoras de notícias noturnas de Chicago. Impossível viver em Chicago e ter um pau e não saber quem era Ashtyn Valor. Eu tinha certeza de que as pessoas assistiam o noticiário da noite apenas para vê-la usando vestidos justos. Ela era maravilhosa. E estava me tocando.

Ela disse que eu era namorado dela?

Seus olhos verdes esfumaçados se arregalaram como se implorassem para confirmar.

— Sim — concordei e coloquei o braço sobre seu ombro magro.

O homem misterioso piscou e olhou meu braço por alguns instantes e depois voltou o olhar para a Ashtyn.

— Você está namorando Rhys Cole? — Ele fez a pergunta como se não pudesse acreditar que dois jornalistas pudessem namorar. — Sério?

Ashtyn olhou para mim e sorriu.

— Sério.

Sorri de volta para ela.

— Quanto tempo mesmo...? — Parei, tentando pensar em um espaço de tempo que fosse crível porque não namorávamos e nunca antes fomos vistos juntos em público. Na boa, quem se importava com a vida amorosa das pessoas do noticiário local? Eu não. No entanto, quando olhei para seus olhos verdes escuros com manchas negras exóticas, instantaneamente me importei com quem ela realmente estava namorando. Talvez fosse casada. Mas se fosse, era só ter mostrado a aliança para o cara. No entanto, estávamos agindo como se fôssemos um casal, o que significava que ela não era. Certo?

Ashtyn respondeu por mim.

— Quatro meses amanhã.

— Isso mesmo — concordei, meu sorriso aumentando ao pensar. *Bridgette, quem?*

Ashtyn e eu nos viramos para olhar para o cara de cabelo castanho claro curto, embora notei que Ashtyn não queria fazer contato visual com ele.

— Me desculpem, então.

E então ele saiu, e o corpo de Ashtyn relaxou instantaneamente debaixo do meu braço que ainda estava em volta do ombro delicado.

— Obrigada. — Ela exalou.

Eu me sentei de costas ao balcão, virando o corpo de frente para ela.

— Os homens costumam te paquerar assim com frequência?

Quer dizer, eu imaginava que sim. Ela era linda. Cabelos loiros lisos, olhos verdes deslumbrantes, ombros magros que eu estava certo levavam a uma barriga plana. Os seios eram grandes o suficiente para minhas mãos os envolverem, e eu não tinha muita certeza sobre a bunda, mas a forma como o jeans estava abraçando as coxas me deixou duro. Se eu fosse solteiro – espera, eu *sou* solteiro –, poderia paquerá-la, e não me importaria em conhecer Ashtyn Valor.

— Não. — Ela deu um sorriso tenso. — Eu não costumo estar sozinha em um bar num sábado à noite. Ou qualquer noite, pra dizer a verdade.

— Eu também não. — Gargalhei. — Qual é a ocasião especial?

Ela pegou a taça de vinho e terminou.

— Terminei com o namorado verdadeiro.

— *Ai!* — Apertei meu peito como se tivesse sido ferido. — Não sei se gosto da insinuação de que eu sou seu namorado falso.

Ashtyn riu.

— Bem... quero dizer...

Abri um sorriso.

— Eu sei. Você só quer me usar.

Ela deu um sorriso fraco.

— Desculpe por isso, mas obrigada. Eu não estava pronta para conversar com um homem qualquer.

— Assim como eu — falei impassível.

— Por sorte, eu sei quem você é.

Assenti.

— Assim como eu sei quem você é.

— O preço que pagamos por estar na TV.

— Nós somos famosos por essas bandas — brinquei.

— Se você diz...

Nós dois rimos.

— Deixe eu te comprar outra bebida. Pelo menos para manter meu papel como seu namorado.

Ashtyn olhou para a taça vazia.

— Claro. Mais uma.

Levantei o braço e acenei para o barman. Quando Tommy serviu a bebida dela, eu disse a Ashtyn:

— Se te serve de consolo, eu também acabei de terminar com a minha namorada.

— Sinto muito — ela respondeu e pegou a taça.

Tomei um gole do meu uísque.

— Você encontrou o cara te traindo, também?

Ashtyn engasgou com o líquido vermelho escuro.

— O quê? Você pegou sua namorada transando com outro?

Assenti com a cabeça e tomei outro gole da minha bebida, terminando-a.

— Na porra da *minha* cama.

Seus olhos se arregalaram.

— Uau.

— Eu sei. — Chamei Tommy novamente. Dessa vez era eu quem precisava de outra rodada. — Essa noite vou dormir no sofá e amanhã compro um jogo de lençóis novos.

— Você não tem outros de reserva?

— Eu sou homem. Só preciso de um.

— Obviamente, você precisa de dois.

Eu ri e lhe dei um tapinha no ombro com a mão.

— Tudo bem, *mãe*. Você estava certa.

Ashtyn soltou uma risada alta.

— Ela parece inteligente.

— Com certeza direi a ela que a Ashtyn Valor a acha inteligente. Ela vai morrer.

— Oh, por favor. Você é tão *famoso* quanto eu. Ela não se importará.

— Você deve ter mais *Emmy* do que eu. — Ashtyn já havia conquistados vários *Emmy*: Cobertura excepcional de uma história de última hora, Cobertura contínua pendente de uma notícia, História destaque, Jornalismo investigativo excepcional e negócios pendentes e Relatórios econômicos.

— Vamos comparar?

— Só há uma maneira de descobrir quem é melhor.

Ela riu.

— Eu tenho cinco.

Eu sorri.

— Eu também.

Seu sorriso alargou-se.

— Então estamos no mesmo barco.

Nós tomamos mais alguns goles de nossas bebidas e depois perguntei:

— Você quer conversar sobre isso?

Ela franziu as sobrancelhas.

— Você quer falar sobre por que fui dispensada?

— Honestamente, estou curioso para saber por que um porra-louca fez uma coisa dessas. Você é deslumbrante pra caralho.

Rosa coloriu suas bochechas enquanto ela girava o dedo ao redor da borda da taça.

— Acho que o vinho já está subindo à cabeça porque eu posso jurar que você está dando em cima de mim...

Tomei um gole da minha bebida.

— E se eu estiver?

— Você está?

Dei de ombros.

— Nós dois somos solteiros, Ashtyn.

— Recém-solteiros — ela esclareceu. — Não estou procurando outro namorado *de verdade.*

Abri um sorriso.

— E eu não estou procurando por outra namorada *de verdade.*

— Há quanto tempo você estava com ela?

Suspirei. Eu não estava necessariamente com o coração partido, mas merdas acontecem.

— Dois anos.

— E você já quer cair dentro — ela acenou com a mão entre nós — , para o que quer que possamos...

— Vamos ser honestos. É diferente para as mulheres do que é para os homens. Não pensamos com a mesma cabeça.

— Mas eu sou mulher, e não posso simplesmente colocar um Band-Aid sobre o meu coração.

Eu tomei outro gole.

— Por que não? Para superar alguém, você precisa ficar com outra pessoa, ou o que quer que isso queira dizer.

— Não estou bêbada o suficiente para essa conversa. — Ela riu.

Eu devolvi o sorriso.

— Nós podemos consertar isso. — Levantei o braço novamente para chamar Tommy. — Dois *shots* de Fireball.

Ashtyn bufou.

— Uau.

— Olhe, Ashtyn. Eu só estou te perturbando, mas se você quiser voltar para o seu lugar, eu não faria objeção.

Ela olhou para mim rapidamente.

— Eu não posso.

— Você não pode ou não quer?

Ashtyn suspirou.

— Ambos.

— Tudo bem. — Deslizei um *shot* de uísque de canela. — Aqui está. À nova amizade. — Tocamos um copo no outro e viramos de uma vez os copos com o líquido ardente.

Caímos num breve silêncio antes de ela falar novamente:

— Estávamos juntos há pouco menos de um ano.

Assenti.

— Que merda, hein?

Ela suspirou.

— Sim, mas posso te perguntar uma coisa?

— Claro.

— Você quer se casar?

— Com você? — Ri alto.

— Não, em geral.

A resposta estava na ponta da língua, mas havia algo profundamente dentro de mim que queria elaborar. Era um sentimento louco. Eu não sabia muito sobre a Ashtyn, exceto no que ela trabalhava. Sabia que ela esteve no *Emmy Awards* nos últimos anos, mas nossos caminhos nunca tinham se cruzado. Agora, estávamos cuidando de nossos sofrimentos com bebidas e aparentemente falando sobre o casamento.

— Sim — eu simplesmente respondi.

— O meu *ex* não. Na verdade, foi assim que ele começou o assunto de que queria terminar comigo, mas depois me informou que eu não era a única que ele estava vendo. — Seu celular tocou em cima do balcão de madeira e nós dois olhamos para ele. Estava com a tela virada pra baixo, de modo que não tinha como dizer quem havia enviado mensagem.

— Os ouvidos dele estão queimando — eu disse, presumindo que fosse o *ex*.

Ashtyn ergueu o olhar, encontrando o meu.

— Devo ler?

Pensei por um momento.

— Por que você veio para este estabelecimento bacana? — Acenei o braço atrás de mim para indicar o bar de paredes de tijolos mal iluminado.

— Para esquecer.

— Eu também — concordei. — Então, guarde o celular e me ajude a esquecer.

Seus lábios lentamente se espalharam em um sorriso.

— Tenho uma ideia melhor.

— É mesmo?

Ela pegou o celular, acionou a câmera, abriu o visor para tirar uma *selfie* e disse:

— Encoste aqui...

Eu fiz sem hesitação, com um enorme sorriso no rosto. Pouco antes de Ashtyn estar prestes a capturar a foto, inclinei-me mais e coloquei um beijo no ombro nu onde o suéter tinha escorregado. No momento em que meus lábios encontraram sua pele macia, ouvi o clique do obturador. Ela não disse nada quando girou lentamente a cabeça para me olhar.

— Desculpa. Vamos tirar outra.

Eu não estava arrependido. Na verdade, faria de novo, mas, em vez disso, nós posamos para a foto, ambos com um enorme sorriso no rosto, então o obturador clicou novamente. Observei Ashtyn clicar no aplicativo do Facebook para postar a foto.

— Ah, me deixe te adicionar como amiga. — Peguei meu celular, procurei seu nome no Facebook, e enviei o pedido.

— Eu acho que o idiota ainda é meu amigo.

— E a cadela ainda é minha, então pode me marcar. — Sorri.

— Esse é o plano.

Depois que ela postou a foto, segurei o dedo na imagem no Facebook e a salvei no meu telefone. Queria pedir que ela me enviasse a outra imagem, mas desisti. Em vez disso, perguntei:

— Quer outra bebida?

— É melhor não, ou daqui a pouco estarei no limite e falando arrastado.

— Você não esqueceu — salientei.

Ela olhou nos meus olhos.

— Então, ajude-me a esquecer.

CAPÍTULO 3

ASHTYN

Eu estava tentando levar numa boa.

Era adulta, trinta e três anos, tinha acabado de sofrer uma desilusão amorosa, e agora estava conversando com um dos homens mais deslumbrantes que eu já tinha visto. Claro que se eu soubesse que isso aconteceria, não teria bebido meia garrafa de vinho em casa. O vinho e o uísque de canela estavam me ajudando a esquecer, mas eu já estava no ponto de que se ficasse em pé, talvez não conseguisse andar em linha reta. Eu poderia imaginar a manchete agora:

NOTÍCIA DE ÚLTIMA HORA: ASHTYN VALOR FICA BÊBADA E TIRA A ROUPA PARA RHYS COLE NA NOITE ANTERIOR.

Embora eu tivesse acabado de publicar a nossa foto no Facebook, não estava pronta para o mundo inteiro saber que éramos namorados de mentirinha. Eu só queria que uma pessoa soubesse. Queria que Corey a visse e se arrependesse de ter destroçado o meu coração.

Rhys não pareceu estar tão sentido pelo término do namoro e, realmente, estava tentando nos embebedar para terminarmos na cama. Amigos com benefícios? Ouvi uma vez que essa coisa de amigos com benefícios era uma furada, porque sempre uma das partes iria querer mais. Eu não era essa pessoa.

Tinha acabado de romper com Corey e, nem em um milhão de anos, pensei em conhecer outro homem esta noite. Mas sendo honesta, eu queria terminar a noite na cama dele. Bem, que mulher com sangue nas veias não iria querer?

Rhys tinha uma vibração de atleta sobre ele. Seus cabelos castanhos escuros estavam me atraindo para passar meus dedos, e a maneira como seus olhos azuis estavam olhando para os meus, esverdeados, me fazia querer me abrir e contar todos os meus segredos. E quando ele dava aquele sorriso torto que mostrava as covinhas, eu queria me arrastar para o seu colo e tocar o rosto barbeado enquanto o beijava sem sentido.

— Você não esqueceu — disse ele.

Na verdade, não tinha esquecido o Corey. Sabia que em poucas horas isso não seria possível, mas enquanto olhava para os olhos azuis do Rhys, as palavras simplesmente saíram.

— Então ajude-me a esquecer.

Ele sorriu, inclinou-se para frente e, antes que eu percebesse, sua boca se uniu à minha. Senti o gosto do uísque enquanto sua língua separava meus lábios. Não hesitei. Não podia. Beijar Corey tinha se transformado em pequenos e doces beijos de chegadas ou despedidas. Nada de língua, a não ser que estivéssemos fazendo sexo e, quase nunca duravam, porque íamos direto ao ponto. Mas a maneira como Rhys me beijava, era completamente diferente. Não era inocente. Era quente, apaixonada e ardente. Assim como o uísque Fireball de canela que nós consumimos um tempo atrás. O uísque aqueceu meu interior, e Rhys estava fazendo o mesmo com a língua para me ajudar a esquecer. Sua mão segurou a parte de trás da minha nuca e eu queria passar minhas mãos pelos seus cabelos castanhos escuros, mas resisti. Nós estávamos em público e no centro das atenções na área.

— Melhor? — ele perguntou depois que me afastei.

— Estou chegando lá.

Então como se não tivéssemos nos beijado, Rhys mudou de assunto e conversamos sobre trabalho. Ele contou que o jogo de hoje à noite tinha sido cancelado por uma questão casual de gelo, e eu contei sobre o noticiário noturno, meus objetivos e tudo o que minha boca bêbada queria falar. Para trabalhar na minha área, eu tinha que me manter informada de tudo, então quando Rhys falou sobre a atual temporada do *Blackhawks* e como achava que o time jogaria bem, consegui acompanhar, especialmente porque meu pai e meus irmãos eram fanáticos incondicionais e Corey nunca perdia um jogo.

— Bridgette odiava esportes.

Pisquei diante de suas palavras.

— Não me leve a mal, mas como um homem que trabalha, vive e respira esporte pode namorar uma mulher que odeia isso?

Ele encolheu os ombros.

— O sexo era ótimo.

Eu ri.

— Aparentemente, você não lhe dava o suficiente.

Ele bufou.

— Já está detonando o meu ego, Ashtyn? Isso foi golpe baixo.

— Não sei se posso falar alguma coisa... O meu ex, provavelmente, já está fodendo alguma de suas outras mulheres.

— É bem provável que você esteja certa.

As palavras de Rhys doeram. Eu teria que estar completamente bêbada para que não doessem ou para esquecer.

— Quem é seu jogador favorito? — perguntei, mudando de assunto.

— No geral ou que jogue para o Hawks?

— Ambos?

Ele sorriu como se estivesse prestes a falar sobre seu herói.

— Bem, o meu favorito de todos os tempos é o Gretzky. Não há um garoto que tenha crescido nos anos 80 e 90, que ame o hóquei, que não tenha pensado que seria como Wayne.

— Cresci ouvindo meu pai e irmãos falando o tempo todo sobre ele.

— Sim, ele foi um dos melhores.

— E quem é o seu preferido de todos os tempos do *Blackhawks*?

— Bem, quando eu tinha lá pelos meus dez anos de idade, pensei que me tornaria jogador profissional. Esse era o meu sonho porque eu treinava desde o cinco e me achava bom pra caralho. Gretzky estava no auge, mas não consegui vê-lo jogar todos os jogos porque ele nunca foi um Hawk e naquela época só conseguíamos assistir os esportes locais. Mas o único cara que me marcou nesse ano foi Jeremy Roenick. Ele ajudou os *Blackhawks* a alcançarem as finais da Copa Stanley na temporada, e marcou mais de cem pontos em três de suas oito temporadas. Eu também gostava dele porque ele era durão e forte, e brigava para abrir caminho contra os adversários para chegar à rede. Eu queria ser como ele.

— Você jogou na NHL?

— Não. — Ele balançou a cabeça. — Eu nunca passei no *draft*[2]. Eu costumava ficar chateado porque era o meu sonho, mas agora não consigo

2 É um processo de alocação de atletas em diversos times da liga profissional em diferentes esportes.

me imaginar levando surra pra ganhar a vida...

— Eles brigam muito, né? — Eu ri. Sabia que as brigas eram tecnicamente aceitáveis no hóquei, mas nunca assisti a um jogo. Rhys estava me fazendo querer assistir agora.

— Sim, demais.

— Você chegou a conhecer o Roenick?

Rhys franziu levemente a testa.

— Não. Ele mudou de time pouco antes de eu decidir me tornar jornalista esportivo.

— Mas ele deve ter voltado para jogar por alguma equipe adversária, não?

— Ele se aposentou em 2009, e nunca tive a chance.

— Última rodada — disse o barman a Rhys.

Rhys virou-se para mim.

— Mais uma?

Sorri.

— Não, pra mim já deu. Tenho que voltar para casa.

Eu não tinha percebido que já era tão tarde. Já passava das duas da manhã.

— Eu te acompanho.

— Obrigada.

Rhys pagou a conta, incluindo a minha primeira taça de vinho, enquanto eu vestia a minha jaqueta de couro. Depois de ele colocar o casaco, saímos para a noite fria do outono. Tinha parado de chover.

— Uma pena que seu jogo de hoje à noite tenha sido cancelado.

— É, mas se não tivesse sido — ele disse quando começamos a caminhar na direção do meu apartamento — , eu não teria descoberto a traição da minha namorada e não teria te conhecido.

Eu podia sentir minhas bochechas aquecendo.

— Isso é verdade, mas gostaria que tivéssemos nos conhecido em circunstâncias diferentes.

— Eu não — afirmou ele. — Então eu não teria conseguido ser seu namorado de mentirinha por algumas horas.

Eu ri.

— Obrigada novamente por isso.

— Ao seu dispor, Cupcake.

— *Cupcake*? — Gargalhei.

— Sim.

— Por que Cupcake?

— Porque eu quero te lamber e depois comer.

Tropecei na calçada, pisando em falso, como se tivesse sofrido um empurrão imaginário.

— Tudo bem aí?

— Primeira vez usando saltos — brinquei. Então olhei para cima e percebi que estávamos no meu prédio. — Eu moro aqui.

Rhys olhou para o edifício e depois para o outro lado da rua, antes de olhar de volta para mim.

— Não brinca...

— Moro. — Assenti.

— Eu moro naquele prédio. — Apontou para o outro lado da rua.

— Sério?

— Que loucura, né?

— Se é. Então pode ser que em algum momento eu te veja por aí.

Ele deu um passo à frente e suas mãos envolveram meu rosto, então sussurrou:

— Eu gostaria disso. — Em seguida seus lábios estavam nos meus, e instantaneamente meu corpo aqueceu. Sua língua exigia novamente, e logo me vi querendo convidá-lo para tomar um *café* que levaria ao sexo.

Mas não podia.

Eu não era assim.

Mas beijá-lo eu *podia*. E ele beijava *muito bem*.

Queria beijá-lo até o sol nascer. Então, esse pensamento me levou a imaginá-lo me lambendo como se estivesse comendo um *cupcake*, e isso fez minha calcinha umedecer.

— Me dê seu telefone — disse Rhys quando nos separamos. Peguei-o da minha bolsa e entreguei-lhe. Ele digitou na tela algumas vezes. — Use-me em algum momento.

— Usar você?

— Sempre que precisar esquecê-lo, ligue pra mim. Você pode me usar a qualquer hora.

Olhei para a tela quando ele devolveu o celular, percebendo que havia programado seu número.

— Obrigada novamente por tudo e também por tentar me ajudar a esquecer.

— Ao seu dispor, Cupcake. Um dia, você fará um homem muito feliz.

Ele me beijou uma última vez antes de atravessar a rua.

Na manhã seguinte, ou melhor dizendo, à tarde, acordei ao notar que meu telefone tocava com uma tonelada de notificações no Facebook e um texto da Jaime:

Vi sua foto com Rhys Cole. Corey sabe que você estava fora com outro cara na noite passada?

Eu não tinha a energia para responder, então abri o Facebook e li todos os comentários da minha foto com o Rhys, postada na noite anterior. Quando cheguei ao comentário dele, sorri ao ler:

Use-me a qualquer momento...

Foram respostas após respostas de meus amigos confusos, todos questionando como eu o "usava". No entanto, não havia nada de Corey. Eu não esperava que ele comentasse, mas isso significava que eu não tinha como saber se ele viu a foto ou não. Naquele momento, decidi que desfaria a amizade com ele, sem me importar mais se tinha ou não visualizado a postagem.

Foda-se.

Em vez de responder a Jaime, enviei uma mensagem ao Rhys antes de levantar da cama:

Se o jornalismo esportivo não der certo, você ganharia muito dinheiro sendo um namorado de mentira. Obrigada por me deixar te usar.

Eu não me identifiquei porque a mensagem faria isso por mim. Então digitei o nome de Corey no Facebook e desfiz a amizade com aquele babaca, em seguida excluí todas as nossas fotos.

Depois de usar o banheiro, meu telefone tocou:

Eu só quero ser o seu namorado de mentira.

Caminhei até a porta da frente para pegar o jornal de domingo com um sorriso no rosto e escrevi uma resposta:

Eu posso viver com isso.

Use-me a qualquer momento, Cupcake :P

Sorri ainda mais e fui até a cozinha para pegar uma xícara de café enquanto lia a última mensagem. Novamente, o pensamento de Rhys me lambendo como se estivesse devorando a cobertura de um *Cupcake* fez meu estômago revirar. Mas eu precisava de um tempo para que meu coração pudesse se curar antes de passar para o próximo cara.

De mentira ou não.

Depois da minha primeira xícara de café, mandei uma mensagem de volta para Jaime:

Corey e eu terminamos. Tenho certeza de que ele não dá a mínima se eu estava com o Rhys.

Eu só esperava que se mordesse de ciúmes.

Meu telefone começou a tocar e o nome de Jaime apareceu na tela. Revirei os olhos e respirei fundo antes de atender. Não tinha vontade de explicar as últimas vinte e quatro horas, mas ela era minha melhor amiga e sabia que era apenas uma questão de tempo.

— Alô?

— O que você quer dizer com o Corey terminou com você?

Gemi e contei o que aconteceu, exceto a parte em que ele afirmou que estava me traindo o tempo todo.

— Sinto muito por você e pelo Corey, mas eu sabia que isso ia acontecer.

— Como?

— Porque ele é idiota e só se preocupa com ele mesmo.

— Você mal o conhece — eu a repreendi.

— Esse é exatamente o meu ponto. Ele não quis vir para a minha festa de Natal, então você veio sozinha. E ele, convenientemente, teve que trabalhar quando fizemos o churrasco em julho.

— Porque ele teve que trabalhar — enfatizei.

— Ele *convenientemente* teve que trabalhar, Ash.

Suspirei.

— Você está certa. Ele estava dormindo com outras mulheres enquanto estava comigo.

— Vou matá-lo.

— Está tudo bem.

— Está?

Fiquei em silêncio por um momento enquanto eu olhava para o sol brilhando.

— Nada que um vinho não possa consertar. — *E Rhys, se eu chamá-lo.*

— Eu sinto muito. Eu amo você, mas fico feliz que tenham terminado. Você merece coisa melhor. Conte-me sobre a foto com Rhys Cole que você publicou ontem à noite.

Eu sorri à memória.

— Eu fui ao Judy's para beber e ele estava sentado ao meu lado, no bar.

— Vocês dois pareciam muito à vontade...

— Nós estávamos apenas bebendo como amigos. — Meu sorriso ampliou com o pensando em Rhys e como ele veio em meu resgate.

— Ele é tão gostoso pessoalmente como na TV?

— Jaime! — eu a repreendi, ainda sorrindo.

— O quê? Eu só quero saber.

Parei por um momento, ainda sorrindo como uma idiota.

— Mais gostoso.

— Se você não estivesse com o coração partido por causa de Corey, eu lhe daria uma bronca por não ter dado uns pegas no Rhys.

— Não tem nada a ver. — Eu não queria contar sobre os beijos porque ainda *estava* com o coração partido. Foi bom conhecer Rhys, mas agora falando sobre Corey e o que aconteceu, e sem o álcool percorrendo minhas veias, meu peito estava doendo novamente. Mesmo que ele fosse um idiota infiel, meu coração precisava apenas de uma pausa e tempo para se curar.

— Certo. Desculpa. Então o que eu posso fazer?

Dei de ombros apesar de ela não poder me ver.

— Nada. Eu só preciso de tempo.

Eu sabia que seria difícil. Nos últimos meses, passei todo o tempo livre que tive com o Corey. E agora não teria mais isso. Meu coração parecia que estava despedaçado no peito. Rhys estava certo? Eu encontraria o homem que me faria feliz? Eu não estava ficando mais jovem.

— Você quer jantar hoje? — Desta forma eu conseguiria uma bebida ou duas. Mas teria que parar em uma loja de bebidas após o trabalho, amanhã.

— Claro. Diga a hora e local, e eu estarei lá para te ajudar a ficar bêbada.

E era por isso que a Jaime era minha melhor amiga. Ela sempre estava ali para me apoiar.

CAPÍTULO 4

RHYS

Quando cheguei em casa, Bridgette havia ido embora. Obrigado, Senhor! Apesar de tudo, eu estava grato. Mesmo no meu estado embriagado, percebi que minha casa estava silenciosa. Não havia nenhum programa de drama feminino na TV, nenhuma risada escandalosa, nada daquele programa da *Food Network BS* que me deixava com fome, e eu não teria sexo essa noite.

Eu teria subido até o apartamento da Ashtyn. Porra, claro que teria.

Beijá-la não foi o suficiente. Eu queria mais. Quando disse a ela para me usar, eu estava falando sério. Poderíamos nos usar para esquecer nossos *ex*. Mas eu queria sexo sem compromisso para superar Bridgette?

Sim, queria.

Eu queria sexo para poder apagar a imagem de Bridgette montando no pau de outro homem na minha cama. Eu precisava queimar meus lençóis. Não tinha ideia de há quanto tempo ela vinha me traindo porque eu trabalhava incontáveis horas quando havia jogos. A maioria das partidas de hóquei era à noite, e, uma ou duas noites por semana, eram em casa, então eu não chegava até os bares serem fechados. Quando jogávamos na costa oeste, eu chegava mais cedo. E adorava.

No entanto, não gostei de voltar para casa e ver minha namorada me traindo.

Depois de tomar banho, arranquei os lençóis nojentos do colchão e os enfiei no lixo, e depois deitei na cama com a manta do sofá. Eu ia dormir no sofá, mas não vi motivo já que meu colchão era muito bom e estava limpo. Procurei por manchas de esperma, mas não achei vestígio. Mesmo que existisse, não saberia se as manchas eram minhas ou não. Puta que pariu. Eu ia comprar um colchão novo também. Por fim, decidi levantar e ir dormir na sala.

A manta que me cobria cheirava a Bridgette. Tudo cheirava a Bridgette: baunilha e merda. Eu tinha dado a ela uma chave há pouco mais de um ano, e ela se mudou pra cá. Não a convidei. Um dia, a escova de dente estava na minha casa, e no seguinte, estava o armário inteiro.

Merda.

Esse pensamento me fez perceber que não pedi a chave de volta, nem ela deixou, por sinal. Desbloqueei o celular para enviar uma mensagem a ela, mas tinha uma notificação do Facebook na tela mostrando que eu havia sido marcado em uma foto. Isso me fez esquecer o que estava fazendo. Sorri porque sabia exatamente qual era a foto. Depois de desbloquear a tela e clicar na notificação, a imagem que agraciou a minha tela fez meu sorriso aumentar. Havia comentários atrás de comentários sobre o quão incrível era que dois jovens apresentadores de diferentes emissoras estivessem juntos. Não sei porque as pessoas achavam isso estranho. Eu não achava. Talvez estivessem estranhando porque os comentários eram de amigos e muitos ainda nem sabiam que estávamos solteiros. Se eles soubessem que meus lábios tinham saboreado os delas...

Deixei um comentário que só ela saberia o significado:

Use-me a qualquer momento...

Eu seria o namorado de mentira dela a qualquer dia ou noite.

O som da minha porta da frente abrindo me fez despertar em um pulo.

Tinha esquecido que dormi no sofá até minha cabeça virar para o som de saltos entrando na sala.

— O que você está fazendo aqui? — resmunguei.

Bridgette fechou a porta ao entrar.

— Esperando que a gente possa conversar.

— O que temos que conversar? — Levantei e fui preparar uma xícara de café.

— Me desculpa.

Soltei uma gargalhada em tom de desprezo.

— Desculpa? Deixe-me adivinhar, você caiu?

— O quê? — Bridgette perguntou ao vir atrás de mim. Ela sentou no tamborete do bar enquanto eu preparava meu *Keurig*.

— Você caiu no pau dele?

Ela suspirou e repetiu:

— Eu sinto muito.

Ela não respondeu minha pergunta, mas eu sabia a resposta. Virei-me e cruzei os braços sobre o peito.

— Sente muito? Há quanto tempo está me traindo?

— Isso importa?

Olhei para os olhos castanhos dela e não respondi. Importava? Eu a queria de volta? Obviamente, ela estava aqui para conversar, o que significava que queria reatar. Eu queria? Poderia confiar nela novamente?

— Por quê? — eu finalmente perguntei.

Bridgette desviou o olhar.

— Eu realmente não tenho uma resposta. Aconteceu.

— Quantas vezes?

— Apenas algumas.

— Aqui? Na minha cama?

— Sim — ela sussurrou. — Mas eu limpei depois.

O *Keurig* gorgolejou atrás de mim indicando que meu café estava quase pronto.

— Vá embora — sibilei e me virei para pegar o café.

— Baby...

— Nada do que você disser vai fazer essa situação melhorar, Bridgette. Nunca. Acabou. Dá o fora daqui! — gritei.

Fui à geladeira para pegar o creme enquanto ela deslizava da bancada.

— Sabia que eu estava com você apenas para poder conhecer jogadores de hóquei?

Ergui meu corpo da geladeira.

— Pensei que você odiava esportes?

Bridgette sorriu.

— Eu odeio, mas isso não significa que não quero me envolver com nenhum atleta. Você sabe quanto dinheiro eles ganham?

Eu sabia.

— Divirta-se os encontrando agora. — Bati a porta da geladeira. — Passe bem, Bridge, e deixe a porra da chave na bancada.

Não havia cafeína suficiente no mundo para tornar este dia melhor.

Na sexta-feira seguinte, o *Hawks* teve um jogo contra o *Predators* de Nashville. Não tinha ouvido nada de Bridgette novamente, assim como também não tive nenhuma notícia de Ashtyn, além da manhã depois de nos conhecermos. Tudo bem que havia rolado apenas uma mensagem, mas pelo menos eu tinha seu número agora. Passei todo o tempo no trabalho analisando estatísticas para os próximos jogos, não querendo voltar para um apartamento vazio. Se eu soubesse o número do apartamento de Ashtyn, iria até lá. Eu tinha certeza de que poderia descobrir, talvez até mesmo enviar uma mensagem para ela, mas não ia persegui-la. Ela também estava passando por uma grande merda, e o tempo diria se poderia haver algo mais entre nós.

Algumas noites durante a semana, assisti sua transmissão e sempre pensava em entrar em contato. Eu disse a ela para me usar, não o contrário. Se ela não quisesse algo mais, então outra pessoa apareceria para mim. Isso não me impediu de pensar nela à noite, enquanto eu me masturbava.

— Está passando o telejornal na sala de descanso — informou Kenny, deslizando na cadeira à minha frente, no cubículo em que trabalhávamos. Ele era mais baixo do que eu por alguns centímetros, tinha olhos castanhos e cabelos escuros e cheios. Kenny era meu melhor amigo desde que fomos contratados pela emissora. E era o meu braço direito.

— E?

— Sua garota está gostosa hoje.

— Minha garota? — Olhei-o com curiosidade.

— Ashtyn Valor.

Um sorriso se espalhou no meu rosto.

— Ela não é minha garota.

— Todos viram a foto, e você me disse que era, naquela noite em que pegou Bridgette te traindo. É só deduzir...

Joguei a caneta para baixo no bloco de papel e me inclinei para trás, virando a cabeça para olhar para ele.

— Não há nada para deduzir. Eu não conversei com ela desde aquela noite.

— Mas você quer — ele pressionou, sorrindo.

— Estamos no Ensino Médio agora?

Kenny riu.

— Tudo o que estou dizendo é que, se eu tivesse o número de Ashtyn Valor, eu estaria totalmente por cima... e por baixo...

— E é por isso que você está solteiro.

— O que quer dizer com isso?

— Você acha que ela te daria bola se falasse assim com ela?

— Eu não sei. *Você*, sim — ele enfatizou e se inclinou para frente. Seus olhos castanhos escuros brilharam como se estivesse se divertindo e quisesse saber mais.

— Eu estive ocupado — menti. Estava trabalhando o máximo possível, mas estava fazendo aquilo para fugir.

— Vá verificar a TV na sala de descanso, e se você voltar e me falar que não quer aquela mulher, então eu te deixo em paz.

Não precisava ir à sala de descanso. Eu sabia que queria Ashtyn. Ainda pensava em seus lábios macios e como eu queria senti-los em mais do que apenas meus lábios.

— Não, cara. Eu só preciso encontrar alguém para aquecer minha cama. Amanhã à noite. Judy's. — Eu fiz um gesto entre ele e eu. — Nós vamos arranjar alguém pra transar.

Desde o meu término com a Bridgette, transformei meu apartamento de volta em um reduto de homem solteiro. Não havia flores ou coisas cheias de franjas à vista em todo apartamento. Comprei lençóis e travesseiros novos e também um novo edredom para a cama. Não comprei um novo colchão. Em vez disso, passei o aspirador na merda toda e esperava que tivesse funcionado. E na minha TV, apenas o canal ESPN, porque se eu tivesse que assistir novamente algum duelo de gritos entre mulheres de meia-idade que deveriam ser ricas e cheias de classe, eu ficaria louco.

Quando estava pronto para sair com os caras, uma lembrança minha do nosso primeiro aniversário de namoro, me invadiu.

— Caralho... — assoviei. — Baby, esse vestido... Deus, esse vestido...

— Gostou? — Bridgette deu uma volta, e meus olhos instantaneamente foram até

a bunda que estava coberta por um curto – muito curto –, vestido vermelho.

— Sim, gostei, mas também todos os outros homens nesta cidade gostarão. — Não consegui me mexer enquanto continuava a encará-la. Eu sabia como ela era nua, mas aquele vestido era outro nível. Ele abraçava cada curva de seu corpo.

— Eu não me importo. Estou com você, e este é o nosso aniversário de um ano. Eu queria estar bonita.

— Não sei se consigo sobreviver ao jantar. Vamos ficar e pedir pizza.

— Você me prometeu um jantar especial.

Fiz reservas no restaurante Signature Room, no 95° andar do Edifício John Hancock. Eu tinha pesquisado fotos da vista de lá, e pensei que seria perfeito. Além do mais, agora eu tinha condições de pagar.

Ela se inclinou para fazer alguma coisa. Eu não tinha certeza do quê, porque no momento em que se abaixou, sua saia expôs a boceta nua.

— Acho que eu amo você — eu disse as palavras antes de elas se registrarem na minha cabeça.

— Você me ama?

Será que eu amava? Adorei vê-la naquele vestido. E também adoraria vê-la fora dele. E adorava boceta, e tinha vislumbrado a de Bridgette. Mas, desde que minha boca tinha mente própria, confirmei.

— Sim. Eu te amo — menti.

— Eu também te amo! — gritou Bridgette.

Aquela noite me custou uma boa grana. Eu deveria saber que Bridgette era interesseira. Ela pediu lagosta e vários coquetéis. Quando voltamos para a minha casa, ela estava cansada demais para celebrar nosso aniversário e, portanto, desmaiou enquanto eu me masturbava no chuveiro.

Afastei a memória pensando em Ashtyn. Eu ainda podia sentir seus lábios nos meus. Conseguia me lembrar do sabor do vinho que provei em sua língua e em como ela tinha aberto os lábios para me deixar aprofundar o beijo, apesar da forma como nossa noite começou. Para ser sincero, passei a semana toda pensando naquele beijo. Eu queria mais, mas novamente, a bola estava no campo dela. As mulheres precisavam de tempo e toda aquela merda.

Meu telefone sinalizou uma mensagem. Era o Kenny:

Estou aqui. Vamos.

Peguei minhas chaves em vez de responder e desci para encontrá-lo na portaria para que pudéssemos ir a pé até o bar.

Judy's era o típico lugar onde as pessoas adoravam relaxar numa sexta-feira ou no sábado à noite. Também tinha um bar rústico de esportes, mas lá só servia álcool. Não serviam comida, mas poderia assistir qualquer tipo de esporte que estivesse sendo transmitido por conta das TVs penduradas por todos os lados. Os jogos eram transmitidos no silencioso enquanto tocava música, mas eu não precisava ouvir outras emissoras narrando o que eu já sabia somente em assistir.

O tempo estava começando a ficar mais frio à noite, mas não queria carregar uma jaqueta enquanto estivesse tentando me divertir. Trabalhar longas horas estava começando a cobrar o preço. O jornalismo não era o que estava me detonando, mas quando vivemos e respiramos a profissão, aquilo se torna parte de você. Eu ainda precisava de pelo menos uma noite por semana para aliviar um pouco a tensão.

— E aí — cumprimentei Kenny quando saí pelas portas do meu prédio. Ele estava vestido de forma semelhante a mim, de jeans e uma camisa de botões.

— Já estava na hora. Minhas bolas estão congelando.

Soltei uma gargalhada.

— Você poderia ter esperado dentro do prédio, imbecil.

— É, dei mole. Clark e Jett vão nos encontrar lá.

Começamos a andar, e olhei para o edifício de Ashtyn, imaginando em que andar ela morava e se estava em casa. Deus, essa mulher estava me retorcendo por dentro. Eu, definitivamente, precisava transar esta noite.

Sempre que eu saía com os rapazes, Kenny deixava o carro na minha garagem, na vaga para visitantes, porque era mais fácil do que encontrar um lugar na rua. Além disso, nove entre dez vezes, ele acabava dormindo no meu sofá ou, se arranjasse um encontro para a noite, iria para a casa dela. Clark e Jett moravam próximos e sempre dividiam um Uber. Jett era meu co-âncora, e Kenny e Clark eram nossos redatores de notícias que conferiam se as estatísticas estavam corretas antes de Jett e eu transmitirmos as notícias a toda Chicago. Era legal trabalhar com caras que você podia considerar amigos. Eu não tinha que falar sobre o *Blackhawks* a noite inteira porque eles já sabiam o que estava acontecendo. Nós poderíamos simplesmente nos divertir e ter um bom momento para ficar bêbados.

Nós percorremos os poucos quarteirões até o Judy's e quando entramos fomos direto para o bar, onde Jett e Clark estavam nos esperando. Jett tinha o físico de um jogador de hóquei, até mesmo porque já tinha sido um. Era grandão e encrenqueiro. Ele dava voltas e voltas na arena e, na maioria das vezes, capacetes voavam e se espalhavam por toda parte. Mas era a determinação em seus olhos azuis que a maioria dos homens temia ao ir em um embate com ele. Durante sua oitava temporada com Detroit, ele entrou em uma de suas brigas habituais. Tinha tido muitas concussões ao longo dos anos, mas a que conseguiu no último jogo foi o suficiente para dar-lhe a síndrome da pós-concussão. Ele nunca mais voltou ao gelo como profissional.

Clark era o oposto. Não tinha jogado na liga profissional e nem na faculdade. Entrou no jornalismo esportivo pelo mesmo motivo que eu. Amava jogos. Seus cabelos escuros sempre estavam espetados de uma maneira que parecia como se ele tivesse acabado de sair da cama, e quando brincávamos com ele, dizendo que ele tinha acabado de dar uma bela foda, ele nos dava um sorriso torto e os olhos azuis brilhavam com desdém. Ele era mulherengo, porque fazia o tipo do bom rapaz tímido com seus suéteres e aquela merda toda e a mulherada caía em cima, mas eu sabia a verdade. Ele emprestava um pouco de atenção e carinho em troca de uns *beijos e amassos*.

— Vocês já pediram uma rodada? — perguntei a eles.

Jett sorriu.

— Não.

— Idiota. — Levantei a mão para chamar a atenção de Tommy.

Ele veio até nós.

— O de sempre ou 7&7?

O 7&7 era delicioso, mas eu precisava ir com calma.

— O de sempre. — Tommy pegou um copo de cerveja e começou a encher com Miller Lite da torneira.

Kenny me cutucou.

— Sua garota está aqui.

Virei a cabeça na direção em que ele estava apontando e sorri quando vi sua bunda se mexendo no ritmo da música que tocava ao fundo.

Minha garota estava bem aqui.

CAPÍTULO 5

ASHTYN

Querida Ashtyn,

Quando pensei que sabia tudo sobre você, você me surpreendeu. Eu li essa citação e pensei em ti:

"O vinho é poesia engarrafada." – Robert Luis Stevenson.

AS

Depois do fim de semana que tive, foi bom receber minhas rosas semanais. Era bom saber que alguém me admirava. Exceto que esta nota tinha feito os cabelos na parte de trás do meu pescoço arrepiar. *"Quando pensei que sabia tudo sobre você, você me surpreendeu."*. O que isso significava? O pensamento de alguma pessoa aleatória me enviando flores a cada semana agora começava a se parecer assustador, embora eu tivesse certeza de que atores, modelos e autores recebessem presentes de fãs o tempo todo. *Não significava nada, certo?*

A semana passou, e você pensaria que cada dia ficaria mais fácil, mas eu me pegava pensando na única vez em que Corey disse que me amava e em como eu não havia percebido que não era real.

O vento quente açoitou meus cabelos loiros enquanto Corey segurava minha mão, levando-me ao Navy Pier para um jantar. Eu estava começando a ter sentimentos por ele. Adorava passar algum tempo com ele e aguardava a manhã de sábado quando conseguia acordar ao seu lado. Eu sabia que o amava. Eu queria lhe dizer, mas estava

esperando que me dissesse primeiro porque não tinha certeza de como ele se sentia. Nós estávamos namorando por cinco meses, e mesmo naquele pouco tempo, eu sabia que poderíamos durar para sempre. Eu poderia imaginar-me andando até o altar em um vestido branco que eu havia "pinado" em um painel do Pinterest, com todos os nossos amigos e familiares lá. Eu queria isso. Eu queria isso com Corey.

— Onde vamos jantar?

— Riva Crab House.

Eu sorri. Caranguejo era uma das minhas comidas favoritas.

Nós tínhamos uma visão da água enquanto comíamos, e depois decidimos dar um passeio até o final do cais.

— Meu baile de formatura aconteceu lá. — Eu apontei para as janelas de vidro que abrigavam um salão de baile gigante no final do cais.

— O meu também. — Corey riu. Nós fomos para diferentes escolas secundárias, e tínhamos quatro anos de diferença, mas eu sabia que era um local comum para bailes de formatura. — Eu fui o Rei do baile.

— Mentira. Eu bati no seu braço, rindo e brincando.

— Eu fui.

— Por que você nunca me disse isso?

— Isso foi dezenove anos atrás.

— Você nos faz parecer tão velhos. — Eu gemi.

Eu não estava muito atrás dele em idade, mas faz quinze anos desde meu baile de formatura. Naquele instante, houve um boom alto, e quando olhei para cima, a prata brilhante banhou o céu. Depois de algum tempo, eu disse:

— Eu adoro fogos de artifício. Eles são tão lindos. — Olhei para ver Corey me observando.

— Assim como você, Ashtyn.

— Você não precisa me adular. Eu já sou sua. — Inclinei-me em sua direção, ainda olhando para os fogos.

Corey enrolou o braço em volta da minha cintura e riu.

— Eu não estou tentando adular você. Estou afirmando um fato.

Olhei para ele.

— Bem, obrigada.

Ele sorriu.

— E eu amo você.

Como eu pude ser tão estúpida? Tudo parecia perfeito naquela noite. É bem verdade que Corey nunca pronunciou essas três palavras novamente, e eu deveria ter tomado isso como um sinal, mas nunca imaginei que ele fosse um ator tão bom.

Sábado de manhã, enquanto lia o jornal, meu telefone tocou ao meu lado. Era a Jamie

Noite das garotas?

Normalmente, eu passaria minhas noites de sábado com o Corey como a noite em que fomos ver os fogos de artifício, mas agora estava livre de certa forma, e eu precisava das minhas amigas para esquecer o fim do meu relacionamento.

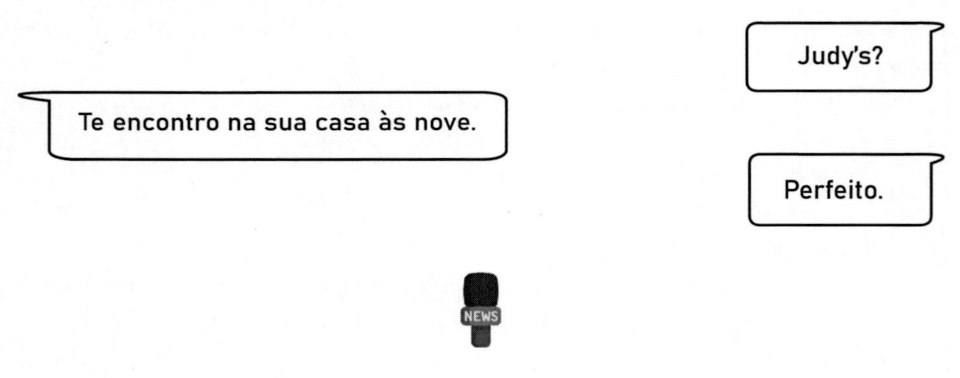

Às nove horas em ponto, houve uma batida na minha porta. Quando abri, Jaime e nossas amigas, Kylie e Colleen estavam ali com grandes sorrisos nos rostos. Quanto mais, melhor. Pelo menos agora eu poderia responder às perguntas que sabia que viriam e acabaria logo com isso.

Quando nós quatro nos reuníamos, parecíamos como se tivéssemos saído de um episódio de *Sex and the City*. Kylie tinha os cabelos castanhos escuros e estavam presos em um rabo de cavalo alto, as franjas perfeitas sobre a testa. Seus olhos castanhos brilhavam enquanto ela segurava uma garrafa de *Patrón*. O cabelo ruivo de Colleen era curto, no estilo *petit*, e ficava totalmente evidente por conta dos enormes olhos verdes, mas combinava com o rosto dela. E Jaime tinha abundantes cachos loiros e soltos.

— Nós trouxemos tequila! — Jaime gritou, e Kylie empurrou a garrafa na minha direção. Foi então que notei que Colleen tinha uma sacola com limões, batatas fritas e salsa.

— Nossa noite de garotas vai ser aqui? — *Pensei que íamos para o bar.*
As três passaram por mim e entraram no meu apartamento.
— É só um aquecimento — confirmou Kylie.
— Desta forma, só precisamos comprar uma ou duas bebidas no Judy's.
— Ou pra você três me interrogarem sobre o Corey — comentei, seguindo para a cozinha.
— Sim, mas também queremos saber a respeito do Rhys — afirmou Jaime. Embora eu tivesse dito a ela tudo sobre o Rhys, uma semana havia se passado e, aparentemente, ela pensava que éramos algo mais. Não éramos. Desde então, não tinha ouvido falar dele.
— Rhys? — perguntei, sentando numa banqueta, enquanto eles começaram a preparar os *shots* e *snacks*.
— Não tivemos notícias desde o seu rompimento — afirmou Kylie.
Isso era verdade. Também não respondi a nenhuma mensagem delas. No domingo após o término, fiquei em casa o dia todo. Não queria conversar com ninguém, ainda estava confusa sobre toda a situação. Um minuto eu estava de coração partido, e no seguinte estava beijando um homem diferente. Um de quem não tivera mais notícias, e que, provavelmente, estava me usando para entrar na minha calcinha, mas eu não era o tipo que aceitava sexo casual a uma simples chamada. Embora o pensamento de estar com Rhys agitasse meu estômago...
— Basicamente, passei quase um ano da minha vida com um homem, por nada.
Jaime veio até mim com um *shot* da tequila.
— Mas como você está realmente se sentindo?
— O álcool tem sido meu novo melhor amigo esta semana.
Na maioria das noites, depois de chegar em casa do trabalho, eu bebia uma taça de vinho depois tomava um banho quente, e logo em seguida tomava outra taça, antes de dormir. Era a única maneira de pegar no sono, porque toda vez que eu tentava sem beber, deitava na minha cama *King size*, estendia minha mão para o espaço frio e vazio, e depois chorava, antes de me levantar em busca de mais vinho.
— Bem, aqui está um pouco mais. — Jaime me entregou o copo, e peguei uma fatia de limão de cima do balcão à minha frente, onde Kylie estava cortando as rodelas.
— Mas, diga a verdade... — disse Colleen, abrindo os *chips* de tortilha. — Você está a fim do Rhys Cole?
— Só porque tirei uma foto com um apresentador de TV não significa que eu esteja namorando o cara.

Jaime sentou ao meu lado com um *shot* de *Patrón* na frente dela.

— Não foi porque você tirou uma foto. Foi porque nunca tínhamos visto você sorrir daquele jeito antes. Você estava super-radiante e tinha *acabado* de terminar com o Corey.

— Eu não estava radiante — murmurei. — Foi culpa do vinho que bebi. E talvez o *shot* de Fireball. — *E porque ele beijou meu ombro nu e causou arrepios na minha pele. Esquece isso. Também esquece a parte em que nos beijamos – três vezes.* Abaixei meu copo. — Vamos esquecer esse assunto. Não quero falar sobre homens.

— Esse é o ponto principal da noite de garotas. — Kylie riu.

— Bem, vamos falar sobre a vida amorosa de vocês, então...

— Todas nós somos casadas. — Colleen riu. — Temos sexo pré-agendado superchato.

Suspirei.

— Eu não estou mais fazendo sexo. Muito menos, me casando, pra dizer a verdade...

— Tenho certeza de que Rhys Cole faria sexo. Ele disse pra você usá-lo, então... use o cara. — Jaime deslizou seu *shot* pra mim.

— Ele não quis dizer para eu usá-lo assim — menti. — Ele quis dizer que ele seria o meu namorado de mentirinha se eu precisasse ser resgatada do assédio de algum cara novamente.

Kylie despejou outro *shot* e me entregou. Notei que eu era a única a beber os *shots* de tequila, e um atrás do outro.

— Bem. Então, esta noite você vai encontrar um cara e ter sexo gostoso. Não vai matar você ter um pouco de diversão. Apenas lembre-se de que nós iremos pra casa para roncos e gases, mas você pode ir pra casa e ter um sexo fantástico e desconhecido.

— Sexo fantástico e desconhecido?

Colleen suspirou.

— Sexo onde você abandona o controle e apenas sente. Você não precisa se preocupar com a aparência dos seus peitos no momento em que deita de costas, ou se a barriga está sobrando em algum lugar. Você vai ter sexo suado e pronto.

Talvez as meninas estivessem meio loucas. E talvez Rhys estivesse certo. Talvez eu precisasse entrar debaixo de algum homem para esquecer o Corey. Eu devia tentar.

— Não vou conseguir nada, do jeito que vocês estão me deixando chapada. Vamos sair pro agito.

Dois *shots* mais tarde, batatas fritas e salsa em nossas barrigas, estávamos saindo do meu apartamento rumo ao Judy's. Eu ainda estava com dois *shots* de tequila à frente delas, e sentindo os efeitos disso. *Corey, quem?* Por que eu deveria tentar encontrar outra pessoa? Poderia ter ficado em casa, tomado o pote todo de sorvete e bebido uma garrafa inteira de vinho, mas não teria ficado feliz. Então escolhi sair com minhas amigas e considerar seriamente essa coisa de sexo *desconhecido*.

— Oi — cumprimentei o barman quando eu e minhas amigas conseguimos passar por entre as pessoas e chegar ao bar. Era o mesmo cara da semana passada.

— O que será?

— Quatro vinhos tintos. *House* está bom. — A noite das garotas não era sobre o gosto para bebidas.

— Não — Jaime cortou. — Quatro *shots* de Patrón e... — Pensou por um momento. — Quatro 7&7.

Sorri, lembrando que era o que Rhys estava bebendo na outra noite. Não era a bebida que eu normalmente pediria, mas prová-la nos lábios do Rhys não foi nada mau. Jaime virou-se para mim, depois que o barman se afastou para preparar nossas bebidas:

— Nada de vinho hoje à noite. Você não tem que trabalhar amanhã, não tem um namorado te colocando para baixo, e eu e as meninas voltaremos pra casa de Uber. Você pode se soltar. O perdedor que você namor...

— Terminou? — Eu ri. — Eu não ia me opor, *mãe*.

Nós já estávamos na tequila mesmo. Mais um *shot*, e um 7&7, me deixariam no limite e eu, realmente, *ficaria* desinibida. Eu sabia. Também sabia que precisava daquilo se quisesse fazer o tal sexo desconhecido.

— Ótimo. Agora beba seu *shot* e vamos arranjar uma mesa. — Jamie entregou seu cartão de crédito ao barman e disse-lhe para manter a conta aberta. Nós quatro brindamos nossos copos e bebemos o líquido ardente.

Conseguimos uma mesa superior alta, no canto diagonal do balcão do bar. Se tivéssemos demorado dez ou quinze minutos pra chegar, o bar estaria lotado e não teríamos sorte. Eu tinha experiência em bares. Depois das onze é que, de fato, as coisas esquentavam. Na verdade, eu não tinha certeza se era o álcool fluindo nas minhas veias ou o quê, mas a música parecia aumentar, bem como o número de pessoas lotando o lugar.

A música mudou para *Strip That Down* por Liam Payne, e foi aí que meus quadris ganharam vida própria. Deslizei do banquinho e comecei a dançar ao lado da mesa. Kylie se juntou a mim, e antes que eu percebesse, todas nós estávamos cantando e rindo enquanto a música continuava a tocar nos alto-falantes. Eu estava me sentindo livre, sem me importar se alguém estava observando ou pudesse me reconhecer. Não era como se eu fosse uma celebridade na cidade, mas, às vezes, eu era reconhecida por pessoas mais velhas, que assistiam ao noticiário antes de dormir. Isso fazia parte do trabalho.

Colleen sacudiu a cabeça, indicando para que eu olhasse para trás. Meu coração quase parou quando vi o homem que conheci há uma semana. Rhys estava encostado ao bar, uma garrafa de cerveja na mão e um sorriso enorme que parecia dizer: *você-está-me-deixando-duro-dançando-desse-jeito*. Devolvi o sorriso e virei de volta para as minhas amigas, a música mudando. Eu não conseguia mais me concentrar nas palavras que estavam sendo cantadas ou mesmo na batida, porque meus pensamentos estavam exclusivamente no homem atrás de mim. Ele viria dançar comigo? Estava tão excitado como imaginei? Ele tinha voltado com a namorada? Vinha sempre aqui ou apenas aos sábados? Transar com ele seria considerado sexo desconhecido?

Não demorou muito para que obtivesse ao menos uma das minhas respostas.

Espera. Duas.

Antes que eu percebesse, um duro – e quero dizer *duro* –, corpo estava pressionado às minhas costas. Os olhos das minhas amigas se arregalaram, e eu sorri, me sentindo pega no flagra. Eu não sabia por quê. Eu e Rhys não tínhamos nada, mas senti como se estivesse guardando um segredo delas. Claro, o único segredo, foram os três beijos que não significaram nada.

Rhys deu um passo ao lado e estendeu a mão, apresentando-se às meninas. Então ele se virou e sussurrou no meu ouvido:

— Acho que devíamos dançar assim no meu apartamento...

Eu tinha sorte de que o álcool já me deixava vermelha, porque era certeza que suas palavras me fizeram corar. Rhys, em tão pouco tempo, parecia ter uma maneira de fazer meu coração sorrir mesmo quando eu estava triste e solitária. Quem sabe ele não ele fosse a chave para tornar meu coração inteiro novamente? Mesmo que fôssemos namorados de mentira. Suas palavras eram como drogas e tinham efeito instantâneo no meu corpo. Rir com esse homem parecia ser o caminho certo para eu me curar.

Não respondi. Não pude. Tudo bem, eu queria dizer sim, mas estava com minhas amigas. Então meu olhar passou por Rhys, e vi outras três pessoas caminhando na nossa direção.

— Senhoras — um dos homens cumprimentou.

Rhys fez as apresentações, lembrando os nomes das meninas, enquanto nos apresentava a Kenny, Jett e Clark. Aparentemente, eles trabalhavam juntos. Reconheci Jett como co-âncora de Rhys, mas os outros não eram apresentadores esportivos. Rhys mencionou que eram jornalistas e redatores da emissora. Presumi que eles ajudavam com as estatísticas e tudo o que era relacionado ao esporte.

— Outra rodada? — Rhys perguntou, girando o dedo para todos nós.

— Você está pagando? — perguntou Kylie.

Rhys sorriu enquanto eu e as mulheres voltamos para nossos assentos.

— Claro.

— Estou bem — afirmei. — Se eu tomar mais alguma coisa, você terá que me carregar pra casa.

— Eu estava pensando em fazer exatamente isso, *Cupcake*. — Rhys piscou e depois foi para o bar. Seus amigos o seguiram.

Quando eles estavam fora do alcance de serem ouvidos, minhas amigas chiaram:

— Cupcake?

Dei de ombros.

— Ele quer me lamber e depois comer.

Elas ficaram sem palavras e boquiabertas.

Dei de ombros novamente.

— Ele estava brincando.

— Ele não estava brincando — Jaime sussurrou. — Se você não der pra ele, deixo de ser sua amiga — continuou ela.

Soltei uma gargalhada.

— Você me rejeitará como amiga se eu não abrir as pernas para um homem?

— Não — corrigiu ela. — Se não abrir as pernas para *aquele* cara.

Segui o caminho em que o dedo dela estava apontando para o bar. Os rapazes estavam pegando as nossas bebidas, cada um com duas, então começaram a se dirigir até nós.

— Vou ver o que acontece.

— E queremos detalhes — afirmou Colleen.

Muito poderia acontecer em uma hora, mas era a expectativa do que poderia acontecer depois, que me excitava.

CAPÍTULO 6

RHYS

— Eu sabia que algo estava acontecendo entre você e Ashtyn Valor! — gritou Kenny quando chegamos ao balcão do bar.

— Não está acontecendo nada. — *Ainda.*

Teria mais do que meus lábios e mãos tocando Ashtyn e a faria ansiar ainda mais. Não havia dúvida de que ela pôde sentir o quão excitado eu estava enquanto meu pau roçava a sua bunda ao dançarmos. Foi inevitável. Eu precisava estar perto dela, e estava pouco me fodendo. Eu queria que ela soubesse, não, eu *precisava que* ela soubesse que eu ainda a queria.

— Você disse que queria transar hoje. Por que não com a Ashtyn?

Eu não olhei para Kenny enquanto ele falava. Em vez disso, fiquei observando a mulher em questão. Sim, queria transar hoje à noite.

— Ela acabou de terminar com o namorado. Eu não quero ser o estepe dela. — Bem, talvez eu quisesse. Eu disse a ela para me usar para o sexo, exceto que uma parte de mim, sabia que quando transasse com ela, não conseguiria me satisfazer com "apenas uma vez".

— Cara — Jett interviu. — Não há nada de errado com um pequeno rala e rola entre adultos.

Meu olhar se voltou para ele e comecei a rir.

— Quem é você? R. Kelly?

Ele estreitou os olhos escuros para mim.

— Não me compare àquele infantil...

Eu o interrompi.

— Você é quem está citando a música do cara.

Jett se aproximou do bar para pegar duas das bebidas que Tommy colocou à nossa frente.

— Não, estou lhe dizendo que transe loucamente com aquela mulher.

— De quem é a conta? — perguntou Tommy.

— Minha — respondi e peguei os dois últimos 7&7. Cada um estava com duas bebidas. Quando voltamos para a pequena mesa, coloquei o drinque à frente de Ashtyn.

— Tommy disse que isso é o que as senhoras estão bebendo. Espero que esteja tudo bem.

Jaime falou antes que Ashtyn tivesse chance:

— Está perfeito. Na verdade, acho que nós — ela moveu o dedo para indicar a todos, exceto Ashtyn e eu — deveríamos escolher uma música na *jukebox*.

— Boa ideia — Kenny respondeu e me deu um tapa nas costas, enquanto eu observava os seis saindo.

Não era a primeira vez que Ashtyn e eu ficávamos sozinhos neste mesmo bar, mas era a primeira vez que tínhamos plateia assistindo todos os nossos movimentos. De pé ao lado dela, nós dois tomamos nossas bebidas e, de vez em quando, eu olhava para o grupo na parte de trás do bar. Cada um se revezava nos olhando, e quando percebiam que nós os observávamos em vez de conversar, eles fingiam não estar olhando. Mas estavam. Sabíamos o que estava acontecendo.

— Nossos amigos são estranhos. — Olhei para Ashtyn, permanecendo ao seu lado.

— Muito estranhos — ela concordou e tomou um gole de sua bebida.

Virei meu corpo completamente para o dela.

— Como você tem passado? — Sim, eu fiz essa pergunta mesmo que dez minutos antes, meu pau estava se esfregando nela.

Os olhos verdes de Ashtyn focaram em mim.

— Aguentando. E você?

— Bem — menti. Bom, eu estava bem, mas não tão bem. Estava o tempo todo tentando me concentrar no trabalho, então não teria que pensar em mais nada. Eu pouco me importava com a Bridgette. Quanto mais o tempo passava após a nossa separação, mais percebi que nunca a amei de verdade. Eu a amava como pessoa, e adorava me divertir e transar com ela, mas não estava *apaixonado*. Se estivesse, eu a teria pedido em casamento, e casar nunca passou pela minha cabeça.

— Como está o trabalho?

Eu olhei para ela por um momento antes de falar:

— Nós realmente vamos conversar amenidades?

Ela piscou.

— O que você quer dizer?

Podíamos falar sobre o trabalho, clima, nossas cores favoritas e qualquer merda, mas o tempo estava passando e logo nossos amigos voltariam, então fui direto ao ponto. Inclinei-me e apoiei os cotovelos na mesa ao lado dela enquanto sussurrava:

— O que quero dizer é que nossos amigos ali estão, obviamente, querendo que conversemos sobre outro assunto, que não seja o clima. E serei honesto, Ashtyn, tenho pensado muito em você. Tenho pensado em outros lugares nos quais sua boca poderia beijar meu corpo — eu disse a porra da verdade, na esperança de que ela sentisse o mesmo. — Nós dois somos solteiros — continuei — , e em mais dois minutos nossos amigos voltarão e continuarão dando dicas de que precisamos seguir para o meu apartamento. Então, Ashtyn, *Cupcake*, deixe-me pagar minha conta e vamos fugir daqui.

Seu olhar percorreu rapidamente o local onde nossos amigos estavam, voltando em seguida para mim. Ela deu de ombros com um sorriso malicioso.

— Ok.

Abri um sorriso.

— Coloque sua jaqueta e me encontre no bar. — Caminhei até o balcão e fiz um gesto para Tommy, mostrando que eu precisava fechar e pagar a conta rapidamente. Não precisávamos nos despedir de nossos amigos, ou qualquer merda. Quando voltassem à mesa e não nos vissem, saberiam que tínhamos ido embora. Kenny precisaria dormir no Jett ou no Clark, ou na porcaria do carro dele que estava na minha garagem. Eu não dava a mínima.

Digitei a senha na máquina do cartão de crédito, peguei a mão de Ashtyn e, num piscar de olhos, saímos do bar.

— Meu apartamento ou o seu? — ela perguntou.

— Bem, preciso batizar os lençóis novos. — Sorri e puxei sua mão para que pudéssemos atravessar a rua.

— Mal posso esperar.

— Verdade? — perguntei.

— Já que estamos sendo honestos, pensei em você na semana passada.

— Você não sabe o quanto isso me faz feliz.

Chegamos ao meu prédio em tempo recorde, mas o elevador não chegou ao térreo rápido o suficiente. Eu estava excitado, meu coração batia um pouco acelerado enquanto eu apertava o botão com a mão livre, repetidamente, até que finalmente chegasse. Ashtyn entrou primeiro, ainda segurando minha mão. Quando a porta se fechou, minha boca encontrou a dela e todas as lembranças dos nossos beijos anteriores voltaram. Seus lábios eram macios, doces e um pouco exigentes. Ela era como aquele primeiro gole de uísque *Single Malt* depois de um longo dia: doce, suave e refrescante. Eu a beijei intensamente, apoiando-a na parede, esfregando meus quadris aos dela. Se o elevador demorasse mais um pouco, ia tirar o jeans e sua camisa de seda e fazer todas as coisas que vim sonhando durante a semana passada com seu corpo.

Quando finalmente chegamos ao meu andar, afastei-me de seu corpo sedutor e a guiei, ainda de mãos dadas, até o meu apartamento. Assim que cheguei à minha porta, a empurrei contra a parede ao lado, beijando-a novamente, ao mesmo tempo em que eu tentava pegar as chaves no bolso, mas era um trabalho difícil. Eu estava me viciando naquela boca.

E também estava muito excitado.

Finalmente, eu abri a porta e entramos. Naquele momento, não tinha ideia de onde era o quarto. Eu não me importava. Ashtyn estava no meu apartamento, minhas mãos estavam por todo corpo dela, e os lábios ainda a estavam devorando. Começamos a tirar nossas roupas, deixando uma trilha desde a porta da frente até a sala de estar. Eu estava a dois segundos de incliná-la sobre o sofá, para fodê-la ali mesmo, mas ela falou contra a minha boca:

— Onde é o seu quarto?

— Você só consegue foder na cama, *Cupcake*?

Ela afastou a cabeça de mim.

— Não, mas pensei que você gostaria de se livrar da memória dela.

Eu queria. E desde que começamos esse relacionamento – ou o que quer que se possa chamar o que esteja acontecendo entre nós –, ela estava certa. Eu precisava de novas memórias para os novos lençóis. Eu queria sentir o cheiro de Ashtyn no meu travesseiro e não o amaciante de roupa que usei.

Eu a guiei para o meu quarto, ambos nos desnudando parcialmente.

— Vire-se — instruí.

Ashtyn se virou e me aproximei dela, afastando os cabelos loiros para o lado, percorrendo o dedo pela coluna vertebral até encontrar o fecho do sutiã. Sua cabeça pendeu para frente, e sob o meu toque senti sua pele se arrepiando, respondendo ao traçado que eu fazia em seu corpo. Inclinei-me para frente, beijando as costas, onde meu dedo tinha deixado uma trilha. Eu estava certo, meus lábios adoraram mais seu corpo do que apenas os lábios, e, pela forma como Ashtyn gemia, eu sabia que ela também estava gostando. Ao invés de parar novamente no fecho, continuei descendo os lábios lentamente enquanto me curvava atrás dela, envolvendo a cintura delicada com os braços, até encontrar o botão de níquel do jeans. Abri e puxei o zíper para baixo, meus lábios nunca deixando a pele até chegar ao cós da calça. Deslizei a calça para baixo até ela ficar apenas com o conjunto preto de sutiã e calcinha.

— Ele é louco, porra. — Respirei, olhando para onde a calcinha de Ashtyn a preenchia.

— Quem? — perguntou, olhando-me por cima do ombro.

Meu olhar encontrou o dela.

— O porra-louca.

Ela sorriu.

— Concordo.

Minhas mãos foram para o algodão em seus quadris, e o deslizei pelas pernas. Joguei a calcinha atrás de mim e depois tirei o sutiã, atirando na mesma direção.

— Vire-se — sussurrei. Meu coração estava disparado, antecipando a visão que eu estava prestes a contemplar. Quando ela virou e olhou para mim, meu pau forçou o zíper do meu jeans.

— Por que só eu estou nua?

Essa era uma boa pergunta.

Meus lábios foram de encontro aos dela novamente. Nós nos beijamos enquanto eu lutava para me livrar do jeans. E continuamos nos beijando enquanto eu deslizava a calça pelas pernas. E nos beijamos mais ainda enquanto eu arrancava a cueca boxer. Quando estávamos ambos completamente nus, nossas bocas continuaram unidas enquanto eu a empurrava para trás até que ela chegasse ao final da cama. Então, na medida em que ela se arrastava para o centro da minha cama *King size*, eu rastejava por cima de seu corpo.

Deixei uma trilha de beijos na boca, descendo pelo pescoço, pelos seios, sem parar minha jornada, até minha língua ter o primeiro gosto de sua boceta. Ela era doce, quase como o uísque que eu tinha bebido pouco antes, e os gemidos que saíam de Ashtyn me diziam que eu estava no caminho certo. Eu a separei mais com os dedos, fazendo minha língua ir o mais profundamente possível. Então adicionei um dedo, circulando o clitóris enquanto a explorava com a língua, até que ela gemeu e apertou as coxas juntas quando gozou.

Nenhuma palavra foi dita enquanto eu lentamente movia as mãos ao longo de sua pele lisa, desde os tornozelos até os seios. Meus lábios voltaram para os dela, meu pau duro pressionado ao quadril, quando me deitei ao seu lado. Comecei a provocar o mamilo com os dedos. Eu não sabia quanto tempo eu conseguiria aguentar, mas estava esperando a respiração de Ashtyn voltar ao normal. Mesmo assim, ainda continuei excitando seu corpo em vez de deixá-la descansar. Era mais forte que eu.

Uma mão quente envolveu meu pau, fazendo com que eu separasse nossos lábios. Ela começou a me acariciar e eu realmente não podia deixá-la continuar porque estava prestes a gozar daquele jeito. Então alcancei um preservativo no criado-mudo. Quando ergui o corpo para colocar a camisinha, a mão de Ashtyn se afastou, e ela abriu as pernas, me dando boas-vindas para entrar.

Não perdi mais tempo enquanto afundava em seu corpo, fazendo com que suas pernas envolvessem minha cintura. Também não levou muito tempo, antes dos meus lábios estarem sobre os dela novamente, como se eu precisasse deles para respirar. Pra dizer a verdade, eu precisava.

Meus quadris estocavam em Ashtyn enquanto nossos corpos se moviam em total sincronia. Sua boceta me apertava, às vezes fazendo com que um rosnado baixo vibrasse em minha garganta. Porra, ela era gostosa. Gostosa pra caralho. Eu não queria parar com medo de que aquela fosse a única vez em que estaríamos juntos, mas eu precisava gozar. Interrompi nosso beijo, acelerei meus impulsos e minhas bolas começaram a bater entre suas pernas. Ashtyn arqueou as costas e agarrou os seios. A visão dela se dando prazer, me fez gemer meu orgasmo ao mesmo tempo em que Ashtyn estremeceu abaixo de mim, sua boceta sugando meu pau até a última gota.

Depois que me livrei da camisinha, esperei voltar ao quarto e encontrar Ashtyn vestindo de volta as roupas. Em vez disso, ela estava deitada na minha cama, o cabelo loiro esparramado no meu travesseiro. A visão dela, ali, colocou um sorriso instantâneo no meu rosto.

— Você sabe que mesmo um casal de namorados de mentirinha dormem juntos, né? — falei, indo em direção à cama. Eu não queria que ela fosse embora. Deitei-me sob a coberta, trazendo seu corpo nu para se aninhar ao meu.

— É mesmo?

Beijei seu ombro nu.

— Sim, é mesmo.

— Então é melhor apagar a luz para que possamos dormir um pouco.

Sorri e fiz exatamente isso.

CAPÍTULO 7

ASHTYN

NOTÍCIA DE ÚLTIMA HORA: ASHTYN VALOR FICA BÊBADA E TIRA A ROUPA PARA RHYS COLE NA NOITE ANTERIOR.

Ok, talvez apenas eu tenha ficado bêbada, mas eu me lembrava de tudo.

A maneira como ele praticamente beijou cada centímetro do meu corpo.

A maneira como lambeu entre as minhas pernas.

A maneira em que ele devorou meu corpo, fazendo-me arquear as costas ao ser dominada pelo orgasmo.

Eu estava meio zonza, claro, o que fez com que eu ficasse totalmente desinibida e aceitasse ir para o apartamento dele. Mas eu não me arrependi.

Quando acordei, senti vagamente o cheiro de café. Eu acordava com esse cheiro somente quando estava na casa dos meus pais. Corey nunca fez café pra mim ou levou na cama, nem uma única vez. Eu sempre era a primeira a acordar. Para dizer a verdade, nenhum dos meus ex-namorados acordava antes de mim. Será que Rhys estava fazendo café para mim ou somente para ele?

Saí da cama quente, peguei minhas roupas e me dirigi ao banheiro da suíte para me ajeitar o melhor que pudesse. Depois de me vestir, penteei com os dedos meus longos fios loiros e embaraçados e usei um pouco de enxaguante bucal antes de ir para a cozinha.

Ao sair, parei em uma mesinha que ficava entre os dois quartos, no final do corredor. Era exatamente igual ao meu apartamento. De um lado o quarto principal, do outro um escritório. Na mesa de madeira havia fotos de Rhys ao lado de rapazes que supus serem jogadores de hóquei, porque as fotos estavam autografadas. Sorri para cada uma das fotografias, depois segui pelo longo corredor até o lugar para onde o cheiro do café me guiava. Não era nem um pouco difícil de achar, porque ficava logo à direita da sala. Rhys estava sentado de costas, no balcão central. Um jornal de esportes e uma xícara de café estavam à sua frente.

— Você lê jornal também? — Pode parecer uma pergunta estranha, mas eu quis dizer isso no sentido de que ele não via notícias apenas na internet.

— Somente para as coisas que perdi na noite anterior. Normalmente, vejo todas as notícias no meu telefone ou no computador.

— Eu também. — Sorri.

Rhys escorregou da banqueta marrom, seus olhos vagando pelo meu corpo.

— Sente-se. Vou fazer uma xícara de café pra você.

Não era um café da manhã na cama, mas o fato de que Rhys estava fazendo um café pra mim, tornava tudo muito melhor. Quando ele colocou pó na máquina *Keurig*, peguei a primeira página do jornal e comecei a folheá-lo. Corey nunca entendeu por que eu comprava e lia o jornal quando as notícias estavam sempre ao simples deslizar de um dedo. Era porque tudo o que eu precisava saber estava ali mesmo, no preto e no branco. Além do mais, assim como Rhys, eu também li muita coisa online, mas havia algo sobre ler o jornal de manhã, enquanto tomava uma xícara de café, que me fazia sentir que nossas vidas não eram consumidas com as redes sociais e alertas de notificação.

— Como você toma?

Ergui a cabeça e encarei seus olhos azuis.

— Creme e um pacote de adoçante.

Ele sorriu e se virou para fazer exatamente o que pedi. Esperei que me dissesse que não tinha adoçante, e que teria que usar açúcar, mas ele tinha. Colocou a caneca na minha frente e sentou-se no banco ao meu lado.

— O que você quer fazer hoje?

A caneca do líquido quente parou nos meus lábios.

— Com você?

Ele deu aquele sorriso que mostrava covinhas.

— Sim. Afinal, *somos* namorados de mentira, mas somos. Além disso, suponho que nós dois estamos de folga hoje.

— Como você sabe que eu não tenho planos?

— Você tem?

Balancei a cabeça.

— Não, mas pensei que ontem à noite nós dois estávamos apenas aliviando a frustração sexual para esquecer nossas mágoas.

Rhys virou o corpo para mim, os joelhos pressionados na lateral da minha coxa.

— Nós aliviamos, mas isso não significa que precisa parar por aqui.

— Eu não estou pronta para namorar — confessei.

— Eu também não — ele admitiu. — Só pensei que pudéssemos passar o dia juntos ao invés de ficarmos sozinhos, pensando em nossos ex.

Rhys estava certo. Eu iria para casa e, apesar de ter desfeito amizade com Corey, iria à sua página e veria se ele tinha postado alguma foto com outra pessoa. Depois de alguns segundos, perguntei:

— O que você tem em mente?

— Bem, estive olhando a previsão do tempo, e parece que este pode ser o nosso último dia com uma temperatura decente. Antes de nos darmos conta, estará nevando e vai ser uma merda. Então, que tal fazer um passeio de barco no Lago Michigan?

— Amigos fazem passeios de barco no Lago Michigan, juntos... sozinhos?

Ele sorriu novamente.

— Amigos podem até não fazer, mas namorados de mentira fazem.

— Isso parece um encontro de verdade pra mim.

Rhys agarrou minha mão, passando o polegar pelo dorso.

— São apenas duas pessoas que não querem ficar sozinhas, saindo em um barco para se conhecerem melhor. Eu até prometo não te beijar... muito.

Sorri para ele.

— Muito?

Ele encolheu os ombros e soltou minha mão, esticando para pegar seu café. E antes que tomasse um gole, deu um sorriso.

— O que posso dizer, você tem um gosto incrível.

Minhas bochechas esquentaram com suas palavras. Peguei minha própria xícara, levando um tempo para pensar no que ele estava me propondo. As duas vezes que passei um tempo com ele, gostei. Tudo bem que a última envolveu sexo e eu, definitivamente, gostei bastante. Não queria ir para casa e *stalkear* Corey, como sabia que eu faria, mas ir àquele "não-encontro" com Rhys parecia muito com um *encontro* de verdade. Eu estava pronta para dar esse passo?

Inclinei a cabeça em direção a ele e sorri.

— Ok, mas cada um paga o próprio almoço.

— Combinado.

Após o café da manhã, Rhys me acompanhou até o meu apartamento para eu me arrumar. Esperei que ele me deixasse apenas na portaria, mas fez questão de me levar até a porta. Ele não me beijou, mas assim que se afastou, percebi o quanto ansiava por aquele beijo. Eu estava tão confusa. Minha cabeça dizia que aquilo era coisa de uma noite apenas, e que agora que tivemos o que queríamos, tudo acabaria. Meu corpo dizia que queria muito mais. E talvez eu conseguisse esse *mais*, já que passaríamos o dia juntos.

Eu já havia passeado no Lago Michigan muitas vezes. Já tinha até ouvido histórias sobre a construção de uma ilha privada e flutuante no meio do lago. O paraíso estaria a uma distância pequena: apenas um passeio de barco, e eu queria experimentar tudo do que já tinha ouvido falar, desde os solários, às piscinas, chalés, SPA e restaurantes. Eu cobriria uma matéria sobre aquela ilha, quando ela realmente abrisse.

Estava usando uma calça jeans, um suéter roxo e meus Chuck Taylors cinza escuro. Quando desci, vi Rhys recostado em um Mazda SUV preto estacionado na área de embarque e desembarque. Caminhei em sua direção e um sorriso deslizou em nossos lábios.

— *Cupcake* — ele cumprimentou, afastando-se do carro.

Dei uma gargalhada.

— Vai continuar me chamando assim, depois da noite passada?

— Você está me dizendo que só comeu um *cupcake* em toda a sua vida?

— Não — bufei.

Parei à sua frente e ele se aproximou, tão perto, que ficamos com os narizes colados.

— Exatamente. Agora que tive o gosto, não vou comer só uma vez...

— Sério? — Ri novamente, embora tenha sentido um frio na barriga.

Ele deu um passo atrás e abriu a porta do passageiro para mim.

— Bem, pelo menos espero ter mais. *Cupcakes* são deliciosos pra caralho.

Meu rosto chegou a doer, tamanho o sorriso que se espalhou por ele. Estava claro para mim que Rhys tinha lambido uma boa parte de glacê de *cupcakes* antes, e, honestamente, não seria eu quem lhe diria que não podia.

Rhys dirigiu até o Navy Pier. Percebi que não estive ali desde a noite em que Corey havia dito que me amava. Agora eu ia fazer novas memórias. Deixei minha bolsa no carro para não precisar carregá-la na travessia no lago. Somente quando ele fechou o porta-malas foi que notei o adesivo do Blackhawks na janela.

— Não pensei que fosse o tipo de homem que curte adesivos.

— Preciso representar os rapazes.

Saímos da garagem e fomos em direção ao prédio que fica na frente do carrossel.

— Vamos passear no cruzeiro de bebidas?

Rhys sorriu.

— Não há nada de errado em beber um pouco durante o dia.

Eu não me opunha a beber durante o dia. Se estivesse em casa *stalkeando* o Corey no Facebook, provavelmente estaria com uma taça de vinho na mão.

— Parece divertido.

Insisti em pagar meu passeio. Não estávamos em um encontro. Pelo menos eu continuava me dizendo isso. Rhys não havia me beijado uma única vez. Nem beijo de bom-dia. Nem de despedida. Nem de "você-está-cheirosa-pra-caralho". Ele nem ao menos segurou a minha mão. Éramos apenas dois amigos saindo para almoçar em um passeio de barco pelo Rio Michigan.

Depois que pagamos, embarcamos num iate azul e branco de vários andares. Era enorme e, provavelmente comportava pelo menos mil pessoas. Fomos instruídos de que poderíamos fazer o que quiséssemos durante as duas horas de passeio pelo lago. Havia mesas de jogos no convés superior, um *Buffet* no nível médio, e dois *Open Bars* pelo local. Como não tínhamos comido no café da manhã, Rhys e eu nos sentamos em uma mesa para dois, próxima à janela, e, de entrada, pedimos saladas. Cada um pediu um coquetel, e depois apreciamos a vista à medida que nos afastávamos da cidade.

— Está vendo aquele lugar ali? — Rhys apontou para o *Aon Grand Ballroom*. — Foi onde perdi a minha virgindade.

Eu engasguei ao mastigar o alface.

— No salão de baile?

— No baile de formatura com a Natalie Westwood.

— Meu baile de formatura também aconteceu lá, mas eu estava muito ocupada, dançando.

— Então você fez tudo errado no baile, Cupcake.

Eu ri e continuamos conversando amenidades enquanto degustávamos o serviço de *Buffet*. Quando terminamos, Rhys me levou ao convés superior, onde todos bebiam, riam e jogavam *shuffleboard* e *Jenga*, em tamanho real.

— Quer jogar alguma coisa?

Ri.

— Claro.

Pegamos outro coquetel. Como o único jogo que eu realmente sabia como jogar era *Jenga*[3], decidimos esperar até o jogo atual terminar. Eu não jogava há pelo menos vinte anos, e a última vez que joguei não tinha sido em um barco balançando. Enquanto esperávamos que a outra equipe colocasse as peças no lugar após terminarem o jogo, Rhys saiu para buscar outra bebida. Ele não perguntou. Simplesmente me trouxe outra. Eu poderia negar tudo o quanto quisesse, mas isso parecia, *e muito*, um encontro.

Nós jogamos com o outro casal: dois contra dois, em um revezamento estratégico para posicionar cada bloco de madeira acima da torre. Toda vez que tínhamos que remover um bloco da camada inferior, minha ansiedade aumentava. Não queria ser *a* que derrubava tudo, perdendo por causar a queda da torre alta.

— Você faz isso muitas vezes? — eu perguntei a Rhys.

— Jogar Jenga?

— O cruzeiro. — Era basicamente um bar e salão de jogos deslizante sobre as águas do lago.

— Nunca, mas sempre quis fazer. E você?

Sorri.

— Eu também.

Eu tinha que admitir que usufruir de alguns jogos enquanto desfrutávamos de bebidas, em um barco, com a vista de Chicago ao fundo, era divertido.

Era divertido... naturalmente, até *ela* chegar.

— Rhys. — Não era uma pergunta. Ela o conhecia, eu podia afirmar pelo tom, antes que nos virássemos.

Rhys se virou primeiro e só depois eu virei. Ele não falou nada por um instante como se estivesse pensando no que dizer. Olhou diretamente em seus olhos castanhos. Eu, por outro lado, apenas olhei de relance. Não sabia se era a ex, mas ele não parecia feliz por vê-la. Ela tinha longos cabelos castanhos, olhos grandes, expressivos, e um corpo esbelto. Seus peitos estavam tentando escapar do decote da blusa.

— Bridgette — Rhys finalmente disse.

A ex. Rhys achava *isso* atraente? Quando a encarei, tentei imaginar como ele deve ter se sentido ao pegá-la na cama com outro homem.

3 Jogo em que blocos estão equilibrados em uma torre e os participantes devem removê-los sem que a torre desabe.

Ela sorriu.

— Eu não esperava te ver aqui.

— E? — Ele a cortou.

Enquanto permanecia ali de pé, constrangida, eu me perguntava se devia me apresentar. Será que eu deveria fingir ser sua namorada, como ele fizera ao me ajudar? Eu não sabia o que fazer, porque não tinha certeza se Rhys ainda sentia alguma coisa por ela. Eles também tinham rompido recentemente, assim como eu e Corey, e se a situação fosse contrária, iria querer que ele fingisse ser meu namorado de novo.

Bridgette direcionou o olhar para mim, me encarando. Tomei tal atitude como uma dica para me aproximar de Rhys, e passei o braço pelo dele. Percebi que ele olhou para a junção de nossos braços, mas não o olhei de volta. Ao invés disso, sorri para Bridgette.

— Podemos conversar? — perguntou ela.

— Eu detesto ser indelicada — sorri e olhei diretamente para os olhos azuis de Rhys — , mas acho que eles têm *cupcakes* no *Buffet* e ainda não pegamos a sobremesa.

Rhys franziu as sobrancelhas e depois sorriu.

— *Cupcakes*?

— *Cupcakes* — confirmei.

Rhys pegou minha mão, e não dissemos mais nenhuma palavra a Bridgette, embora tenhamos gritado rapidamente aos nossos adversários de Jenga que eles eram os campeões.

Ao chegarmos ao segundo andar, não fomos para a mesa de sobremesas. Eu queria me certificar de que Rhys sabia o que quis dizer com *cupcake*, então o levei ao banheiro feminino. Tinha uma única cabine e, felizmente, estava vazio. Virei e tranquei a porta, então olhei para o seu rosto bonito, imaginando quantas vezes esse mesmo banheiro já tinha sido usado para o que íamos fazer.

— Têm *cupcakes* aqui? — Rhys perguntou, olhando em volta do pequeno ambiente com decoração náutica.

Avancei em sua direção, retirando meu suéter.

— Somente os que você deseja.

— Esses são os melhores. — Rhys lambeu os lábios, vendo-me colocar o suéter sobre a pia.

Nós dois olhamos para a porta quando a maçaneta girou e prendi a respiração, preocupada que alguém pudesse entrar e nos pegar.

— É melhor nos apressarmos.

— Bom, não é como se pudessem nos expulsar do barco. Estamos no meio do lago.

— Verdade.

Rhys curvou-se e puxou minha calça jeans até os tornozelos, arrastando a calcinha junto. Eu esperava que ele me abrisse o melhor que pudesse nessa posição, e erguesse minha perna em seu ombro, para que tivesse um ângulo melhor para me lamber, mas ao invés disso, me colocou na borda do balcão, próximo ao meu suéter. Retirou meus sapatos, em seguida o jeans, deixando-me somente de sutiã preto de renda.

— De novo, eu estou mais pelada do que você — afirmei.

— Vou ter que saborear seu *cupcake* mais tarde, já que temos pouco tempo antes de alguém arrebentar a porta.

Eu o observei tirar um preservativo da carteira, jogando a mesma de qualquer maneira no balcão, para logo em seguida rasgar o invólucro entre os dentes.

— Vejo que veio preparado.

Ele sorriu.

— É como um *American Express*. Você nunca deve sair de casa sem ele.

Eu ri quando ele abaixou o jeans, deslizou a cueca boxer um pouco abaixo dos quadris e revestiu o pênis. A maçaneta girou novamente. Dessa vez, sequer olhamos para ver se alguém poderia entrar. Em vez disso, abri mais as pernas, convidando Rhys a se posicionar na minha entrada. E foi exatamente o que ele fez. Sem nem conferir se eu estava pronta. Mas eu estava. Apenas o pensamento de estar com ele novamente já havia me deixado encharcada.

Eu estava louca para sentir os lábios dele nos meus – ansiando intensamente.

— Me beija — sussurrei.

Seus olhos azuis encontraram com os meus, e ao mesmo tempo em que seus lábios desceram sobre os meus, ele acelerou seu ritmo. Nós nos beijamos, meus braços em volta de seu pescoço e minhas costas se movendo contra o espelho atrás de mim.

— Obrigado — ele murmurou na minha boca.

— Pelo quê?

Ele afastou a cabeça para trás, ainda estocando em mim.

— Por me deixar te usar.

Eu não precisava que ele se explicasse. Era um agradecimento estranho, mas ao mesmo tempo, encaixava perfeitamente com o que eu estava tentando fazer por ele. Usávamos o sexo como uma maneira de desviar o pensamento dos nossos *ex*. Ele já tinha feito isso por mim. E agora, a *ex* dele estava no barco. Talvez até estivesse tentando usar esse mesmo banheiro com tanta vontade. Não importava.

O que importava era que eu queria que esse homem fosse feliz. Quando estávamos juntos, *ele* me fazia feliz, então achei que precisava retribuir. Estávamos nos apoiando para afastar a escuridão que nos mantinha cativos, porque a dor era excruciante e muito recente para lidar com ela sozinhos.

E tinha que admitir, eu estava me aproveitando dessa dor.

CAPÍTULO 8

RHYS

— Nos vemos na próxima quinta-feira, ao vivo, para o pré-jogo, antes que o *Blackhawks* detone o *St. Louis Blues*. Tenham uma ótima noite de descanso. — Eu empilhava os papéis à minha frente enquanto aguardava que saíssemos do ar. O *Blackhawks* acabara de vencer o *Minnesota Wilds* na prorrogação, e eu estava exausto.

— E estamos fora.

Ao contrário do que eu presumia ser a rotina diária das transmissões de Ashtyn, as minhas eram apenas quando havia jogos. Eu entrava ao vivo na TV em qualquer lugar de trinta minutos a uma hora a cada pré e pós-jogo, duas ou três vezes por semana. Jett e eu discutíamos sobre o *Blackhawks*, sobre o jogo que havia acabado ou o que ainda aconteceria, além de discutir sobre nossas expectativas. Fazíamos entrevistas com emissoras esportivas, bem como com jogadores do time, e claro, passávamos horas enfiados na redação, porque nossos trabalhos eram mais do que além daquilo que mostrávamos na TV.

Veja só... eu, pensando em Ashtyn, como se fôssemos namorados. Não éramos. Aparentemente, estamos apenas fodendo e, por mim, tudo bem.

Claro que das vinte e quatro horas que passamos juntos, transamos apenas algumas vezes, e a vez do barco, que foi inesperada, não contava. Mas eu estava precisando. Precisava me perder no momento e esquecer a cadela que estava tentando causar merda entre mim e Ashtyn, sem motivo. Quando me virei ao ouvir meu nome, cheguei a pensar que fosse imaginação da minha cabeça. Nunca, em um milhão de anos, teria pensado em esbarrar com Bridgette em um barco no meio do Lago Michigan. Ao olhar para aqueles olhos castanhos, me senti encurralado. Ou pelo menos pensei que estivesse. Também me preparei mentalmente para uma briga de mulheres. No entanto, Ashtyn me arrastou para o banheiro, usando o apelido com o qual eu a chamava.

Eu adorava *cupcakes*.

Peguei minhas coisas na mesa e o celular para enviar uma mensagem de texto para Ashtyn. Vinha pensando nela desde o dia em que passamos juntos, mas queria que ela me procurasse. No entanto, quanto mais eu esperava, mais achava que, provavelmente, ela estivesse fazendo o mesmo. Se eu quisesse continuar o que quer que fosse aquela relação, precisava pelo menos comunicá-la e mostrar que ainda estava interessado. Ela já devia estar a caminho de casa, e eu queria saber como passou o dia. Não pude acompanhar o noticiário dela dessa noite e, aparentemente, assisti-lo havia se tornado meu programa favorito nas últimas duas semanas.

Enquanto digitava a mensagem para Ashtyn, recebi uma de Bridgette.

Sinto sua falta, baby. Me liga

Encarei as palavras na tela. Quando essa mulher ia dar um descanso? Esse é o preço que tenho que pagar por ter namorado alguém dez anos mais jovem do que eu.

— O pôquer ainda está de pé na sexta-feira? — perguntou Kenny, vindo em minha direção. Semanalmente nos reuníamos no meu apartamento para jogar. Os rapazes levavam cervejas e salgadinhos e eu pedia pizza. Como os jogos de hóquei aconteciam em dias diferentes a cada semana, o pôquer variava com a nossa agenda. Esta semana teríamos a jogatina em uma noite de sexta-feira.

— Claro.

— É da Ashtyn? — Kenny inclinou a cabeça em direção ao meu telefone.

— Bridgette — corrigi.

Ele gemeu.

— O que essa puta quer?

Começamos a sair do prédio.

— Meus contatos.

— Ela realmente pensa que, depois de ter dito na sua cara que estava contigo só porque queria conhecer jogadores de hóquei, você a aceitaria de volta?

Dei de ombros.

— Ela está tentando.

— De verdade... Eu nunca gostei dela. Claro que ela era gostosona, ainda mais quando dançava no Judy's e os seios praticamente saltavam, mas eu nunca soube o que você realmente viu nela. Ela nem era lá isso tudo.

— Você esperou tempo demais pra me dizer isso. O que aconteceria se eu a tivesse pedido em casamento?

— Eu sabia que você não seria tão estúpido.

Por sorte, não era mesmo. Kenny e eu chegamos aos nossos carros, e cada um seguiu seu rumo. Quando cheguei em casa, estava temeroso de que Bridgette estivesse à minha espera. *Com a minha sorte, era bem capaz de ela ter feito outra cópia da chave.* Mas quando abri a porta, estava escuro e calmo dentro do meu apartamento. Tranquilo até.

Antes de tomar banho, liguei a TV na ESPN, precisando que o ambiente não parecesse tão silencioso e solitário, e enviei uma mensagem para Ashtyn, a que queria ter enviado uma hora antes.

Como foi sua noite? Perdi o noticiário, mas tenho certeza de que você foi incrível.

Antes de enviar, pensei em adicionar um *emoji* sorridente e piscando. Desisti. Em vez disso, enviei e entrei no chuveiro. Quando saí, havia uma resposta de Ashtyn.

Apenas mais um dia reportando as notícias. Ouvi que o Blackhawks venceu, então isso quer dizer que você também teve uma boa-noite?

Sorri enquanto escrevia de volta.

Venceu, sim. E tive mesmo. Você está em casa?

Silenciosamente, rezei para que ela me convidasse para ir até lá, enquanto vestia a minha boxer. Ela respondeu:

Estou. E você?

Também. Quer vir aqui?

Achei que deveria ao menos perguntar, já que ela não perguntou primeiro.

Já estou na cama.

Ah, eu poderia tirar proveito disso...

Tudo bem. Então... o que você está vestindo?

Sou homem. Eu tinha que tentar. Os pontos dançavam na tela enquanto eu seguia para a sala, desligava a TV e deitava na cama. Os lençóis ainda conservavam o cheiro dela, o que ajudou bastante. Eu poderia embarcar na brincadeira se ela topasse brincar junto.

Eu deveria responder... nada?

Sorri.

Isso ajudaria com a imagem que estou pintando de você nesse momento

Ok, então eu estou nua.

Eu não sabia se ela estava falando a verdade, mas fui na onda.

Na cama?

Sim

Passe a mão pelo estômago.

Pelo estômago?

Faça o que estou falando. Passe as pontas dos dedos, suavemente, pela sua barriga... até o mamilo.

O que você está fazendo enquanto eu acaricio meus seios?

Eu não tinha pedido que ela acariciasse os seios. Ela simplesmente entrou na brincadeira. Ótimo! Se ela não estivesse realmente nua, tenho certeza de que quando eu acabasse a nossa brincadeira, definitivamente estaria.

O que você quer que eu faça?

Eu observei as bolinhas saltando na tela novamente. Elas começaram, então pararam, e começaram novamente. Finalmente, recebi uma resposta:

Você está nu?

Estou.

Menti, mas rapidamente tirei a cueca e a joguei no chão.

Então eu também quero que você belisque o mamilo.

Eu ri.

Como você sabe que eu gosto que meus mamilos sejam beliscados?

Isso não era necessariamente verdade. Nunca aconteceu antes, mas decidi continuar brincando.

Porque é gostoso. Também é pra você?

Sim. Estávamos fazendo isso. Ashtyn tinha embarcado no jogo.

Sim, Cupcake. Isso te deixa molhada?

Instantaneamente fiquei duro quando meu cérebro projetou uma Ashtyn molhada.

Encharcada.

Gemi, acariciando a ponta do meu pau algumas vezes antes de digitar uma resposta.

Envie-me uma foto dos seus peitos.

Os três pontos dançaram novamente na tela enquanto eu segurava o celular com uma mão e lentamente acariciava o pênis com a outra. Então pararam, e eu segurei a respiração, à espera.

E esperei.

E esperei.

E esperei.

Finalmente, meu telefone tocou, e o nome de Ashtyn apareceu na tela.

— Cupcake.

— Não vou enviar foto minha pelada.

Talvez ela ainda não confiasse em mim. Eventualmente, eu a ganharia.

— Seu rosto não precisa aparecer.

— Eu sei. — Houve uma pequena pausa antes de ela perguntar: — Você está duro?

— Estou. — Continuei acariciando meu pau lentamente, não querendo apressar o que estava prestes a acontecer.

Ela gemeu no telefone.

— Você está se tocando? — perguntei.

— Sim.

— Onde? — Eu precisava saber se a imagem na minha cabeça estava correta.

— Entre as minhas pernas. Consigo sentir quão molhada estou através da calcinha.

Ah, Jesus. Ashtyn não estava nua como havia dito na mensagem anterior, mas isso não importava. O que importava era que ela *estava* se tocando.

— Porra, Ashtyn. Continue.

Ela gemeu novamente.

— Estou me tocando, fingindo que você está aqui comigo.

— Eu posso estar aí em três minutos — afirmei e esperei um convite.

Em vez disso, ela disse:

— Diga-me o que você faria comigo se estivesse aqui.

Caralhoooooo...

— Pra começar, se eu entrasse e te pegasse se tocando, com a calcinha encharcada, ficaria assistindo o espetáculo.

— É mesmo? — Ela respirou pesadamente no telefone, e eu sabia que estava realmente fazendo aquilo.

— Sim. Você pode fazer isso por mim? Imagine que estou aí.

— Mmm hmm.

— Lentamente, eu andaria até a cama e começaria a te beijar. Minha língua deslizaria para dentro da sua boca. Você imitaria, com seus dedos, o jeito com que a minha língua giraria.

— Sim — ela gemeu.

Continuei me acariciando, ainda não apressando nada.

— Depois de um minuto mais ou menos, lentamente lamberia seu pescoço até os mamilos, certificando-me de que eles estão tão duros quanto eu.

— Gostaria disso.

— Você está deixando seus mamilos duros, Cupcake?

— Sim. — Ela respirou.

— Brinque com o clitóris novamente.

Ela gemeu novamente, e eu sabia que a mão dela estava entre as pernas. Puta que pariu, eu desejava que fosse a minha.

— Eu começaria a descer pelo seu corpo, sempre beijando, até alcançar sua mão, na boceta. Eu a moveria e substituiria pela minha língua. Consegue me sentir?

— Sim — ela ofegou.

— Enquanto estou trabalhando seu clitóris com a boca, circundo sua coxa e, lentamente, arrasto a mão por baixo para agarrar a bunda, trazendo a boceta mais perto do meu rosto. — Eu não tinha ideia do que estava dizendo, porque se meu rosto estivesse enfiado entre suas coxas, não haveria jeito para empinar os quadris. No entanto, eu pressionaria o rosto contra ela e faria a festa naquele *cupcake*.

— Você é bom em lamber camada de glacê... — Ela deu uma leve risada que se transformou em outro gemido. Porra, adorei o som.

— Sim, baby. Seu *cupcake* é como estar em um *barato* que nunca vai embora. Está pronta para me ter dentro de você?

— Sim — ela gemeu. — Deus, sim.

— Então eu deslizaria em você, esticaria você com meu pau até estar completamente enterrado.

Ela soltou outro gemido, e eu sabia que seus dedos estavam dentro dela enquanto imaginava que fosse o meu pau.

— Está gostoso? — perguntei, começando a me masturbar mais rapidamente. Pré-gozo cobria a minha mão, ajudando-a a mover-se mais facilmente.

— Muito.

Nós dois estávamos ofegantes, e eu estava cada vez mais perto de gozar em apenas ouvir sua respiração pesada. A ideia de que ela estava chegando ao limite, fingindo que era eu, me deixou excitado pra caralho. Deus, os sons que ela estava fazendo ficariam na minha memória para sempre. Eu sabia que toda vez que eu me masturbasse, de agora em diante, pensaria nesse momento, ouviria suas respirações, gemidos e ofegos.

— Ainda consegue me sentir dentro de você?

— Sim — ela ofegou novamente. — Acho que vou gozar.

— Pooorra — gritei — , eu também, baby. — Nós dois continuamos a respirar pesadamente por mais alguns momentos, e quando eu estava prestes a gozar, perguntei: — Está pronta?

Ela não respondeu com palavras. Em vez disso, gemeu uma e outra vez, suspirando como se estivesse sem fôlego. Então a ouvi gozar. Houve uma pequena pausa em sua respiração e imaginei o rosto que ela fez, que eu já tinha visto duas vezes, antes de atingir o orgasmo. Gozei em seguida, minha ejaculação disparando em jatos pelo meu estômago.

Ficamos em silêncio, apenas o som da nossa respiração tentando voltar ao normal.

— Terminou? — perguntou depois de alguns segundos.

— Sim, Cupcake.

— Queria que você estivesse aqui.

— Queria?

— Sim.

Peguei um lenço na minha mesa de cabeceira para me limpar.

— Você está só dizendo isso ou está me convidando?

Ela parou por um momento.

— Eu *consigo* ter múltiplos orgasmos.

Tomei isso como um convite.

— Estarei aí em três minutos.

Havia uma energia extra no meu passo enquanto eu entrava no estúdio no dia seguinte. Diria que era porque tinha transado, mas quando eu estava com Bridgette, nossa vida sexual não era ruim. Eu disse a Ashtyn que minha vida sexual com minha *ex* era fantástica. No começo, *foi* incrível, mas isso desapareceu ao longo dos dois anos. Era assim que as relações funcionavam?

Eu tive muitas namoradas nos últimos trinta e três anos, e sempre achei que a minha vida sexual era sensacional. Não havia como me sentir entediado enquanto me afundava em mulher, mas estar com Ashtyn era diferente.

— Alguém está feliz esta manhã. — Kenny inclinou-se na minha mesa, com os braços cruzados. Jett e Clark levantaram os olhos e concordaram com um aceno de cabeça.

— Estou ansioso para tirar todo o dinheiro de vocês na sexta-feira.

— Sim, vamos ver sobre isso. — Eu esperava que Kenny fosse embora e começasse a trabalhar, mas não foi. Em vez disso, ele disse: — Mas, sério. Você e Ashtyn se viram ontem à noite?

Eu me inclinei para trás, na minha cadeira.

— Por que você está tão fissurado no meu relacionamento com Ashtyn?

Kenny encolheu os ombros.

— Porque eu gosto da garota com quem você, finalmente, está namorando, e estou esperando que ela tenha uma ou duas amigas solteiras.

— Ou três — disse Clark de acordo. Jett assentiu e tomou um gole de seu café.

Dei um sorriso enviesado.

— Primeiro, não estamos namorando. Em segundo lugar, não tenho ideia se ela tem amigas solteiras. — As três mulheres que estavam com Ashtyn no Judy's, no sábado, usavam alianças de casamento.

— Nós vamos descobrir.

— Eu sei que você precisa da minha ajuda para transar...

— Vá se foder!

Todos nós rimos.

— Eu nem sei quando a verei novamente. Não estamos namorando, e não temos planos de nos encontrar.

Claro, eu tentaria corrigir essa situação, mas sabia que precisava ir com calma. Nós dois não estávamos procurando um relacionamento e eu não queria ser visto como o homem que a estava usando para ter sexo, mesmo que eu tivesse dito a ela para me usar. Era o que eu queria na noite em que nos conhecemos, mas agora eu realmente estava gostando de tudo o que dizia respeito à Ashtyn Valor. De alguma forma, queria conhecê-la melhor. Queria ser aquela pessoa que ela chamaria quando precisasse esquecer, e queria que ela fosse o mesmo para mim.

Principalmente porque Bridgette não estava me deixando em paz.

CAPÍTULO 9

ASHTYN

Todos os dias, no trabalho, começávamos com uma reunião para discutir a pauta dos próximos programas e quais matérias seriam atribuídas a cada repórter. Enquanto eles estavam fazendo reportagens externas, os apresentadores de notícias costumavam fazer vídeos promocionais para o próximo telejornal da noite, depois seguiam para um almoço ou jantar antes de se prepararem para entrar no ar. Não sentia falta de estar nas ruas, especialmente no final do inverno, mas havia uma história que eu queria cobrir.

— Tem certeza de que deseja voltar às matérias externas novamente? — Leonard, meu chefe e diretor do telejornal, perguntou.

Balancei a cabeça, um sorriso se espalhando pelo meu rosto ao sentarmos ao redor da mesa da redação para a nossa reunião diária.

— Tenho.

— Quem não gostaria de cobrir a ilha flutuante? — perguntou Mitch sarcasticamente. — Estou com inveja da Ashtyn ter mencionado isso primeiro.

— Sim, eu falei primeiro... — Ri. Embora fôssemos uma emissora de sucesso e tivéssemos repórteres de notícias que cobriam as histórias de campo, sempre havia exceções. Ali estava uma que eu esperava que me tirasse da sala de redação para realmente reportar as notícias ao invés de somente lê-las. No entanto, a tal ilha nem sequer estava perto de ser inaugurada. Ainda teríamos que passar pelo inverno, mas vi um *post* em um blog esta manhã informando que eles estavam fazendo progressos, e eu queria ser a primeira a reivindicar a história. Eu queria entrar em contato com eles e agendar uma entrevista pré-lançamento, na esperança de usar a ilha inteira no dia.

— Tudo bem. A matéria é sua — Leonard assentiu e escreveu em seu bloco de notas. — Mais alguma coisa? — Todos se olharam enquanto sacudíamos a cabeça. — Vejo você de volta às nove horas.

Depois dos meus vídeos promocionais, eu estava ansiando por um delicioso *Pumpkin Spice Latte* e queria antes que o programa começasse.

— Ei! Quer ir à Starbucks comigo? — perguntei a Abby enquanto caminhava até a sua mesa.

— Você pode trazer alguma coisa pra mim? Estou aguardando uma ligação sobre uma matéria que vai ao ar hoje à noite.

— Claro. — Sorri. — O que você quer?

— Um Pumpkin Spice Latte bem grande, por favor.

— Beleza. — Ela tentou me dar dinheiro, mas recusei. — Por minha conta.

Depois de vestir o casaco, fui até a Starbucks mais próxima, que ficava a um quarteirão de distância. O sol tinha acabado de se pôr, e mesmo anoitecendo, consegui distinguir o carro *dele* parado no semáforo. Não precisei olhar para conferir. Eu sabia. Soube no fundo do peito que aquele Mustang vermelho que estava dois carros à frente era do Corey. Quanto mais perto eu chegava, mais rezava para que a luz ficasse verde.

Mas, é claro, não ficou.

Meu coração começou a bater mais rápido, e diminuí o passo, enquanto passava pelo carro. Tentei com todas as forças não virar a cabeça e olhar, mas é claro, virei, desta vez rezando para que ele não voltasse a olhar para mim.

Não tive tanta sorte.

Nossos olhares se cruzaram, meus pés vacilaram e minha respiração falhou. No entanto, não parei. Em vez disso, virei a cabeça rapidamente como se ele fosse apenas mais uma pessoa. Era assim que minha vida seria agora? Eu precisava seguir em frente. Era por isso que o que eu tinha com Rhys era bom. Eu o salvei de sua *ex*, e ele poderia me salvar do meu.

Minhas pernas voltaram a funcionar e rapidamente entrei na Starbucks, retirando meu telefone para enviar uma mensagem a Rhys enquanto esperava na fila.

Acabei de ver o porra-louca.

Adorei o apelido que Rhys tinha escolhido para o Corey. Encaixava perfeitamente. Isso também colocou um sorriso no meu rosto enquanto eu escrevia as palavras e aguardava a resposta. Não sabia se ele responderia imediatamente, mas eu esperava que sim. Precisava de distração.

Pedi os cafés, e antes que meu nome fosse chamado, recebi uma mensagem de volta.

Onde?

Ele estava no semáforo quando atravessei a rua para comprar um café no meu intervalo.

Ele te disse alguma coisa?

Não. Continuei andando.

Onde você está agora?

Esperando pelo café.

Meu telefone tocou na mão. Era Rhys.

— Oi — atendi.

— Você está bem?

— Bem, agora eu sei como você se sentiu no barco. — Embora o encontro dele tenha sido pior do que o meu. Eu não sabia o que faria se estivesse cara a cara com o Corey. Na verdade, cara a cara mesmo, ao invés de poucos metros entre nós. Eu provavelmente lhe daria uma bofetada.

Rhys riu no meu ouvido.

— Está me dizendo que quer que eu te encontre para uma rapidinha no banheiro?

Abri um sorriso. Se eu não tivesse trabalho, toparia na hora. Estar com Rhys era como um minirrefúgio para todas as minhas preocupações. Diria até que era um alívio de estresse, mas era mais. Era como se estivéssemos destinados a nos encontrar naquela noite no Judy's, para sermos a válvula de escape do outro.

— Eu gostaria, mas eu tenho que apresentar o noticiário.

— Hoje à noite, depois do meu jogo de pôquer, então.

— Você joga pôquer?

— Eu tento a cada semana. Às vezes, o trabalho entra no caminho.

— Com aqueles amigos seus que conheci na outra noite?

— E mais dois outros caras.

— A que horas termina?

— Quando terminar. — Ouvi sua risada de novo.

— Então, você quer que eu fique sentada e te espere ao lado do telefone?

— Sim, e nua.

Bufei uma risada.

— Certo. Vai sonhando.

— Mas, sério, vou te enviar uma mensagem quando acabar, e se você ainda estiver acordada, irei até você.

— Tudo bem. — Assenti com a cabeça mesmo que ele não pudesse me ver. A barista chamou meu nome, indicando que minhas bebidas estavam prontas. Dei um passo à frente. — Pode me arranjar um suporte pra levar? — perguntei à barista. Ela assentiu.

— Te ligo à noite — afirmou Rhys.

— Tudo bem, não se esqueça de assistir ao noticiário. Audiência é tudo.

Rhys riu de novo no meu ouvido.

— Já estou sintonizado no canal.

Nós desligamos e peguei o suporte marrom claro. Ao me virar, dei de encontro a um corpo duro. O café quente tombou, derramando na frente do meu casaco cinza de lã.

— Me desculpe — murmurei, olhando para baixo, para o líquido bege formando uma piscina no chão.

— Eu que deveria me desculpar — o cara afirmou. — Não respingou nada em mim.

Olhei para seus olhos castanhos.

— Sim, mas eu que dei um encontrão em você. Me desculpe mesmo.

— Não precisa se preocupar. Deixe-me comprar outros dois...

Sorri e olhei para a bagunça.

— Tudo bem. Sério. A culpa foi minha.

— Bem, pelo menos deixe-me levar seu casaco para a lavanderia.

A funcionária da Starbucks veio com um esfregão até onde estávamos.

— Nós já estamos fazendo mais dois pra você. — O homem e eu nos afastamos para que ela pudesse limpar a bagunça.

— Viu? Nenhum dano. — Peguei o guardanapo que o cara estendia para mim. — Obrigada.

— Você é Ashtyn Valor, não é?

Dei um leve sorriso e assenti com a cabeça enquanto tentava absorver o café do meu casaco.

— Sou.

— Você é ainda mais bonita pessoalmente.

Meu corpo inteiro flamejou de vergonha. Elogios tinham esse efeito sobre mim.

— Obrigada.

— Sério, deixe-me ao menos levar seu casaco pra limpar.

— Não tem problema.

— Então será que pelo menos posso pagar um jantar?

Olhei para cima, e para o cara. Ele não era nem um pouco feio. Tinha o cabelo castanho claro e curto e um sorriso agradável. Isso foi tudo o que pude ver sem fazer com que ele tirasse o casaco.

— A menos que você tenha um namorado.

Hesitei um momento. Corey e eu tínhamos terminado, e Rhys e eu estávamos apenas... transando.

— Eu não tenho.

— Então, deixe-me levá-la para jantar. — Abri a boca novamente para protestar e dizer que um café derramado não era igual a um jantar. Em vez disso, ele continuou: — É assim que funciona, certo?

— O quê?

— Nesses filmes de romance. O cara e a garota têm um encontro casual, e isso os leva a se apaixonarem.

Meus olhos se arregalaram de surpresa com a referência de um filme de romance. Homens geralmente não assistiam histórias de amor a menos que fossem obrigados por suas mulheres, e geralmente eles até gostavam, mas nunca admitiam. Esse cara disse que gostava de filmes de romance? Eu gostava, especialmente quando o filme era baseado nos meus livros de romance favoritos.

— Estou brincando. Mas sério, gostaria de levá-la para jantar. — Ele estendeu a mão. — Eu sou Philip.

Peguei sua mão.

— Prazer em conhecê-lo.

A barista chamou meu nome novamente, e depois de pegar o suporte, lentamente me virei. Eu estava prestes a dizer-lhe "não, obrigada", mas ele disse:

— Todos têm que comer.

Fiquei mais um momento sem reação, pensando no que estava realmente acontecendo. Ele estava certo, e talvez aquelas pessoas que inventassem histórias românticas sem esperança realmente soubessem do que estavam falando. Talvez fosse assim que eu conheceria a próxima pessoa com quem eu provavelmente namoraria. E pelo que Philip entendia, me apaixonaria.

— Certo. Deixe-me passar o meu número. Eu realmente preciso voltar para o estúdio.

— Certo. — Ele sorriu e pegou o celular no bolso. — Você apresenta o noticiário da noite. — Acenei com a cabeça e depois passei meu número direto do estúdio, enquanto ele armazenava no celular. — Vou te ligar pra combinar e desculpe novamente pelo café.

— Não foi culpa sua.

Abri a porta e voltei ao trabalho. No caminho de volta, percebi que Philip parecia familiar. Eu não conseguia me lembrar de onde o conhecia, mas tinha a sensação de tê-lo visto antes.

Meu telefone zumbiu, me acordando. Peguei-o no criado-mudo, apertando os olhos para ler a tela.

Está acordada, Cupcake?

Sorri e enviei uma mensagem de volta.

Não.

Está pelada?

Eu ri, lembrando como aquela pergunta, a outra noite, se transformara em muito mais.

Não.

Quer ficar?

O que você tem em mente?

Estarei aí em três minutos pra te mostrar.

Eu ri sozinha. Da última vez, levou mais de três minutos para atravessar a rua.

Estarei esperando.

Seis minutos depois, ele bateu à porta. Caminhei para abrir, usando apenas uma longa camiseta sem calça, calcinha ou sutiã. Se eu não estivesse preocupada que um vizinho poderia aparecer no momento em que eu abrisse a porta, atenderia nua.

— Cupcake... — Rhys cumprimentou e deu um passo à frente.

Dei um passo atrás, puxando-o pela camisa. Ele fechou a porta, mas não nos movemos.

— Você ainda está pensando nele?

— Não. — Era verdade, mas só porque eu estava dormindo. A noite inteira fiquei imaginando o que Corey havia pensado ao me ver. Ou pelo menos uma parte minha esperava que ele também tivesse ficado tão mexido quanto eu.

— Porque estava dormindo?

Eu ri. Parecia que Rhys me conhecia melhor do que eu esperava.

— Talvez.

— Você quer fazer isso mesmo?

Mordi o lábio.

— Bom... não estou usando calcinha...

Os olhos azuis de Rhys me olharam de cima a baixo como se ele pudesse ver através da minha camisa. Antes que me desse conta, ele me ergueu e eu rodeei sua cintura com as pernas enquanto era carregada para o quarto. Nenhuma palavra foi dita até que ele me colocou na cama e começamos a nos desnudar.

— Fique de quatro.

Sorri e me virei, ficando como ele pediu, a bunda empinada para ele. Não houve preliminares. Não tinha necessidade de averiguar se o outro estava ou não pronto. Eu já estava a ponto de bala no momento em que afastei um pouco as pernas, esperando que a cama afundasse atrás de mim.

— Eu meio que amo ter você morando do outro lado da rua.

Eu ri.

— É bem útil, né?

A cama afundou e Rhys agarrou a minha bunda.

— Muito útil. — Ele passou os dedos pela fenda da minha boceta. — Tem certeza de que não estava tendo sonhos safados comigo?

Balancei a cabeça.

— Então você está sempre molhada?

— Somente quando se trata de você. — Isso era verdade. Antigamente, eu precisaria de alguns beijos ou amassos para me deixar excitada, mas bastava pensar em Rhys, e em sua arrogância, que eu ficava molhada.

Ele gemeu.

— Cristo. Não me diga isso ou vou esperar na sua porta todas as noites.

— Será que você poderia me foder agora?

Rhys gemeu em resposta e em seguida ouvi o invólucro de preservativo rasgando. Não demorou muito até ele segurar meus quadris e se enfiar em mim. Eu gritei à medida que ele me preenchia, curtindo o passeio e o prazer de tê-lo dentro de mim a cada arremetida de seu pau. Não estávamos mais tendo "sexo casual", mas não importava. Eu não sentia vergonha de nada que estava acontecendo. Tudo em que eu pensava era na sensação fantástica do pau de Rhys ao atingir o ponto certo, me fazendo gemer.

— Ouvir você gemer é o suficiente para me fazer gozar — Rhys grunhiu, ainda estocando em mim.

— Estou tão perto — eu disse ofegante.

Com uma mão ele segurou meu seio, apertando o mamilo com força. Isso fez com que uma faísca de eletricidade corresse pela minha coluna vertebral, direto para os dedos dos pés, onde uma sensação refrescante começou a subir desde as extremidades. Era estranho porque, apesar de o meu corpo estar quente e suado, aquela sensação foi a faísca que eu precisava para me perder. Rhys gemeu um pouco mais, gozando em seguida, enchendo o preservativo.

Ele inclinou-se para frente e depositou um beijo no meio das minhas costas, deslizando sem seguida. Depois foi ao banheiro e voltou segundos depois atrás da cueca boxer.

— Espere — eu disse.

Ele olhou para mim.

— Quer ficar?

Rhys voltou a me olhar enquanto eu segurava o lençol sobre o corpo.

— Só se você dormir pelada.

Sorri e levantei a coberta para mostrar que eu ainda estava sem roupa. Ele jogou a cueca no chão e deitou logo atrás de mim.

Eu não sabia o que estava acontecendo entre nós, mas se fôssemos apenas amigos com benefícios, eu *definitivamente* estava adorando os benefícios.

Na manhã seguinte, acordei com o sol brilhando através das persianas e uma mão quente acariciando o interior da minha coxa. Também senti cheiro de café.

— Você tomou café sem mim? — murmurei, olhando para Rhys.

Ele virou para o criado-mudo.

— Você quer dizer esse café?

Sentei, sorrindo.

— Sim.

Rhys me entregou o líquido dos *deuses*.

— Este é o caminho para o seu coração?

Fiz uma pausa, segurando a caneca na boca.

— Você está querendo o meu coração?

Foi a vez de Rhys levar um tempo para responder.

— Eu amo o que estamos fazendo, Cupcake, mas não acho que estamos prontos pra isso.

Assenti com a cabeça e tomei um gole antes de responder:

— Concordo. Então, estamos fazendo aquele esquema de "não pergunte/não conte"?

— E isso significa o quê?

Dei de ombros.

— Nós vamos sair com outras pessoas?

— Você quer?

— Eu não sei. — Tomei outro gole do café, assim como Rhys. — Mas fui convidada para um encontro ontem à noite.

— Você foi?

Contei ao Rhys sobre o Philip. E se ele ligasse, aceitaria o convite?

— Embora eu não queira perder isso que temos aqui, acho que talvez você deva sair com esse cara. Ele poderia ser o que você está procurando.

O pensamento de não continuar o que quer que fosse que tínhamos, me deixou triste.

— Isso se ele ligar...

— Nenhum cara com um pouco de juízo perderia a chance de sair com você.

Exceto Corey. Eu não fui o suficiente para ele.
— Veremos. Eu nem sei se quero namorar.
Ele assentiu com a cabeça e depois perguntei:
— Quer sair pra tomar um café da manhã?
— Eu adoraria, mas tenho um *brunch* com minha família antes de ir para o jogo desta noite.
— Oh! — exclamei. — O que sua mãe diz sobre nós dois?
Rhys riu.
— Não disse a ela.
— Ela não viu a nossa foto?
— Ela não tem Facebook.
— Então ela não sabe que você está transando com Ashtyn Valor? — zoei.
Ele riu.
— Não, e não planejo contar a ela com quem eu transo.
Sorri.
— Vou tomar uma ducha. Quer se juntar a mim? Você sabe, poupar água e essas coisas?
— Nunca perderia uma oferta dessas.

CAPÍTULO 10

RHYS

Ashtyn foi preparar o banho enquanto eu terminava de tomar o meu café. Estava no gole final quando ela começou a cantar, a voz ecoando pelo quarto. Era uma música de *rap* que não conseguia lembrar o nome, mas ouvi-la se atrapalhar com a letra me fez sorrir. Tudo sobre essa mulher me fazia sorrir.

Exceto quando ela me contou que tinha sido convidada pra sair.

Tentei levar numa boa, mas por dentro, estava com ciúmes. Queria ser eu a levá-la a um encontro de verdade. Tudo bem que fomos àquele cruzeiro, mas queria levá-la para jantar e trazê-la de volta ao meu apartamento. Meu sangue começou a ferver ao pensar que ela poderia ir para casa com esse cara. Porra. Pensei que ela não estava pronta para namorar. Eu também pensei que não estava, mas agora...

Porra.

Caralho.

Puta que pariu.

Minha única chance era que esse encontro fosse uma droga e ela voltasse para mim.

Correndo de volta para me usar.

Para me usar no intuito de esquecer todos os outros homens da vida dela.

No entanto, eu não a estava usando. *Quem era Bridgette mesmo?* Quem sabe eu não precisasse de um encontro?

Meu telefone zumbiu sobre o criado-mudo com uma mensagem. Peguei e gemi. E agora me *lembrei* quem era Bridgette.

Cometi um erro. Me desculpe.
Por favor, me ligue.

Não respondi. Em vez disso, bebi o último gole do café e me juntei a Ashtyn. Poupar água se transformou em algo muito mais importante.

Encontrei meus pais no restaurante lotado onde almoçamos uma vez por mês. Era um hábito. Eles moravam na casa em que cresci, a quarenta e cinco minutos de distância, e com meu horário durante a temporada de hóquei, eu os via cada vez menos, mas sempre tentávamos nos encontrar pelo menos uma vez por mês. Além disso, minha irmã, Romi, e o marido, Shane, sempre iam.

Mamãe foi a primeira a me ver. Ela ficou de pé, passando pelo meu pai e me abraçando com força.

— É bom te ver, querido.

— Você também, mãe. — Nos separamos, e eu abracei meu pai. — Pai.

Dizem que me pareço com ele, e era verdade. Nós dois tínhamos as mesmas características faciais, mas eu tinha a cor do cabelo da minha mãe – ou pelo menos antes do dela começar a ficar grisalho.

Nós três nos sentamos à mesa e enquanto esperávamos a garçonete para fazer os pedidos, perguntei:

— Onde estão Romi e Shane?

— Ela não estava se sentindo bem, então não virão hoje — afirmou mamãe.

Dei de ombros. Provavelmente foi melhor mesmo eles não terem vindo, porque mamãe sempre insistia em perguntar sobre meu futuro casamento quando estávamos todos juntos. Ela queria ter um monte de netos e, aparentemente, aos seus olhos, isso implicava que eu me casasse. No entanto, ela nunca me perguntou isso na frente de Bridgette, e nunca questionou a respeito de uma proposta à minha ex.

— Onde está sua namorada? — perguntou papai. Nunca tinha percebido, até agora, que eles não se referiam a ela pelo nome.

— Nós terminamos. — Tomei um gole da água que já estava na mesa.

— Oh, graças aos Céus. — Minha mãe respirou.

Sorri.

— Você está feliz porque estou solteiro?

— Estou feliz que você finalmente viu que poderia arranjar alguém melhor.

— Como Ashtyn Valor? — perguntei, sabendo que minha mãe ficaria feliz se eu estivesse namorando a Ashtyn.

Os olhos azuis de mamãe ficaram enormes.

— Sim. Você está namorando com ela?

Balancei a cabeça.

— Não, mas somos amigos.

Mamãe inclinou-se para frente, descansando o cotovelo na mesa e o queixo na palma da mão.

— Como ela é?

Minha mãe sempre assistiu o noticiário de Ashtyn, dizendo que as outras apresentadoras a irritavam. Talvez fosse a classe de Ashtyn ou como seu sorriso normalmente te fizesse sentir contente com a história que ela estava relatando. Eu sempre ficava fascinado pelas chamadas das transmissões do noticiário de Ashtyn, quando estava jantando na casa dos meus pais e, claro, também porque ela era gostosa. Simples assim. Eu esperava até que as notícias acabassem, até chegar em casa para poder assisti-la.

E agora eu estava dormindo com ela.

— Ela é tudo o que você imaginou e um pouco mais.

— Então você *está* namorando com ela? — perguntou papai.

Eu sorri, pensando nesta manhã... e em ontem à noite.

— Não. Realmente, somos apenas amigos. Ela mora do outro lado da minha rua.

Papai olhou-me com curiosidade como se entendesse o que eu queria dizer.

— Posso conhecê-la? — perguntou mamãe.

Assenti.

— Eu tenho certeza de que ela não se importaria.

— Quando?

Essa era uma boa pergunta, porque se Ashtyn tivesse seu encontro em breve, então havia uma chance de que tudo o que tínhamos acabasse.

— Bem, estou precisando de uma companhia para o *Emmy*.

Todos os anos, o Prêmio *Emmy* de Notícias e Documentário era promovido pela Academia Nacional de Artes e Ciências da Televisão. Era sempre realizado no final do outono, mas Chicago e a região Centro-Oeste teriam a cerimônia acontecendo no início de Dezembro.

— Vou comprar o meu vestido esta semana.

Papai balançou a cabeça. Achei que ele estava irritado porque sabia os verdadeiros motivos da minha mãe. Não era porque queria conhecer a Ashtyn. Era porque queria conhecer mulheres com as quais ela pudesse me arranjar encontros.

— Podemos parar de falar sobre a vida amorosa dele agora e começar a falar sobre a temporada do *Hawks*? Você acha que eles vão trazer a Taça pra casa este ano?

Podemos conversar?

Olhei para o meu telefone enquanto sentava à mesa, analisando as estatísticas para o jogo da noite. Se eu não respondesse, Bridgette nunca pararia de enviar mensagens.

Estou ocupado.

Claro, ela respondeu imediatamente.

Posso aparecer no seu apartamento depois do jogo?

Resmunguei.

Não.

Por favor! Eu quero conversar.

Não temos nada pra conversar. Por favor, pare de me enviar mensagens.

Eu larguei o telefone na gaveta e me preparei para a transmissão da noite.

Eu estava exausto. O jogo tinha ido para a prorrogação, e eu não queria fazer nada além de me jogar na cama.

Na cama com Ashtyn.

Não era assim que amigos com benefícios funcionavam, era? Eu não estava nem aí. Enviei uma mensagem para ela antes de sair do estúdio.

Está acordada, Cupcake?

No percurso até chegar em casa, Ashtyn tinha me enviado algumas mensagens.

Estou.

Estou no Judy's com a Jaime.

Venha se juntar a nós para tomar um drinque.

Não respondi. Em vez disso, subi as poucas quadras até o Judy's. Ao entrar no bar aquecido, vi Ashtyn rindo com a amiga e isso instantaneamente colocou um sorriso no meu rosto. Era assim que um cara dominado se parecia? Foda-se. A boceta de Ashtyn era a minha heroína. Sabia que tinha ouvido essa citação em algum lugar antes, mas agora entendia. Era mais do que apenas sexo. Eu ansiava por ela.

Caminhei até Ashtyn e sussurrei em seu ouvido:

— Cupcake.

Ashtyn virou-se, um sorriso nos lábios.

— Você veio.

Sentei no banquinho ao lado dela.

— Vim. É bom te ver novamente, Jaime.

Ela sorriu.

— Você também.

— Não vai beber? — Ashtyn perguntou.

— Não, estou acabado.

— Imagino. — Ashtyn assentiu. — Tirei uma soneca no sofá depois do almoço.

— Algo que vocês gostariam de me contar?

Nós nos viramos para olhar para Jaime, mas Ashtyn falou:

— Você já sabe tudo. Pare de agir como se não tivesse me perturbado a noite toda.

Eu ri.

— Você estava falando sobre mim, Cupcake? — Seus olhos se arregalaram quando ela me olhou. — Fico lisonjeado.

— Bem, essa é minha deixa pra ir embora — disse Jaime, sarcasticamente.

— Não — Ashtyn protestou. — Fique para mais uma bebida.

Jaime levantou do banquinho.

— Seu homem está cansado, e eu preciso chegar em casa para os meus bebês. Chase provavelmente deve estar ficando louco.

Seu homem. Gostei de ouvir.

— Ok, vamos esperar com você até o Uber chegar.

— Não, vocês ficam.

— Não, está tudo bem. Esperamos com você.

Jaime pegou o telefone, e eu supus que ela estava solicitando um Uber.

— Eles estarão aqui em dois minutos.

Ashtyn e eu ficamos de pé.

— Você precisa pagar sua conta? — perguntei.

Ashtyn sacudiu a cabeça.

— Não. Nós já pagamos o que bebemos.

As meninas caminharam na minha frente e, depois de se abraçarem e Jaime entrar no carro, Ashtyn e eu caminhamos em direção aos nossos prédios.

— Eu assisti ao jogo — ela confessou.

Sorri.

— Assistiu?

— Eu até vi você na transmissão do pós-jogo, mas não consegui ouvir nada. Nós já estávamos no bar.

— Eu tenho certeza de que papo de esportes não é sua praia.

— Bem, eu posso passar a gostar de papos de esportes. Eu quero ir a um jogo.

Eu me animei.

— Posso fazer isso acontecer.

— Pode?

— Tenho minhas conexões. — Eu ri. Também conhecidas como "comprar ingressos". Eu geralmente recebia desconto. Às vezes ganhava algumas cortesias, mas não era sempre.

— Mas você não poderia ir, né?

Balancei a cabeça, e assim que estava prestes a dizer que infelizmente ela estava certa, senti que estava sendo observado. Olhei para a esquerda e vi Bridgette de pé na entrada do meu prédio, olhando para nós.

— Caralho — sibilei entredentes. O olhar de Bridgette fixou no meu e ela atravessou a rua em nossa direção. Nem sei se ela olhou para os lados para ver se vinha carro, simplesmente veio em linha reta.

— Isso só pode ser sacanagem.
— O quê? — Ashtyn perguntou.
— Bridgette.
Ashtyn só virou quando Bridgette começou a gritar:
— Então é com ela que você *está* fodendo?
— Como é? — Ashtyn sibilou.
Dei um passo à frente, bloqueando Bridgette.
— Vá para casa, Bridgette.
— Não me diga o que fazer!
— Vamos embora. — Ashtyn puxou meu braço.
— Cala a boca, sua puta! — murmurou Bridgette.
Tantos pensamentos estavam passando pela minha cabeça, mas antes que eu pudesse fazer qualquer coisa, Ashtyn postou ao meu lado.
— É hilário observar você tentar encaixar seu vocabulário inteiro em uma única frase. Às vezes, é melhor manter a boca fechada e dar a impressão de que você é estúpida em vez de abri-la e acabar com todas as dúvidas.
Bridgette ficou sem palavras.
Fiquei chocado.
Em poucas palavras, Ashtyn chamou Bridgette de estúpida, mas, no entanto, fez isso com a classe pela qual era conhecida. E era por isso que minha mãe admirava essa mulher. Era por isso que eu também a admirava.
Peguei a mão de Ashtyn e entrei no prédio dela enquanto Bridgette permanecia atônita na calçada.

CAPÍTULO 11

ASHTYN

A noite passada foi... *diferente*.

Depois que despachei Bridgette, entramos no meu prédio e no meu apartamento. Eu esperava que Rhys viesse logo pra cima de mim. Era coisa nossa. Quando um dos dois esbarrava em um *ex*, fazíamos sexo enlouquecido. Mas ele nem tentou. Em vez disso, nos aconchegamos na cama e dormimos. E eu estava bem com isso.

Agora, pela segunda manhã seguida, acordei com o cheiro de café.

— Eu vou me acostumar com isso. — Sorri e virei de frente para Rhys.

Ele pegou a caneca para me entregar.

— Espero que sim.

Olhei para ele, minha mão esticada para pegar o café.

— Eu pensei...

— Estou brincando, Cupcake. Eu sei que é apenas sexo, mas não vou transar e ir embora. Nós somos amigos, certo?

Sorri e peguei a caneca.

— Claro, mas... — hesitei. Eu realmente queria perguntar o que estava na ponta da língua? Perguntar sobre sua ex novamente? Ou até mesmo dizer que queria namorar outra vez e que se Philip me convidasse, eu aceitaria.

— Mas o quê?

Sorri forçadamente, ainda sem saber se o que faria seria o correto, mas arrisquei.

— Mas você vai voltar com Bridgette?

— Nem fodendo!

— Ontem à noite foi a segunda vez que a vimos enquanto estávamos juntos. Não acho que ela vai desistir.

— Ela está louca.

— Eu deveria me preocupar?

Rhys franziu as sobrancelhas.

— Você fala como se ela pudesse te ferir?

— Bem, ela parecia muito irritada ontem, e agora sabe que eu moro do outro lado da rua.

Com o braço livre, Rhys me abraçou.

— Ela só tem vinte e três anos, e simplesmente jogou fora o melhor cara que já teve.

Resmunguei.

— Arrogante você, não?

— Você está viciada, não é? — Ele piscou.

Isso era verdade. Rhys era um cara espetacular. Tão bom que se ele me convidasse para um encontro de verdade, eu aceitaria. Estava curiosa para saber se poderíamos dar certo, mas ele disse que não queria relacionamento sério no momento, então talvez eu devesse sair e me divertir. Casamento e filhos podiam esperar. Agora as mulheres estavam começando a ter o primeiro filho no início dos quarenta anos. Eu poderia fazer isso. Então, se Philip me ligasse, aceitaria jantar com ele.

Não havia nada de errado com um jantar.

Ashtyn,
A rosa é vermelha.
A violeta é azul.
O açúcar é doce.
Assim como você.
AS

Eu queria conseguir uma atualização do desenvolvedor da ilha flutuante porque a última informação que tinha recebido, eles ainda não haviam anunciado uma data de conclusão. Assim que enviei o e-mail, meu telefone de mesa tocou.

— Ashtyn Valor — cumprimentei.

O homem limpou a garganta.

— Oi... é o Philip.

Prendi a respiração antes de responder. Ele estava ligando para me convidar, e agora não sabia se eu queria ir. Não queria acabar o que tinha com Rhys. E se Philip fosse o cara que estava destinado pra mim, e Rhys era apenas aquele que me ajudou a superar o Corey? Eu odiava pensar em Rhys como um substituto. Ele era mais do que isso.

Jantar. Eu poderia jantar.

— Oi, como vai?

— Estaria melhor se você finalmente concordasse em jantar comigo.

Hesitei por um instante, mas depois concordei.

— Estou livre no sábado.

— Sábado então.

— Perfeito. Onde você está pensando?

— Já esteve no *Room Signature*?

Nunca tinha ido lá, mas sempre quis. O restaurante ficava no nonagésimo quinto andar do Edifício John Hancock.

— Nunca fui, mas soube que a vista é incrível.

— E a comida.

— Ok. Eu te encontro lá.

— Não seria melhor eu te buscar em casa?

Eu não deixaria um estranho ter acesso ao meu endereço. Talvez fosse diferente se ele não soubesse quem eu era ou se não estivesse na TV, mas eu tinha que ser precavida, por isso dei a Philip meu número do escritório.

— Talvez no terceiro encontro — brinquei.

— Ah, então teremos mais dois encontros?

Eu ri.

— Se o primeiro for bom.

— Sem pressão.

— De forma alguma — afirmei.

Assistir Rhys falando sobre hóquei era como olhar para um par de sapatos numa vitrine. Eles eram lindos e excitantes, mas não podíamos tocar a mão.

Eu queria tocá-lo.

Um sentimento de tristeza me sobreveio enquanto eu assistia ao seu programa deitada na cama. Por que Rhys não poderia ser aquele que me levaria pra sair? Eu até me contentaria com outro encontro no cruzeiro. Mas ele não estava pronto, então adormeci com Rhys falando ao fundo sobre arremessos ao gol e desempenhos no jogo.

Eu não o vi durante toda a semana. Sabia que ele estava ocupado, e eu também, mas durante as últimas quatro semanas, tínhamos nos encontrado... bem, no meu apartamento. No entanto, pareceu que no momento em que contei sobre meu encontro marcado, ele parou de falar comigo. No dia seguinte que Philip me ligou, enviei a Rhys uma mensagem. Talvez esse tenha sido o meu erro, mas pensei que éramos apenas amigos com benefícios. Não esperava que ele cortasse a amizade.

Então... Tenho um encontro no sábado.

Trinta minutos depois, ele me enviou mensagens de texto.

Eu tenho um jogo.

Ele vai me levar ao Room Signature. Você já esteve lá?

Houve outro lapso de tempo entre as mensagens. Desta vez, apenas cinco minutos.

Uma vez. Levei Bridgette lá no nosso aniversário de namoro no ano passado.

Olhei sua resposta. Embora eu estivesse indo com outro cara para o restaurante, instantaneamente fiquei com ciúme ao ler as palavras.

Você me recomenda alguma coisa? Nunca estive lá.

Bem, já que você vai com outro cara, peça o filé-mignon.

Sorri enquanto respondia.

Essa é a coisa mais cara no menu?

Bem, deve ser é a torre de frutos do mar, mas acho que você não consegue comer sozinha.

Trocamos mais algumas mensagens e paramos, e desde então não ouvi mais nada dele.

Para meu encontro com Philip, escolhi um vestido até os joelhos, de mangas longas em crepe sofisticado e estampado com botões de rosa. Como estava frio e nevando, combinei com botas pretas de cano alto, um cinto preto e o casaco cinza de lã que tinha voltado da lavanderia, depois do episódio do café derramado.

Antes de solicitar um Uber, passei a mão nos cabelos para ajeitar os cachos soltos que tinha feito para dar maior volume. O carro parou alguns segundos depois que desci até o térreo. Sem pensar, olhei para o prédio de Rhys. Uma ligeira dor apertou meu coração quando percebi que estava realmente indo a um encontro com outro homem. Eu o imaginei correndo para fora, abrindo a porta do carro e me puxando para dizer que não queria que eu fosse naquele encontro. No entanto, eu sabia que ele não estava em casa, pois tinha me dito que haveria jogo naquela noite.

E se eu nunca mais visse o Rhys? Se as coisas dessem certo com o Philip, eu conseguiria me afastar do homem que me fazia rir? Aquele que fazia e levava café todas as manhãs na cama, quando estávamos juntos? Com quem eu me sentia confortável o suficiente para pouco me importar com a aparência da minha bunda quando ele me comia por trás?

O carro parou à porta do arranha-céu e, imediatamente, vi Philip de pé no frio. Quando viu que eu estava saindo do carro, correu para me estender a mão.

— Obrigada. — Sorri enquanto ele me ajudava. — Espero que não esteja aqui fora há muito tempo.

Philip sorriu enquanto gesticulava para eu começar a andar.

— De modo algum.

Entramos no prédio e no elevador de espera. Philip pressionou o botão para o nonagésimo quinto andar.

— Vejo que a mancha do café saiu de seu casaco direitinho.

Assenti.

— Viu? Eu disse que não era grande coisa. — Realmente não era. Meu casaco era cinza escuro e, depois de seco, não havia evidência do café derramado.

— Você está certa. A K&K Lavanderia faz um excelente trabalho.

— Como... — Antes que pudesse perguntar como ele sabia em que lavanderia eu tinha ido, a porta do elevador abriu.

Depois de deixar nossos casacos na chapelaria, sentamos em uma mesa próxima à janela. Philip pediu costelas assadas para começar, e uma garrafa de Merlot, a mais cara que havia no Menu. Não tinha certeza se era para me impressionar ou se era porque ele realmente gostava daquele vinho.

— Como você sabe que eu levei o casaco na K&K Lavanderia? — Havia vários estabelecimentos em Chicago.

Ele continuou lendo o menu como se não tivesse me ouvindo.

— Philip?

— Oh... O quê?

Repeti a pergunta:

— Como você sabe que eu uso essa lavanderia?

— Eu não sabia. Foi apenas um palpite por ser a mais próxima do seu estúdio, estou certo?

Soltei a respiração que estava segurando.

— Está.

Nós dois voltamos aos nossos menus, e quando decidi o que queria comer, perguntei:

— Você trabalha com o quê?

— Eu sou engenheiro nuclear.

— Uau, isso é incrível.

— Sim, não é nem um pouco chato poder brincar com materiais radioativos e ser pago por isso.

— Eu imagino. — O garçom veio e nos serviu uma taça do Merlot de Borgonha, depois pedi um prato de filé-mignon. No momento em que o pedido saiu da minha boca, desejei contar ao Rhys. Ele ficaria orgulhoso. Tomei um gole do meu vinho.

— Sabe, você parece muito familiar, mas não sei de onde.

— Judy's — ele declarou contra a borda de sua taça.

Recuei.

— Judy's? — As únicas pessoas que conheci no Judy's foram Rhys e depois seus amigos na outra vez em que estive lá. Quando eu estava com Jaime na outra noite, não conversamos com ninguém, exceto quando Rhys apareceu.

— Você tem namorado? — ele perguntou, mudando de assunto em vez de esclarecer como me conheceu no Judy's.

Franzi as sobrancelhas.

— Se eu tivesse namorado, não estaria em um encontro com você.

Ele assentiu e tomou outro gole de sua bebida.

— Então você e Rhys terminaram?

Minha respiração falhou.

— Rhys? Não estou namorando o Rhys.

Philip riu sem emitir som.

— Vocês dois me disseram que namoravam há quatro meses, cerca de um mês atrás. Então você terminou ou...

Olhei para ele quando a lembrança surgiu. Ele era o cara que me fez conhecer realmente Rhys. Aquele que eu queria que me deixasse em paz quando estava tentando afogar minhas mágoas por causa do Corey. Não guardei a fisionomia porque não fiz questão de fazer contato visual, já que eu estava mentindo. Mas ele parecia familiar e agora confirmou.

Antes de poder responder à pergunta, ele fez outra:

— Ou você está apenas transando com ele?

Comecei a me levantar, mas ele agarrou minha mão.

— Eu só estou tentando descobrir se tenho concorrência. Naquela noite, Rhys levou a melhor. Eu não sou louco.

Depois de alguns momentos de hesitação, engoli e me sentei de novo.

— Rhys e eu somos apenas amigos. Naquela noite, eu não queria ser incomodada porque tinha acabado de romper com meu namorado.

— Corey.

Os cabelos na minha nuca estavam de pé.

— Como você sabe sobre o Corey?

Philip sorriu.

— Eu *stalkeei* o seu Facebook depois de nos conhecermos.

— Meu Face é privado — afirmei. Eu tinha certeza disso pois não queria que pessoas aleatórias me solicitassem amizade ou seguissem. No entanto, fiz uma página profissional, mas nunca compartilhei nada pessoal ali.

— Não as fotos do seu perfil.

— Oh... — Respirei aliviada novamente depois que Philip esclareceu os fatos. Fatos sobre mim e minha vida. Mas havia excluído todas as fotos do Corey depois que terminamos. Ou, pelo menos, pensei que tinha.

— Desculpe, não queria assustá-la. Só queria me certificar de que não estaria em algum tipo de triângulo amoroso.

Respirei fundo antes de responder:

— Não, você não está. — E quis dizer realmente isso, porque, depois desse encontro, eu nunca mais sairia com esse cara. Algo parecia muito estranho sobre toda essa conversa e sobre ele.

— Bom. Vamos nos divertir então.

Philip olhou para o horizonte de Chicago, e eu fiz o mesmo. Ficamos em silêncio por alguns minutos enquanto observava a neve cair e desaparecer tantos andares abaixo.

Meu celular zumbiu na minha *clutch* que estava sobre a mesa. Eu estava rezando silenciosamente para que o garçom trouxesse o jantar, mas uma mensagem falsa de emergência também funcionaria. Normalmente, eu não seria deselegante de olhar de quem era a mensagem, mas estava precisando de uma desculpa qualquer para sair dali.

Como está indo seu encontro?

— Tudo certo?

— Acho que sim. Eu vou ao banheiro e telefonar para minha amiga para ter certeza.

— Sem problema — disse Philip e pegou a garrafa de vinho para encher as taças.

Peguei a *clucth* e me levantei. No momento em que estava prestes a virar para perguntar à *hostess* onde ficavam os banheiros, olhei por cima do ombro e vi que ele estava colocando algo na minha bebida.

Gelei, e meu coração acelerou. Ele ia me drogar? Como isso foi acontecer? Claro, eu não teria transado com ele esta noite, mas mencionei que se as coisas fossem bem com esse encontro, outros viriam. Como poderia haver mais se ele me drogasse? Eu nunca sairia com esse cara de novo, especialmente se eu acordasse na manhã seguinte e não me lembrasse de nada.

Corri para a chapelaria ao invés de ir para o banheiro, entreguei ao atendente o *ticket* para retirar o casaco e voltei para os elevadores para sair dali. Eu nem ia me despedir do Philip, e muito menos ficaria para jantar. Se eu voltasse para a mesa, tinha certeza de que causaria uma cena, e eu não poderia ter aquele tipo de repercussão na internet. Em vez disso, pressionei o botão para o elevador repetidamente até que ele chegasse. Então fiz o mesmo com o botão do nível do lobby até chegar ao térreo. Eu nem usei o aplicativo para o Uber. Em vez disso, peguei um táxi e dei o fora dali.

CAPÍTULO 12

RHYS

Assim que o programa acabou, fui para casa. Eu não estava no melhor humor. O *Blackhawks* perdeu, e Ashtyn tinha ido a um encontro.

Quando ela mencionou que havia concordado em sair com esse cara, disse a ela que estaria trabalhando. O que foi uma verdade parcial porque o jogo do *Hawks* foi mais cedo, então eu não chegaria muito tarde em casa. Não tinha tido notícias dela desde quando me enviou a mensagem de texto informando do encontro, e isso só me causou ainda mais mau humor. E esse humor detestável durou toda a semana.

Embora fôssemos amigos com benefícios, eu queria mais. No entanto, talvez eu tenha esperado muito tempo para tomar uma atitude. Pensei que estava dando tempo para que ela descobrisse o que queria ou com *quem* ela realmente se importava, então decidi não pressioná-la por algo a mais. E aí, quando ela mencionou que um cara queria levá-la para jantar, eu simplesmente deixei rolar.

Deixei aquela merda acontecer.

Agora, enquanto estacionava na minha garagem, Ashtyn estava com outro homem, enquanto eu sofreria, imaginando se ela estava se divertindo. É claro que eu não seria louco de mandar mensagens ou telefonar. Se ela acabasse gostando do cara, então nós dois realmente só teríamos sido um consolo para o outro.

Em vez de subir ao meu apartamento, decidi ir para o Judy's. Eu precisava espairecer, e não beber sozinho em casa. De qualquer forma, poderia conversar com o Tommy. Os bartenders fazem esse tipo de merda o tempo todo, e eu e Tommy tínhamos um tipo de amizade desde que comecei a frequentar o Judy's há alguns anos.

Quando cheguei ao bar, sentei-me ao balcão e pedi um 7&7. Eu queria algo mais forte do que cerveja. Precisava do conteúdo adicional de álcool que só o uísque proporcionaria. Eu precisava esquecer. Era surreal a sensação de estar no mesmo bar, tentando esquecer uma mulher. Embora desta vez, eu estava realmente chateado. Chateado ao pensar nos lábios de

Ashtyn tocando os de outro homem. Outras partes dele, ou ele sentindo o gosto dela. Toda essa situação me deixou com raiva. Pensando bem, eu deveria ter dito a ela que queria que o encontro fosse comigo e *somente comigo*.

— *Blackhawks* jogou mal, hein? — Tommy preparou a bebida na minha frente. Entreguei o cartão de crédito. Ele passou na registradora, sabendo que era pra manter a conta aberta.

— Pra caralho — concordei.

— Você acha que vai ser desse jeito a temporada toda?

Dei de ombros, tomei um gole da bebida. Pelo menos dessa vez, eu não queria falar sobre hóquei. Na verdade, não queria falar sobre nada, o que era estranho já que eu também não queria ficar sozinho em casa. Só queria que o álcool entrasse no meu sistema e me deixasse à vontade.

— Eles têm uma boa chance.

Ele acenou com a cabeça e foi ajudar outro cliente enquanto eu tomava alguns goles, tentando melhorar meu humor. Estava finalizando meu copo quando alguém parou ao meu lado. Eu me virei e meu dia só piorou.

— Você tem que estar de sacanagem, porra! — gemi com os dentes cerrados.

— Apenas me escuta...

Fiquei de pé, a ira inundando meu corpo. Hoje não era o dia.

— Não temos nada pra falar, Bridgette. Me esquece, porra. Acabou.

— Estamos com algum problema aqui? — Tommy perguntou, de pé atrás do balcão.

— Se você não sair, vou pedir ao Tommy pra chamar a polícia — avisei. Uma parte minha queria que isso acontecesse, mas a outra nunca poderia fazer isso com ela. Eu só queria que ela me deixasse em paz para eu tocar minha vida. Com *quem* era a grande pergunta...

— Não precisa envolver a polícia — implorou Bridgette. — Eu te vi aqui sozinho e achei que tinha terminado com Ashtyn.

— Aparentemente precisa, porque você não está me deixando em paz. — Não me incomodei em corrigi-la sobre a Ashtyn. Não havia necessidade.

— Porque eu te amo e quero que a gente dê certo...

— Você me ama tanto que precisou foder com outro homem na minha cama?

Vi Tommy pelo canto do olho alcançar o telefone que estava atrás do bar. Balancei ligeiramente a cabeça na direção dele, e ele colocou o aparelho de volta.

— Eu cometi um erro — gemeu Bridgette. — Por favor.

— Você também disse, na minha cara, que estava comigo só pra que pudesse conhecer alguns jogadores de hóquei. Acha mesmo que sou estúpido o suficiente para te aceitar de volta?

— Eu menti sobre isso. Queria te magoar porque...

— Porque eu te peguei no flagra e você ficou com o coração partido?

— Eu sinto muito. Cometi um erro.

Eu me aproximei dela ficando a poucos centímetros de seu corpo. Meu sangue estava fervendo. Pra mim já tinha dado.

— Eu não ligo a mínima, e se eu vir seu rosto mais uma vez, mesmo por uma coincidência, vou arranjar a porra de uma ordem de restrição tão rápido, que você não vai ver de onde veio.

Uma lágrima deslizou pela bochecha dela.

— Você não vai me dar outra chance?

— Não. Agora, saia. Nós terminamos. Você fez a sua escolha quando pensou que seria bacana ter o pau de outro homem dentro de você.

O que era engraçado é que aquela talvez tenha sido a melhor coisa que Bridgette poderia ter feito para mim. Eu não sabia disso, mas, olhando para trás, nós estávamos juntos apenas por pura comodidade.

Bridgette olhou para mim por um momento, e então saiu intempestivamente do bar. Felizmente, para fora da minha vida para sempre.

— *Hawks* perdeu, e você com problema com mulher? Deixe-me preparar outro.

Ri sem vontade quando observei Tommy pegar a garrafa de uísque. Sentei-me de volta e passei a mão pelo cabelo.

— Nem sei como poderia piorar.

Então, como se a vida estivesse rindo da minha cara, ele entrou gargalhando com alguns amigos. Lembranças do meu tempo de calouro vieram à minha mente. Quanto mais ele se aproximava, mais eu podia afirmar que o Corey "filhodaputa" Pritchett, mesmo vinte anos depois, continuava o mesmo. Ele ainda tinha aquele sorriso arrogante com covinha ridícula na qual eu queria apagar um cigarro. No entanto, atualmente, eu era muito maior e mais forte. Podia não ser o cara mais fortão do pedaço, mas, finalmente, era mais encorpado do que ele. Só que ele não estava sozinho, e eu, sim.

Ele e os dois amigos caminharam na direção ao bar, e me virei para Tommy, não querendo fazer contato visual com Corey. Tomei dois grandes goles da bebida que Tommy havia preparado, rezando para que surtisse efeito rápido. Quando estava prestes a tomar o último grande gole do meu drinque – aquele que me faria acabar logo com a bebida para que eu fosse embora –, ouvi sua voz. A voz que me criou os traumas na infância.

— Caramba! Quem é vivo sempre aparece. Olha só se não é o tal Rhys Cole, rapazes!

Fechei os olhos, sem me virar para ele. Em vez disso, apanhei o copo novamente.

Alguém – provavelmente Corey – me deu um tapa nas costas.

— Não te vejo há...

— Não foi o suficiente — cuspi, ainda sem olhar para ele.

— O quê? Você é muito famoso agora para um velho amigo da escola?

Bebi o resto da minha bebida e chamei o Tommy:

— Vou pagar a conta agora.

Corey riu.

— Está fugindo como sempre fazia no Ensino Médio?

Fiquei de pé e, mais uma vez, em uma distância mínima de centímetros de uma pessoa, meu sangue fervilhou. Eu era quase um palmo mais alto que ele, e depois do dia que tive, adoraria quebrar a cara desse merda.

— Como no Ensino Médio? — zombei. — Você era um imbecil no colégio, e assim como eu não fazia questão de ter nada a ver com você naquela época, continuo pensando da mesma forma.

— Aqui, Rhys — disse Tommy. Ele me entregou meu cartão de crédito, a conta e uma caneta.

— Aww, vai correr pra casa da mamãe?

Peguei as coisas das mãos do Tommy e assinei o comprovante. Então tornei a olhar para Corey.

— Você está com quase quarenta agora. Vê se cresce.

— Você continua um merdinha, Cole. Pode ter ficado com a minha posição no gelo no Ensino Médio, mas nenhum de nós dois se tornou profissional.

Não parei enquanto caminhava em direção à porta. Aparentemente, ele ainda mantinha a mágoa por eu ter assumido sua posição como jogador no time. Não fazia ideia do que ele fez após o Ensino Médio, mas se o cara fosse bom mesmo, teria passado no *draft*. Isso não era minha culpa.

Temia que Corey fosse me seguir e que acabássemos brigando. Eu estava mais do que pronto. Meus punhos estavam cerrados enquanto caminhava na direção do meu prédio, mas quando olhei para trás, depois de me afastar por alguns metros, não havia ninguém atrás de mim. A neve começou a esfriar minha raiva e, quando finalmente cheguei ao edifício, entrei no elevador esperando que pudesse cair na cama e acordar somente no dia seguinte para um novo dia. Um dia que esperava ser melhor. Mas enquanto eu seguia pelo corredor até o meu apartamento, notei alguém sentado no chão.

— Cupcake. — Ajoelhei-me à sua frente e vi lágrimas escorrendo pelo rosto. — O que aconteceu?

Seus olhos lacrimejantes se viraram para mim.

— Eu sou tão estúpida.

— Esse cara te machucou? — Afastei uma lágrima com o polegar, aguardando, tenso, a resposta. Depois de hoje, mataria esse cara, especialmente se tivesse machucado a pessoa de quem eu gostava tanto.

Ela balançou a cabeça.

— Não, mas pretendia.

Meu sangue que tinha esfriado durante a caminhada na neve começou a esquentar novamente.

— Como assim?

— Tudo estava meio esquisito nesse encontro, sabe? Aí eu estava indo ao banheiro... ia ligar pra Jamie pra pedir a ela para me ligar de volta, fingindo uma emergência, daí eu poderia ir embora, então olhei para trás e vi quando ele colocou alguma coisa no meu vinho.

Meu coração parou e senti o corpo ficar tenso.

— Você chegou a beber?

Ela negou.

— Claro que não! Eu fugi.

Meu corpo relaxou instantaneamente e me sentei ao lado dela.

— Muito bem.

— Ele sabia sobre você e meu *ex*.

— O quê?

Ashtyn encolheu os ombros.

— Ele disse que me *stalkeou* no Facebook, mas meu perfil sempre foi privado. Além disso, excluí todas as minhas fotos com meu ex.

— Talvez ele tenha feito isso antes do dia em se conheceram?

— Ah, e ele é o cara do bar, lembra? Que deu em cima de mim e te pedi ajuda, daí você fingiu ser meu namorado.

— Hmmm... — Esfreguei meu queixo enquanto tentava processar tudo o que ela estava dizendo. Ela apoiou a cabeça no meu ombro, e eu a aconcheguei a mim. — Então deixa eu ver se entendi. O cara que veio até você no Judy's na noite em que nos conhecemos é o mesmo cara com quem você esbarrou na cafeteria? — Ela assentiu. — E ele sabe sobre o seu ex e, obviamente, sobre mim?

— Bem, acho que ele te conhece, já que sabia quem você era naquela noite também.

— Mas você excluiu todas as fotos antigas do seu *ex* no Facebook? — Eu nunca conferi porque não queria ver se ela ainda tinha fotos dele. Nós só nos usávamos para o sexo, e mesmo que eu quisesse algo mais com ela, não conseguiria olhar, porque sabia que me magoaria perceber que ela ainda podia sentir alguma coisa por ele.

— Sim, e nunca postei nada pessoal na minha página profissional.

— Eu não quero que você veja esse cara de novo, nunca mais — afirmei. Não me importava que fôssemos apenas amigos. Esse cara parecia louco, e eu não queria que nada acontecesse com ela.

— Eu não vou. Eu meio que surtei. — Ela olhou para mim, seus olhos vermelhos de chorar. — Posso ficar aqui esta noite?

— Claro, Cupcake. — Fiquei de pé e estendi a mão para ajudá-la. — Você pode ficar o tempo que quiser.

Entramos na minha casa e fomos direto para a cama. Não houve nenhum arrancar de roupas ou toques de mãos febris. Emprestei uma camiseta a Ashtyn e, depois de vestir uma calça de pijama, ambos nos enfiamos na cama. Eu a aconcheguei ao meu corpo, colando suas costas ao meu peito. Já estava quase dormindo quando ela falou:

— E se eu não o tivesse visto colocar aquela droga no meu vinho, ou se ele tivesse continuado agindo normalmente?

— Eu não acho que você tem que se preocupar com isso. Você viu, e seus instintos estavam afiados.

— Quase tarde demais.

— Mas você está aqui agora.

Ela suspirou.

— E não quero ir embora.

Levantei-me e olhei para ela. Ashtyn ficou de costas e, na escuridão, consegui vagamente ver seu rosto com a luz que incidia do relógio digital na cabeceira. Foi o suficiente para que eu encontrasse seus lábios. Eu a beijei levemente.

— Então não vá.

— Eu não posso simplesmente me mudar para a sua casa.

— Não estou pedindo que se mude pra cá. Estou pedindo que seja minha namorada.

— Sua namorada?

— Sim, Cupcake. Sem chance de eu deixar você sair com outro homem de novo, então você pode muito bem ser minha.

— Ser sua? Você está pronto para namorar de novo? E a Bridgette...

— Bridgette e eu acabamos, e eu quero você.

Um sorriso lento curvou seus lábios.

— Eu quero você também.

— Bom, e eu prometo nunca te drogar.

— Ai, nem brinca com isso.

— Desculpa. — Deitei de costas, rindo.

— Já que estamos namorando agora, quer me contar sobre a sua noite?

Suspirei. Na verdade, não.

— Na verdade, foi meio que uma merda.

— Sério? — Senti que ela se virava para me encarar.

— Bem, para começar, o *Blackhawks* perdeu.

— Aww, que droga...

— Eu sei... E fui ao Judy's para tomar uma bebida, e a louca da Bridgette apareceu.

— Sério?

Assenti com a cabeça no escuro.

— Eu lhe disse que se ela chegar perto mais uma vez, vou arranjar uma ordem restritiva.

— Boa solução.

— Sim — suspirei. — Então minha noite piorou.

— Como assim? — Ela começou a fazer círculos no meu peito nu e não queria que parasse nunca.

— Dei de cara com o valentão que me atormentava no Ensino Médio.

O movimento de seu dedo parou.

— Você sofria *bullying* quando criança?

— Sofri *bullying* enquanto era calouro — corrigi. — O idiota gostava de percorrer as salas e escolher aqueles que eram menores que ele. Piorou quando o treinador me colocou na posição central do time.

— O que aconteceu hoje à noite quando o viu?

Eu ri.

— Eu disse que ele estava velho.

— Você não fez isso! — Ashtyn bufou e virou de costas.

— Fiz. Eu não via o cara desde que eu era calouro e ele veterano, e esta noite ele estava tentando agir como se fôssemos melhores amigos. Ele fez alguns comentários sobre eu estar na TV, e me segurei para não dar um soco no imbecil.

— Mas você não deu?

Balancei a cabeça.

— Não. Eu disse a ele pra crescer, e fui embora.

Ashtyn moveu-se novamente, mas desta vez, colocou a cabeça no meu peito. Meu braço passou por suas costas e comecei a percorrer meus dedos pelo seu braço.

— Estou orgulhosa de você.

Fiquei ainda mais feliz.

— Isso significa muito, Cupcake.

Ela se aconchegou mais a mim.

— Esta noite foi uma loucura pra nós dois.

— Sim, foi. — Suspirei, embora adormecer com Ashtyn em meus braços era a melhor maneira de acabar com um dia de merda.

Alguns dias depois, Ashtyn foi para a casa dos pais, para o Dia de Ação de Graças e fui para a casa dos meus. Nossos pais viviam apenas uns vinte quilômetros do outro. Era estranho pensar que a menina dos meus sonhos viveu tão perto enquanto crescíamos e nunca nos conhecemos.

— Olá — gritei, entrando pela porta da frente. Instantaneamente, o cheiro de peru bateu no nariz e meu estômago roncou. Todo mundo sabia que em Dia de Ação de Graças não se tomava café da manhã ou almoçava. Era tudo sobre o jantar, e esta manhã, suei bastante com Ashtyn antes de nos separarmos, então... eu estava com muita fome.

— Estamos na cozinha — minha mãe gritou de volta.

Meus pais ainda viviam na casa de dois andares em que cresci, e às vezes sentia falta de morar em um bairro tranquilo, mas agora não me mudaria por nada no mundo. Quantas pessoas poderiam dizer que moravam na mesma rua e em frente à sua namorada? Eu podia. E era fantástico porque eu não precisava entrar no carro e dirigir trinta minutos ou o que fosse para chegar até ela.

Fechei a porta e fui para a cozinha modernizada que dava acesso para um enorme quintal. Minha irmã e o marido já estavam lá, e quando apareci no canto, Romi correu ao meu encontro.

— É verdade? — perguntou, me envolvendo em seus braços.

— O que é verdade?

— Você está namorando a Ashtyn Valor?

Eu me libertei de seu abraço e olhei dela para minha mãe e de volta.

— Por que é tão importante assim que seja a Ashtyn?

— Porque ela não é aquela piranha da Bridgette. — Ela revirou os olhos azuis iguais aos meus.

— Romi! — mamãe a repreendeu.

— O quê? É verdade!

Assenti com a cabeça e concordei com minha irmã de vinte e nove anos que ainda gostava de fofocar.

— É verdade.

— Então, você e a Ashtyn...? — ela prosseguiu, buscando a resposta que estava louca de vontade de ouvir.

Eu ri.

— Bem, agora estamos namorando.

— Estão? — Mamãe parou de mexer algo no fogão e olhou para mim com um enorme sorriso no rosto.

— Estamos — confirmei de novo, alcançando uma cenoura na bandeja em cima do balcão.

— Essa é a melhor notícia que ouvi o dia todo — minha mãe disse, efusiva.

— Nós podemos superá-la. — Romi olhou para o marido, Shane, com um enorme sorriso no rosto. — Nós estamos grávidos!

Ah, porra. Sem dúvida, minha mãe começaria a me perseguir ainda mais.

CAPÍTULO 13

ASHTYN

NOTÍCIAS DE ÚLTIMA HORA: ASHTYN VALOR SUPEROU COREY PRITCHETT E AGORA ESTÁ OFICIALMENTE NAMORANDO RHYS COLE.

Na segunda-feira, depois do horrível encontro com Philip, cheguei ao trabalho e tinha vinte mensagens de voz dele. Sem brincadeira... Vinte!

— *Ashtyn, é Philip. Onde você foi?*

— *Ashtyn, é Philip novamente. Estou preocupado.*

— *É o Philip novamente. Por favor, me avise que você está bem.*

As mensagens continuavam chegando...

— *A moça que cuida da chapelaria disse que você foi embora. Poderia ter pelo menos me avisado.*

— *Quer saber? Vá se foder, sua puta!*

E finalmente…

— *Eu só queria te foder mesmo. Você, provavelmente, é péssima de cama.*

Salvei cada recado, apenas no caso de alguma coisa acontecer comigo, mas não contei a ninguém. O que eu falaria? Nem sabia o sobrenome dele, ou qualquer outra coisa e, tecnicamente, ele não me fez nada. Também não daria mais para provar se ele realmente havia colocado alguma coisa no vinho. Depois desse dia ele parou de ligar.

Graças a Deus.

Pontualmente, Abby veio até minha mesa com uma entrega de flores.

— Essas são pretas — afirmei, olhando o buquê.

— Eu sei! Louco, né?

Nunca tinha visto uma rosa preta antes. Retirei o cartão do meio das flores, depois que Abby as deixou na mesa.

> *Ashtyn,*
> *Como uma rosa negra*
> *Sua beleza é tão fatal quanto a escuridão...*
> *"E. Corona"*

Eu não tinha ideia do que realmente significava o bilhete, mas as rosas eram lindas e, embora não estivessem identificadas como sendo do meu AS, eu sabia que eram.

Mais uma vez fui sozinha para o dia de Ação de Graças na casa dos meus pais. Este ano achei que Corey fosse comigo. Obviamente, como não estávamos mais juntos, e já que Rhys e eu tínhamos acabado de começar a namorar, oficialmente, decidimos fazer como o programado antes e cada um passaria o feriado com sua família. Embora eu e Rhys não nos desgrudássemos, ainda era muito cedo para conhecermos as respectivas famílias. Passei os três últimos dias enfiada no apartamento dele, tamanho o medo que eu sentia de ficar só, e hoje à noite não seria diferente, já que nos encontraríamos depois do jantar.

— Como você está? — minha mãe perguntou, me dando um abraço enquanto eu descascava batatas.

— Estou bem. — Sorri.

— Você está bem mesmo, depois do término com o Corey? — Seus olhos castanhos entrecerrados franziam o cenho em uma expressão preocupada.

— Agora estou.

Ela ficou animada com minha resposta.

— Que bom. E aquele jovem que apresenta os jogos do *Blackhawks*?

— Rhys Cole. — Meu sorriso cresceu, somente ao pensar nele.

— Sim, esse mesmo. Eu vi a foto de vocês no Facebook.

— *Todo mundo viu essa foto.* — *Eu ri.* Provavelmente até o Philip... de alguma forma.

— Ele é muito bonito.

— Então se eu disser que estamos namorando, você ficará feliz?

Seus olhos se arregalaram, e ela sorriu.

— Claro!

— Então... estamos namorando.

— Quem você está namorando? — minha cunhada Jessica perguntou. Ela era casada com o meu irmão mais velho, Ethan.

Eu me virei, com uma batata na mão, e continuei a dizer-lhes que Rhys e eu estávamos namorando depois de semanas de *paquera*. Esse assunto fez meus pais e irmãos implorarem por entradas gratuitas para algum jogo do *Blackhawks*, até a hora do jantar. Agora que eu estava namorando alguém no meio, eles pensavam que eu tinha regalias. Eu nem sabia se o Rhys tinha direito a ingressos de cortesia, então disse que veria isso depois.

— Ei, papai. — Entrei na sala onde ele e meus irmãos estavam assistindo futebol. Suas esposas e minha mãe estavam na cozinha preparando as tortas, e meus três sobrinhos estavam aprontando alguma coisa em algum lugar.

Fugi da cozinha porque queria conversar com o meu pai. Ele foi policial e detetive do departamento de polícia de Chicago durante a maior parte da minha vida. Estava aposentado há quase sete anos, mas saberia o que fazer. Meu irmão Ethan era detetive, mas achei que ainda não precisava envolvê-lo. Só precisava do conselho do meu pai.

— Filhinha — papai me cumprimentou e colocou o braço sobre meus ombros.

— Posso te fazer uma pergunta?

— Claro.

Ergui um pouco o corpo e me virei para olhar em seu rosto.

— Quando você estava na polícia, você teve algum caso de *stalker*?

Seus olhos de cor azul-aço se arregalaram.

— Por quê? Você tem um *stalker*?

Engoli.

— Ainda não sei.

— O que você acabou de perguntar ao papai? — Ethan perguntou. Achei que ele estivesse distraído com o jogo e não me ouviria falar com o nosso pai.

— Está tudo bem... — Fiz pouco caso.

— Não está nada bem — meu outro irmão, Carter, resmungou, juntando-se à conversa.

Suspirei. Às vezes eu odiava ter irmãos mais velhos. Ethan era seis anos mais velho, e Carter, três. Era ótimo na escola, até que minhas amigas começaram a paquerar meus irmãos, especialmente depois que eles foram para a faculdade. Meus amigos do Ensino Médio tiravam onda por conhecerem caras mais velhos. Mal sabiam eles o tanto que meus irmãos eram idiotas. Pelo menos para mim. Agora que estamos todos na casa dos trinta, nos amamos, mas eles ainda conseguiam ser idiotas. Nunca perdiam uma oportunidade de me provocar.

— Quem está te perseguindo? — perguntou papai.

— Eu não tenho certeza se ele está me perseguindo, mas saí em um encontro com um cara e... tudo foi muito assustador.

— Você não está namorando o Rhys Cole? — Ethan perguntou.

— Estou. Isso aconteceu uns dias antes do Rhys e eu finalmente começarmos a namorar.

Ethan inclinou-se para mim do sofá de dois lugares onde estava sentado. Ele aparentemente tinha se esquecido do jogo e agora estava em modo detetive.

— Como assim esse outro cara é assustador?

Dei de ombros.

— Não se preocupe com isso. Está tudo bem.

— Ashtyn, é melhor nos dizer — meu pai ameaçou.

— Sou bem crescidinha.

— E tem um monte de gente doente e fodida aí fora — afirmou Ethan.

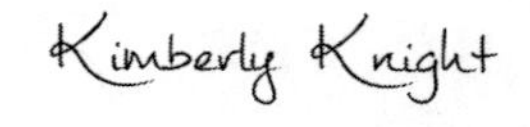

— Precisamos fazer uma visita a esse cara? — perguntou Carter.

Revirei os olhos.

— Não. Não sei nada sobre ele ou onde mora. Nem sei o sobrenome ou número do telefone.

Achei que trocaríamos nossos números de telefones no encontro, mas como tudo foi interrompido, eu literalmente não sabia nada sobre ele, a não ser o primeiro nome e que era engenheiro nuclear. Mas também não fazia ideia de onde ele trabalhava.

— Apenas nos diga porque você me perguntou sobre *stalkers* — pressionou o pai.

Suspirei e disse-lhes que Philip era o cara no bar quando conheci Rhys, a forma como o conheci na Starbucks, e, quando durante o encontro, ele mostrou saber tudo sobre meu relacionamento com o Corey, mesmo que eu tivesse excluído todas as nossas fotos. Também contei que o vi colocar algo na minha taça de vinho.

— Ele te levou para jantar pra tentar te estuprar? — Ethan levantou-se, vibrando de raiva.

— Eu saí de lá, então ele não conseguiu.

— Eu queria que você soubesse mais sobre esse cara pra que pudéssemos lidar com isso — meu pai declarou.

— Eu só queria saber se ele parece como um *stalker*.

— Ele parece, sim — murmurou Carter.

— Se você o vir novamente, quero que me ligue. — Ethan cruzou os braços. — Mesmo que esbarre com ele na Starbucks novamente.

Assenti.

— Tem mais uma coisa. Recebo flores uma vez por semana no trabalho de um admirador secreto.

— Flores? Que tipo de flores? — perguntou papai.

— Rosas.

— Tem algum bilhete? — perguntou Carter.

Concordei.

— Tem. Geralmente dizem que sou bonita.

— E você não acha isso meio louco?

Estranhei a pergunta de Ethan.

— Não, eu sempre achei o gesto delicado. É bom receber flores de um fã.

— Você acha que é o mesmo cara? — Ethan continuou questionando.

Balancei a cabeça.

— Não, eu recebo essas flores há quase um ano, e acabei de conhecer Phillip, há pouco mais de um mês, no Judy's.

— Sugiro que você não vá mais ao Judy's — disse papai.

— Tudo bem. Provavelmente é o melhor. — Eu podia fazer isso.

— As tortas estão prontas — mamãe disse, sua cabeça loira aparecendo no canto da sala.

Seguimos em direção à cozinha para pegar uma fatia.

— Eu quero que me ligue se algo mais acontecer. — Ethan apertou meu ombro.

Eu assenti.

— Sim, daí nós vamos dar uma surra nesse cara, como costumávamos fazer no Ensino Médio. — Carter sorriu.

Revirei os olhos.

— Agora isso é crime. — Papai balançou a cabeça.

— Se nos pegarem. — Carter riu.

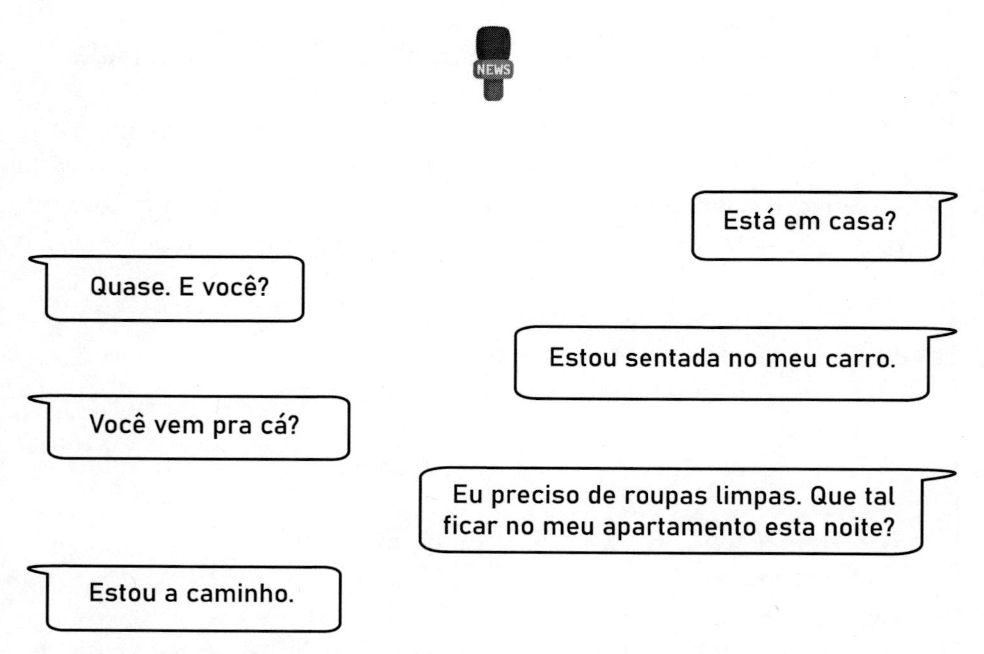

Dez minutos depois, Rhys entrou no meu prédio. Eu estava esperando no lobby conversando com José, um dos porteiros. Tínhamos alguns porteiros que abriam a porta para nós, para receber entregas, caso não estivéssemos em casa, bem como checar a identidade de visitantes que nunca tenham estado ali. Isso me deixava mais tranquila quanto à segurança do prédio.

— Oi, Cupcake. — Ele me deu beijo casto nos lábios. — Estava me esperando?

— Só batendo um papo com o meu bom amigo José. — Pisquei para José e acenei um adeus.

Rhys passou o braço em meus ombros enquanto caminhávamos até o elevador.

— Como foi o Dia de Ação de Graças?

— Bom! Mal posso esperar para sair do meu jeans. Comi demais — gemi.

— Eu também, mas ainda preciso de sobremesa.

Estava na ponta da língua perguntar por que ele não tinha comido um pedaço de torta. Sobremesa sempre fez parte do meu Dia de Ação de Graças, mas então observei seu sorriso, e soube exatamente o que ele queria dizer.

A maioria das mulheres ama fazer compras. Especialmente quando há amigas reunidas e coquetéis... no horário do almoço. Tinha planejado fazer isso enquanto Rhys tinha jogo. Eu precisava comprar um vestido para o *Emmy*, e estava com medo de ir sozinha, pois não queria encontrar ninguém indesejado.

Decidimos então ir às compras antes do almoço. Eu não confiava no nosso julgamento de escolha se estivéssemos bêbadas. O *Emmy* era como... bem... era o *Emmy*. Todos os anos, caminhávamos pelo tapete vermelho e, quando finalmente entrávamos havia o Open Bar, seguido da entrega dos prêmios.

— Gostei desse — Kylie indicou quando saí do provador.

Olhei no espelho e girei, observando minha imagem no elegante vestido de gala preto, na altura do joelho, com um decote discreto. Era perfeito. Ao contrário do *Emmy Primetime*, que premiava os atores de todos os programas de TV, eu não precisava gastar milhares de dólares em um vestido. Tudo bem que as atrizes, provavelmente, eram pagas para usar aqueles vestidos.

Eu me virei de frente para as minhas amigas.

— Eu também gostei.

— Concordo — Colleen assentiu.

— Você ficou gostosa — Jaime concordou.

Eu ri.

— Não estou tentando ficar gostosa. É um evento profissional.

— Sim, mas seu namorado estará lá. — Jaime falou meio que "cantando" a palavra namorado e eu revirei os olhos.

— Nós não vamos juntos — corrigi. — Ele vai com a mãe.

— Então, você já vai conhecer a sogrinha — provocou Kylie.

— Parece que sim. — Voltei para o provador.

Os produtores do evento faziam os arranjos dos assentos e, geralmente, posicionavam profissionais da mesma emissora juntos. A não ser que houvesse um pedido especial. Como estávamos a menos de uma semana do evento, provavelmente eu e Rhys nos sentaríamos separados.

— Se a mãe dele aprovar você, tenho certeza que ao menos o convite para o Natal vai acontecer — gritou Jaime.

Comecei a abrir o zíper do vestido.

— Vocês estão me estressando com esse papo de família. Estamos precisando de uma bebida.

Depois de pagar o vestido, fomos ao *Cheesecake Factory*, onde contei sobre Phillip, depois de bebermos uma taça de vinho. Jaime já sabia o que tinha acontecido porque liguei para ela do táxi, a caminho do meu apartamento. Ela estava quase indo ao meu encontro, mas a convenci de que não precisava, pois iria para a casa de Rhys, ao invés de ficar sozinha naquela noite. Colleen e Kylie ficaram chocadas, mas depois de assegurar que eu estava ótima, tanto que estava ali, bebendo uma margarita, elas suspiraram de alívio.

Agora que todo mundo sabia o que aconteceu, eu não queria mais voltar a pensar no Philip. Nunca mais.

CAPÍTULO 14

RHYS

O *Emmy*.

Honestamente, eu simplesmente segui diretamente para o *Open Bar*.

Claro que ao longo dos últimos anos, foi bom receber alguns prêmios. Se eu tivesse lareira, exibiria esses *bebês* para que todos pudessem vê-los. Em vez disso, eu os mantinha no escritório. Não me importaria em adicionar mais um à coleção. Eu até usava o mesmo *smoking* todos os anos para dar sorte.

Como meus pais viviam a quase uma hora de distância da cidade, meu pai levou minha mãe e fizeram *check-in* no hotel – que eu tive que pagar –, onde o *Emmy* se realizaria. Meu pai assistiria televisão enquanto estivéssemos lá embaixo. Provavelmente, pediria serviço de quarto e algo pelo *Pay-Per-View*, mas tudo bem.

Ashtyn e sua colega de trabalho, Abby, iam juntas, e nos encontraríamos dentro do salão de baile. Assim que a cerimônia começasse, provavelmente nos sentaríamos em mesas diferentes, a menos que minha mãe conversasse com alguém para trocar de lugar. Eu não ficaria surpreso com isso. Assim que se conhecessem, tinha certeza de que ela esperaria que eu me casasse com a Ashtyn no dia seguinte.

Peguei o elevador para o andar onde meus pais estavam hospedados e segui até encontrar o número do quarto. Bati na porta, e quando meu pai abriu, estava vestido apenas com uma cueca boxer. Nada mais.

— Então, não vai querer desfilar no tapete vermelho hoje à noite? — brinquei ao passar por ele, entrando no quarto.

Ele fechou a porta e seguiu atrás de mim.

— Sem nenhuma chance. Vou jantar o que eu quiser, assistir na TV o que eu quiser e não terei sua mãe me perturbando até a morte. Vou ficar é aqui.

— Eu ouvi isso! — gritou mamãe do banheiro.

Papai revirou os olhos quando perguntei:

— Você já está pronta, mãe?

A porta do banheiro abriu e minha mãe saiu com um vestido até os joelhos, de mangas compridas, verde-esmeralda.

— Sim. Estou tão animada!

Sorri ao beijá-la na bochecha.

— Você está linda, mãe.

— Obrigada. Eu não sabia o que vestir para conhecer a sua namorada.

— Você conheceu quase todas as minhas namoradas. Por que essa é diferente? — Olhei para o meu pai, esperando uma confirmação. Ele não estava prestando atenção. Em vez disso, estava deitado na cama *king size*, os tornozelos cruzados enquanto passava os canais na TV.

— Sim, mas esta é uma celebridade local! — Ela pegou a bolsa.

— Você não precisa de bolsa — lembrei-lhe. — Nós só vamos descer ao salão de baile.

— Estou levando a minha câmera.

— Você quer dizer o celular, né?

Ela tirou uma câmera digital que tinha pelo menos uns dez anos.

— Não, minha câmera mesmo.

Eu ri.

— Ninguém mais tira fotos com câmeras.

— Eu quero tirar uma foto com a Ashtyn.

Dei uma gargalhada.

— Confie em mim. Nós vamos tirar fotos com ela, mas vamos fazer isso com o meu celular que está no bolso. — Eu bati a mão no peito, indicando o bolso do *smoking*.

— E se você ganhar outro *Emmy*?

— Tenho certeza de que a Ashtyn terá isso sob controle.

Mamãe suspirou e colocou a câmera de volta na bolsa.

— Ok, então estou pronta.

O tradicional tapete vermelho ficava em frente ao salão de baile com uma cortina como pano de fundo da Academia Nacional de Televisão, Artes e Ciências de Chicago e Centro-Oeste. Percorremos o tapete, paramos para uma foto e depois fui detido por um jornalista que queria perguntar sobre a temporada do *Blackhawks*. Minha resposta era sempre a mesma. *Eles têm uma boa chance durante a temporada.*

— Quer uma bebida, mãe?

— Claro.

Caminhamos para o bar onde pedi uma cerveja e minha mãe pediu uma taça de *Rosé*. Enquanto estávamos bebendo, procurei por Ashtyn ao redor. Não a vi em nenhum lugar. Peguei meu celular para enviar uma mensagem.

Você está no hotel?

Os três pontos começaram a dançar automaticamente na tela.

Estamos entrando agora.

— Ashtyn está aqui — eu disse em voz alta enquanto respondia sua mensagem.

Estamos do lado direito do bar.

— Onde ela está?

— Estará aqui em alguns minutos. Está entrando. — Eu ri.

Mamãe olhou para as portas da frente e minha garota entrou com um vestido preto que deixava os ombros à mostra. Ombros que eu tinha beijado na noite em que nos conhecemos.

— Ela é ainda mais bonita pessoalmente.

Concordei plenamente enquanto observava Ashtyn nos procurar pela multidão. Quando seu olhar encontrou o meu, abrimos um sorriso. Ela disse algo para a amiga e veio em nossa direção. Meu sorriso não vacilou um segundo durante o tempo que ela levou para atravessar o salão.

— Cupcake — cumprimentei, beijando seus lábios suavemente. — Você sabe o que seus ombros fazem comigo, né?

Ela me empurrou de brincadeira e sibilou:

— Se comporte.

— Estou comportado ou eu poderia...

— Você deve ser a Sra. Cole. — Ashtyn estendeu a mão para minha mãe.

Mamãe ignorou o aperto de mãos e abriu os braços para um abraço.

— É tão bom finalmente conhecê-la. E, por favor, me chame de Claire.

— Certo. Então, mãe, esta é Ashtyn. Ashtyn, esta é minha mãe, Claire — eu as apresentei, sarcasticamente. Queria ter feito as apresentações antes que se abraçassem, mas ver Ashtyn em um vestido justo que mostrava tanta pele estava mexendo comigo. Minha vontade era arrastá-la para um dos banheiros para me divertir com ela.

— É um prazer te conhecer também. — Ashtyn sorriu.

— Você quer algo para beber, Cupcake?

— Cupcake? Esse é um apelido fofo... — mamãe arrulhou.

O olhar de Ashtyn virou para o meu, e eu sorri às palavras de minha mãe. *Sim, queria lamber o cupcake da Ashtyn agora mesmo.*

— Eu quero o mesmo que a sua mãe está bebendo.

Pedi um *Rosé* para Ashtyn enquanto as duas conversavam sobre Deus sabia o quê. A mãe provavelmente estava perguntando o que ela achava de um casamento na primavera. Ambas estavam rindo, e percebi que aquela era a primeira vez que eu via minha mãe rindo com uma namorada minha.

O *bartender* colocou o vinho à frente, e depois de servir, voltei-me para as senhoras.

— Onde está sua amiga? — perguntei, entregando a bebida de Ashtyn.

— Passeando por aí.

— Sabe quem eu também gostaria de conhecer? — minha mãe perguntou.

— Quem? — perguntei.

— A Barbara, do noticiário da noite. Ela já o apresenta há anos e eu queria vê-la pessoalmente ao menos uma vez...

— Posso apresentá-la a você — Ashtyn ofereceu.

— Jura? Eu adoraria.

Ashtyn procurou pelo salão.

— Ela está logo ali. Quer fazer isso agora?

Mamãe olhou para mim e eu dei de ombros.

— Podem ir. Na verdade, preciso dar um pulo no banheiro. — As mulheres começaram a se afastar, mas agarrei o pulso de Ashtyn, impedindo-a. — Depois de apresentá-las, encontre-me no banheiro masculino.

— E deixar sua mãe? — ela perguntou sussurrando.

Assenti.

— Confie em mim. Ela vai ficar tagarelando com a Barbara e quero te mostrar uma coisa.

Os olhos de Ashtyn se iluminaram.

— Estou curiosa.

Nós nos separamos e saí pela porta em direção aos banheiros. Na verdade, não precisava ir ao banheiro. Eu queria mesmo era encontrar um lugar calmo onde, finalmente, pudesse beijá-la com gosto ao invés daquele beijinho "oi, como você está?", que dei assim que ela chegou.

Encontrei o banheiro e, em vez de entrar, esperei por Ashtyn, encostado à parede. Não vi ninguém entrando ou saindo, e sorri assim que a vi caminhando na minha direção.

— O que você quer me mostrar?

— Bem, é algo como, "eu te mostro o meu, se você mostrar o seu" — brinquei, mas, na verdade, quanto mais eu pensava naquilo e percebia que ninguém estava usando o banheiro, mais os pensamentos perturbavam minha mente.

Ela gemeu.

— Rhys...

— Vamos, Cupcake. Vai ser rapidinho. — Ela ficou no mesmo lugar, então me aproximei ainda mais. — Será exatamente como no passeio do cruzeiro.

— Quando estávamos no cruzeiro, ninguém podia entrar e nos pegar a qualquer momento. Muito menos pessoas que podem nos conhecer do trabalho...

— É verdade. — Passei os dedos pelo seu rosto e afastei as mechas longas e cacheadas dos ombros. — Mas isso deixa tudo mais excitante, não é?

— Meu chefe é homem. E se ele entrar?

— Então, você não pode fazer barulho.

Peguei sua mão, e ela voluntariamente me seguiu. Eu a ouvi murmurar:

— Não posso acreditar que estamos fazendo isso, especialmente com nossos colegas de trabalho por perto. — Ela parou. — E a sua mãe também!

Empurrei a porta do banheiro das mulheres e percebi que estava aberta.

— Beleza, vamos fazer isso aqui então.

Ela me encarou por alguns segundos enquanto eu segurava a porta. Finalmente, deu um passo à frente, espiou dentro e me puxou.

— Isso vai se tornar um hábito quando a gente sair?

Abri um sorriso.

— Você quer que se torne?

Ashtyn mordeu o lábio inferior.

— Isso me excita.

— Eu sei, Cupcake. O pensamento de ser pego excita todo mundo. As pessoas só não admitem. — Eu a puxei para a maior cabine.

— E se chegar alguém precisando dessa cabine?

— Então é melhor a gente apressar as coisas, não é? — Fechei e tranquei a porta. — Tire a calcinha.

Ashtyn hesitou por um momento e depois fez o que eu pedi. Peguei a calcinha, guardei no bolso e desabotoei minha calça. Ela me encarou, recostada à parede, enquanto eu colocava a camisinha que retirei da carteira. Levantei-a em meus braços, provocando sua abertura com meu pau, enquanto ela envolvia suas pernas ao meu redor.

— Está pronta, baby?

Ela gemeu em resposta quando usei meu pau para acariciar seu clitóris.

Tomei isso como um "sim" e a penetrei. Ashtyn jogou a cabeça para trás, expondo o pescoço enquanto eu estocava nela. Aproveitei e chupei, lambendo a pele exposta. Ela gemeu novamente, desta vez mais alto.

— Shhh, a menos que você queira que alguém entre e nos ouça.

— Ahhh... é tão... gostoso... — ela ofegou.

— Sim, baby. — Sexo sempre era gostoso, especialmente com Ashtyn, havia algo excitante sobre pensar que, a qualquer momento, alguém pudesse entrar e nos ouvir. Isso só alimentou minhas impulsões, fazendo com que eu estocasse cada vez mais forte, enquanto as costas de Ashtyn deslizavam para cima e para baixo na parede.

Então aconteceu.

Não ouvi a porta sendo aberta, mas ouvi mulheres conversando.

— Espero que a comida esteja boa neste ano. No ano passado, o frango estava seco.

Outra mulher respondeu:

— É verdade. Eu também odiei.

Ashtyn me olhou com os olhos arregalados. Sorri e cobri sua boca, mas não desacelerei enquanto a penetrava, até que ela gemeu profundamente ao atingir o orgasmo. Gozei em seguida com um gemido baixo, depois a beijei até ouvir a porta se fechar e ter certeza de não ter mais ninguém ali.

Depois de nos limparmos, voltamos ao salão, onde encontramos minha mãe. Ela ainda estava falando com Barbara como se fossem melhores amigas desde o jardim de infância. Pelo jeito, agora eram. Minha mãe era mestre em fazer com que todos se sentissem amigos ou familiares. Ela era capaz de vender gelo a um esquimó. Esse aspecto da minha personalidade eu havia puxado dela, daí o fato de sempre ter me sentido tão confortável diante das câmeras.

— Aí estão vocês. Encontrei nossas mesas e quando vi que não estaríamos sentados juntos, troquei Ashtyn com outra pessoa. Tudo bem?

Abri um sorriso.

— Tudo bem, mãe.

— Eu também descobri que a sobremesa são *cupcakes* daquele programa de culinária da TV: Batalha de *Cupcakes*.

— Adoro esse programa! — Ashtyn exclamou. — Aposto que os *cupcakes* são deliciosos.

Dei um sorriso malicioso. Nunca mais olharia para um cupcake com os mesmos olhos.

O jantar foi servido durante a cerimônia de premiação. Ashtyn e eu ganhamos um *Emmy* cada, e as fotos foram tiradas em nossos celulares, e também por fotógrafos oficiais do evento. Agora, toda vez que eu olhasse para o meu troféu deste ano, me lembraria sobre o momento no banheiro.

Foi uma noite fantástica.

Deixamos minha mãe no quarto do hotel. Meu pai estava roncando alto, então logo nos despedimos, sussurrando e nos abraçando. Ashtyn e eu solicitamos um Uber para casa.

— Quer exibir nossos *Emmy* sobre a sua lareira? — perguntei no banco de trás do carro do motorista desconhecido.

— Você quer deixá-lo na minha casa?

— Eu quero deixar bem à vista para que possamos nos gabar e nossos amigos verem que somos fantásticos.

— Se eu me lembro, este não é o seu primeiro.

Balancei a cabeça.

— Não, mas é a primeira vez que minha namorada ganha um no mesmo ano. Pode servir como suporte de livro... cada um fica em uma ponta.

— Devia ser para aquilo que o suporte de lareira funcionava. De todo jeito, o meu poderia ficar na direita e o dela na esquerda.

— Você é muito bobo, mas tudo bem. Vamos fazer. Isso significa que vai dormir no meu apartamento hoje?

— Claro. Eu só preciso ir em casa pegar meu carregador de celular e trocar de roupa, daí amanhã eu não tenho que fazer a caminhada da vergonha usando o *smoking*.

Ashtyn riu.

— Caminhada da vergonha, hein?

— Você sabe o que eu quero dizer.

— Tá bom. Vou preparar o banho. — Ela sorriu.

Gemi.

— Serei rápido.

Um momento depois, o carro parou na frente do prédio de Ashtyn. Ela pegou meu *Emmy* e saímos em lados opostos do carro. Quando comecei a atravessar a rua gritei:

— Deixe a porta aberta e me espere no chuveiro!

— Vá embora! — Ashtyn me enxotou rindo, antes de entrar em seu prédio.

Quando entrei apressado no meu apartamento para trocar de roupa, lembrei-me de algo. Liguei imediatamente para Ashtyn:

— Alô?

— Ei! Quer visitar o Garfield Park amanhã?

— O conservatório?

— Sim. Nós estamos de folga. Esse pode ser nosso primeiro encontro oficial. — Escutei uma batida ao fundo, do outro lado da ligação, enquanto ia para o quarto.

— Tudo bem. Eu não vou lá há anos.

— Eu só vou pegar uma muda de roupas e a gente pode tomar o café da manhã antes de sair.

— Você me enviou flores?

Estaquei e franzi as sobrancelhas ante sua pergunta.

— Não, por quê?

— Tem alguém aqui com um buquê de flores.

Um sentimento estranho percorreu meu corpo. Um frio na barriga... era a única maneira que poderia descrever a sensação.

— Tarde da noite?

— Provavelmente é o José. Às vezes ele traz entregas aqui em cima quando eu passo pela portaria e ele não está por lá. Espera aí.

— Por que... — comecei a dizer, mas parei quando ouvi Ashtyn falar novamente:

— Philip, o que você está fazendo aqui?

— Quem é Philip? — perguntei, mas ela não respondeu.

— Ashtyn, Ashtyn, Ashtyn, você achou que se livraria de mim assim tão facilmente?

— Ashtyn! — gritei.

Ela continuou sem responder. Tudo o que eu conseguia ouvir era o ruído da queda do telefone.

Meus pés se moveram por conta própria enquanto eu escutava. Corri o mais rápido possível pelo corredor em direção ao elevador, sem nem saber se tinha fechado a porta do meu apartamento. Pressionei a porra do botão inúmeras vezes, mas ele não chegava. Meu coração trovejava a tal ponto que temia que pudesse pular para fora do peito. Queria atravessar a rua e chegar até Ashtyn de qualquer maneira. Optei pelas escadas, precisando me apressar – precisando salvar a minha garota.

CAPÍTULO 15

ASHTYN

Abri a porta como uma idiota.

Antes de ouvir a batida, só tive tempo de tirar o casaco e colocar os *Emmys* no suporte da lareira. Era como se ele tivesse ficado à espreita no corredor – se certificando de que eu estava sozinha.

No momento que as flores desobstruíram a imagem de quem as segurava, e vi que era Philip, meus nervos saltaram em alerta. Como ele sabia onde eu morava? E como ele passou por José? Então lembrei de que quando passei pela portaria, José não estava no balcão. Ele estaria no intervalo? No banheiro?

— Philip, o que você está fazendo aqui?

— Ashtyn, Ashtyn, Ashtyn, você achou que se livraria de mim assim tão facilmente?

Antes de conseguir fechar a porta ou correr, Philip largou o buquê de rosas vermelhas e entrou. O telefone escorregou da minha mão e senti como se minha tábua de salvação caísse junto. Eu não tinha ideia se Rhys ainda estava na linha, ou se ele sabia que Philip estava aqui e era uma ameaça. Eu nunca disse o nome do Philip a ele, e mesmo que me ouvisse perguntar ao Philip o que ele estava fazendo ali, não queria dizer que Rhys estivesse vindo em meu socorro.

Tudo estava acontecendo em câmera lenta.

Dei um passo para trás. Philip deu um passo à frente. Dei mais um passo atrás. Philip deu outro à frente. Seus passos eram lentos, calculados, como se não quisesse me assustar. Eu estava começando a entrar em pânico, rezando para que Rhys atravessasse a porta e me resgatasse.

— O que você quer? — sussurrei, olhando em seus olhos castanhos. Meu pulso estava batendo tão forte que ecoava nos ouvidos. Meu corpo começou a tremer enquanto eu continuava lentamente a caminhar para trás. Eu não queria me virar e correr porque sabia que ele iria me alcançar. Além disso, não havia para onde ir.

— Não é óbvio? — Ele lambeu os lábios. — Eu quero você.

— Então você achou que me drogar era a solução?

— Foi por isso que você sumiu do nosso encontro? Você me viu colocar o *Rohypnol* no seu vinho?

Assenti.

Philip sorriu como se tivesse acabado de perceber seu erro.

— Eu deveria ter esperado mais tempo. Então você estaria na minha casa agora.

— Estaria? — Continuei recuando na direção da cozinha, esperando conseguir pegar uma faca. Eu não sabia o que faria com ela, mas pelo menos não me sentiria tão indefesa.

— Sim, mas em vez disso, você ainda está fodendo com Rhys Cole, e isso não pode acontecer. — Ele puxou o cabelo curto e castanho claro como se estivesse frustrado.

— O-o q-quê? — Ele vinha me observando? Ele era tão psicótico que de alguma forma conseguiu ter uma visão panorâmica do que eu e Rhys fazíamos no meu quarto, ou estava apenas especulando porque já havia nos visto chegar juntos?

Ele sorriu.

— Eu sei mais do que você imagina. Você fugiu de mim direto pra cama dele. Como você acha que isso me fez sentir, Ashtyn?

— Por que você acha isso? — perguntei, embora fosse verdade.

— Você não voltou pra casa.

— Isso não significa que eu tenha ido para a casa do Rhys.

Ele bufou.

— Você acha que eu sou idiota?

— Eu... eu não sei. Nós não nos conhecemos.

— Eu conheço você. Também sei que seu pai era policial e seu irmão é detetive. Você tem outro irmão que se tornou médico. Ah, e não esqueçamos sua mãe...

— Para! — Dei um passo atrás. — Por que você está fazendo isso? Se você não tivesse tentado me drogar, eu teria ficado, e quem sabe o que teria acontecido.

— Eu sei o que teria acontecido, Ashtyn. Eu vi você com ele.

— Você... me viu com ele?

— No Judy's, caminhando até o seu prédio, até o dele. No seu apartamento. No passeio no Navy Pier.

— Você está me seguindo? — Eu sentia as palmas das mãos suando. Ouvi-lo afirmar que estava me perseguindo, apenas confirmou minhas suspeitas. Então, uma parte do que disse me surpreendeu: *No seu apartamento.*

— Claro. Eu tive que esperar o momento perfeito para te fazer minha.

— Eu nunca serei sua!

— Você é minha! — ele rugiu.

Eu estava a poucos metros da cozinha, pronta para agir, quando Philip me pegou pelo braço, me girou e colocou algo sobre o meu nariz e boca. Quando tudo estava escurecendo, ouvi Rhys me chamar da porta.

Mas era tarde demais.

CAPÍTULO 16

RHYS

Enquanto atravessava a rua, eu já ligava para o 911, relatando o que tinha ouvido. Eu queria ficar na linha com Ashtyn, escutando até chegar ao apartamento, mas pedir ajuda era mais importante. O operador também queria que eu permanecesse na linha, mas eu precisaria das minhas mãos livres.

José não estava na portaria, e enquanto eu esperava pela porra do elevador, pensei que depois disso tudo, deveria comprar uma casa, já que a porcaria estava levando décadas para descer. Eu não tinha como subir quinze lances de escada em tão pouco tempo. E não importava que naquela merda tivesse dois elevadores, nenhum deles chegava e isso estava me matando, já que Ashtyn lutava pela vida dela.

— Caraaaalho! — gemi, apunhalando a porra do botão, como se isso fosse fazer com que ele chegasse mais rápido.

— Algo errado, Sr. Cole?

José estava de pé ao meu lado.

— Você deixou um homem entrar aqui com flores para a Ashtyn?

José coçou as sobrancelhas escuras.

— Não, mas acabei de voltar do jantar. Por quê, algum problema? As flores geralmente não...

— Sim, a porra de um enorme problema! — rosnei, cortando suas desculpas. — Ashtyn está sendo atacada nesse momento, e estou aqui embaixo falando com você sobre merdas de flores enquanto espero pelo *maldito* elevador que não chega!

Seus olhos negros tornaram-se enormes.

— Ela está sendo atacada?

— Sim! — Rugi ao mesmo tempo em que o elevador apitou.

— Ligue para a droga da polícia!

Eu não estava nem aí que eu já tinha feito isso. Talvez eles se apressassem se mais de uma pessoa ligasse. Sei lá. O que eu sabia era que ia dar uma surra nesse cara. Não somente porque ele poderia estar machucando

Ashtyn – ou pior até. Mas porque, quando eu era criança e o Corey me batia, ia para casa e levantava pesos. Eu nunca quis estar na posição em que fosse incapaz de me defender novamente. E agora eu tinha minha mulher para proteger.

Assim que as portas começaram a fechar, vi outro homem correr para o elevador. Em outra ocasião eu seguraria as portas, educadamente. *Não esta noite, cara.*

O elevador subiu como se estivesse rastejando rumo ao topo. Os segundos pareceram horas antes de finalmente chegar ao andar. Quando chegou, nem ao menos esperei que as portas se abrissem por completo e corri pelo corredor, rezando que tivesse chegado a tempo.

— Ashtyn! — gritei, entrando porta adentro de seu apartamento. Passei pelas rosas largadas no chão, direto para o homem à minha frente. — Solta ela!

Ele se virou, o corpo desfalecido de Ashtyn pressionado à frente dele, enquanto mantinha um pano em seu nariz e boca. Ela estava morta? Ele a tinha matado? Eu não havia sido rápido o suficiente para salvá-la?

Inacreditável que isso estivesse acontecendo.

— Eu sabia que você apareceria. — Ele alcançou por trás das costas, com o braço livre, e puxou uma Glock preta.

Estaquei e ergui as mãos quando ele apontou a arma para mim. Eu tinha toda a intenção de ser o herói. Eu queria correr e salvar a situação, ser o salvador de Ashtyn. Isso foi até que eu estivesse de pé com o cano de uma arma apontada para mim.

— Que merda você está fazendo? Solta ela! — gritei, embora eu soubesse que ele não a largaria, porque nenhum cara mau faz isso.

— Não posso fazer isso — ele resmungou. — Você tem o que eu quero.

Percebi então que Ashtyn não estava morta. Era nítido que ele queria Ashtyn, e se ele a matasse, nenhum de nós poderia tê-la. O que eu precisava que ele fizesse era largar Ashtyn. Claro que ela teria algumas contusões, mas então eu poderia pular sobre ele e tentar tomar a arma de sua mão.

— Tudo bem. Mas solte-a. Ela é uma pessoa compreensiva. Tenho certeza de que vocês dois serão felizes juntos.

— Então saia.

— Eu não posso fazer isso. Pelo menos, deixe-me saber que ela está bem.

— Ela está bem — ele sibilou. — Dez minutos depois de remover este pano do rosto, ela acordará. É apenas um pouco de éter para derrubá-la até que eu possa levá-la pra casa.

— Apenas retire o pano, deixe-me só vê-la acordar e então eu me despeço. — Pensei ter ouvido sirenes ao longe. Eu nunca entenderia porque a polícia precisava daquele estardalhaço. Estava aí a razão de sempre terem que perseguir os bandidos a pé. Era como se eles precisassem anunciar sua presença quando na realidade deveriam fazer um ataque furtivo.

— Ela me deixou sem se despedir na outra noite. Você também não vai ter esse prazer.

— Como você vai passar por mim? — perguntei, porque da maneira como ele a segurava, não tinha como sair dali. Ele precisaria arrastá-la ou carregá-la, e isso me daria a chance de avançar em cima dele.

— Bem, vou atirar em você, então irei embora como planejei.

— Então atire! — No momento em que essas duas palavras deixaram minha boca percebi que estava de pé na frente de um homem que apontava uma arma na minha direção, e não tive medo. Tudo o que me importava era Ashtyn porque eu a amava. Eu não sei quando aconteceu, mas sabia que faria qualquer coisa por ela, inclusive levar um tiro.

Philip começou a sorrir como se o fato de atirar em mim o alegrasse, então inclinou a cabeça ligeiramente.

— Você chamou a polícia?

— É claro que chamei a polícia.

Ele ergueu braço mais alto, e eu sabia no meu íntimo que ele estava a poucos segundos de puxar o gatilho. Dizem que quando se está prestes a morrer, sua vida aparece em *flashes* diante de seus olhos, mas o que apareceu à minha memória foi a noite em que conheci Ashtyn. Conhecê-la transformou aquela noite de merda na melhor noite da minha vida. Tinha conhecido a pessoa para quem eu queria levar o café da manhã na cama.

Houve um *flash* do nosso encontro bobo no meio do dia, no cruzeiro, e então mais um de nós dois transando no banheiro. E então, um *flash* mostrando a mim, diante da minha mãe, anunciando que ia pedir a Ashtyn em casamento. Não importava que aquilo não tivesse acontecido. Ainda assim, aquela imagem surgiu porque era o que eu queria pra minha vida. Eu não estava nem aí se tínhamos nos conhecido há pouco mais de dois meses ou que tivéssemos começado a namorar somente agora. Era ela que tornava meu mundo completo. Ela tornava meu mundo melhor. Estar com Ashtyn me fazia inteiro e feliz.

— Largue a arma!

Eu me virei e vi o cara que queria ter entrado no elevador e para o qual não segurei a porta, entrando no apartamento de Ashtyn, com uma arma apontada para Philip.

— Bem, isso está se transformando em um assunto familiar. — Philip riu.

Olhei para o homem vestido com jeans e um casaco preto, meus braços ainda erguidos em defesa. *Assunto de família?*

— Eu disse, solte a porra da arma!

— Isso não vai acontecer — respondeu Philip. — Se eu fizer, a vantagem será sua porque sei que não vai atirar na sua irmã.

Irmã? Bem, este primeiro encontro foi estranho.

— Fique atrás de mim, Rhys.

Fiz o que o irmão da Ashtyn disse. Eu nunca tinha encontrado o irmão dela antes, mas de acordo com Ashtyn, ele assistia aos meus programas. Eu não fazia ideia do porque ele estava armado, mas usá-lo como um escudo era do meu melhor interesse. As sirenes estavam se aproximando ainda mais, e eu só queria que a polícia chegasse. Quanto mais tempo demorava, mais eu temia que essa situação não acabasse da maneira que queríamos.

— Tudo o que você precisa fazer é largar a arma, e ninguém se machuca.

— Nã...

Pulei ao ouvir um estampido alto. Philip nos olhava, um buraco agora no meio da testa. Lentamente, o sangue começou a escorrer da cabeça. O irmão de Ashtyn atirou nele. Ele atirou na cabeça do cara!

Philip caiu pra trás com Ashtyn em seus braços, e então ela escorregou à medida que o aperto ao redor de seu corpo afrouxava, bem como o pano caindo de seu rosto. Eu estava em choque, ainda me perguntando como o irmão dela teve coragem de atirar no homem. Ele se aproximou dos dois, chutou a arma do corpo sem vida de Philip e pegou Ashtyn no colo, colocando-a no sofá.

— Você está bem?

Pisquei atordoado.

— Rhys.

Pisquei novamente, desta vez percebendo que eu estava olhando para Philip com a boca aberta.

— Vo-você atirou nele.

— Claro. Ele estava apontando uma arma pra gente e minha irmã estava inconsciente, porra.

Saí do transe e corri até Ashtyn. O irmão dela estava verificando a pulsação em seu pescoço.

— Mas você o matou. — Não sabia porque estava chocado já que tenho certeza de que eu também teria matado o bastardo. Talvez o que tenha me deixado atordoado tenha sido o fato de ver um homem perder a vida na minha frente.

— Tenho que confessar que ele foi a minha primeira morte, mas não o deixaria machucar nenhum de nós. Ashtyn está respirando e os paramédicos devem chegar aqui a qualquer momento. Ele tirou o celular do bolso, apertou alguns botões e depois segurou-o na orelha. — Sim, Central. Aqui é o Detetive Valor, distintivo 57689. Respondi ao chamado — disse ele, tirando o cabelo do rosto de Ashtyn. — Estejam cientes de que estou à paisana, tiros foram disparados e o suspeito está morto no local.

— Você é policial? — perguntei, olhando-o enquanto ele guardava o celular de volta ao bolso.

— Sou.

— Não que eu não esteja grato, mas como você chegou aqui antes dos outros policiais?

— Ashtyn me contou sobre esse cara no Dia de Ação de Graças.

— Contou? — Olhei para ela, e se ninguém soubesse o que aconteceu, apenas diriam que estava dormindo, ao invés de estar inconsciente por causa do éter.

— Sim, e eu tinha acabado de sair do serviço e queria checar como ela estava, ver se tinha mais informações sobre esse cara. O porteiro quase não me deixou entrar, mas mostrei meu distintivo, e ele disse que você havia informado que Ash estava sendo atacada.

Fiquei de pé e respirei fundo, tentando acalmar a adrenalina que ainda estava percorrendo minhas veias.

— Se você tivesse chegado um segundo depois, ele teria atirado, então obrigado.

Ele virou-se para mim e estendeu a mão.

— De nada. Da próxima vez, segure a porra do elevador pra mim. A propósito, eu sou o Ethan.

Peguei sua mão.

— Pode deixar, cara, e caramba, eu queria que tivéssemos nos conhecido em circunstâncias diferentes.

CAPÍTULO 17

ASHTYN

Acordei com a sala cheia de gente.

Imediatamente, percebi que estava deitada no meu sofá e um cobertor me cobria. Pela rápida olhada no meu corpo, vi que ainda estava com o vestido de gala. Eu não sabia o que tinha acontecido, mas vagamente me lembrava de ter algo a ver com Phillip chegando à minha casa.

Quando me virei em busca das vozes, a primeira pessoa que vi na névoa foi meu irmão.

— Ethan?

Ele olhou para mim quando o chamei, e se abaixou ao meu lado. Um movimento à direita captou minha atenção. Rhys estava ali. Um puxão no meu braço me alertou para a presença de uma paramédica usando um manguito de pressão arterial.

— Como você está se sentindo? — perguntou a paramédica.

— Tonta. O que aconteceu?

— O sintoma vai desaparecer em breve. O efeito do éter só permanece no sistema enquanto está sendo administrado. E você precisará perguntar ao detetive sobre o que aconteceu. Eu não sei o que houve.

— Quanto tempo fiquei apagada? — Pareceram horas, talvez até dias, mas eu estava no meu apartamento.

— Talvez uns vinte minutos — Rhys respondeu.

— O que aconteceu? — perguntei a Rhys desta vez. Percebi que ele ainda estava com o *smoking*.

— Eu vou esclarecer tudo, assim que você estiver um pouco melhor.

Voltei a olhar o meu irmão.

— O que você está fazendo aqui?

— É uma longa história.

Rhys me entregou uma garrafa de água.

— Beba um pouco.

— Sim — concordou a paramédica. — Você precisa descansar, e nós precisamos levá-la ao hospital, mas vamos colocá-la próxima à janela aberta, dessa forma o ar puro vai ajudar a aliviar o mal-estar.

— Eu preciso ir para o hospital?

— Eu te aconselharia a ir.

Rhys e Ethan me ajudaram a levantar do sofá e me levaram até a janela onde a paramédica colocou uma cadeira. Rhys a abriu e o vento gelado do inverno causou arrepios pelo meu corpo. Bebi um gole da água.

— Mas eu não *tenho* que ir ao hospital, não é?

— Bem, como era apenas éter, e seus sinais vitais estão estáveis, não precisa, mas...

— Eu não quero. — Aspirei profundamente o ar puro. Eu já estava começando a me sentir um pouco melhor, eu conhecia um pouco dos efeitos do éter, sabia que os médicos o usavam como se fosse Propofol, para auxiliar na anestesia geral.

— O meu outro irmão é médico e se eu não melhorar, peço que ele dê uma olhada em mim.

— Tudo bem — disse a mulher. — Apenas prometa que vai se hidratar e respirar ar puro.

Eu assenti. A paramédica aferiu minha pressão arterial mais uma vez.

— O que aconteceu com Philip? — perguntei ao Rhys e Ethan, sem me preocupar de onde viria a resposta.

Os dois se entreolharam, mas foi meu irmão quem respondeu:

— Ele está...

Rhys se ajoelhou ao meu lado e colocou uma mecha de cabelo atrás da minha orelha, falando antes que Ethan terminasse o que ia dizer:

— Ele não vai mais te machucar, Cupcake.

— Ele está preso? — Olhei para o meu irmão esperando uma confirmação.

Ethan respirou fundo.

— Não. Eu atirei nele.

Engasguei, e meus olhos se arregalaram em choque. Eu não sabia que Ethan tinha chegado enquanto tudo estava acontecendo. Imaginei que tivesse sido chamado depois.

— Você atirou nele?

— A situação ficou complicada, Ash.

— Aparentemente — respondi secamente. Senti náuseas, então voltei para a janela e respirei um pouco de ar frio e puro.

Outro detetive chamou Ethan em um canto. Rhys começou a esfregar círculos nas minhas costas.

— Você quer caminhar até o meu prédio?

— Sim. — Em hipótese alguma eu ficaria no meu apartamento.

Rhys olhou para a paramédica, e ela assentiu.

— Se você estiver bem para caminhar, então não tem problema. Apenas vá devagar.

— Deixe-me ver se podemos ir embora. — Rhys levantou-se e conversou com meu irmão por alguns segundos. Depois de aparentemente trocarem números de telefone, ele voltou.

— Nós podemos ir. Ethan mexeu alguns pauzinhos, então os detetives vão pegar sua declaração amanhã de manhã.

Assenti com a cabeça e fiquei de pé. Rhys estendeu a mão e me guiou como se eu fosse uma mulher de noventa anos. Na verdade, era assim que eu me sentia. Não tinha me dado conta dos fatos até notar o monte coberto por um lençol branco, no trajeto em que Rhys me guiava até a porta. Senti minha respiração presa na garganta.

— Aquele é o...

— É. — Rhys bloqueou minha visão.

— Ele está morto? — Ethan dissera que tinha atirado nele. Eu não imaginei que o que ele realmente quis dizer era que tinha matado o Philip.

— Está. — Rhys entrelaçou nossos dedos enquanto passávamos pelos investigadores na porta de entrada. Quando chegamos ao térreo, Rhys murmurou: — Merda. Não peguei um casaco pra você.

— Tudo bem. É só até o outro lado da rua. Acho que vou sobreviver.

Rhys tirou a jaqueta do *smoking* e a envolveu nos meus ombros. Estava quentinha e tinha seu cheiro, e quando estávamos quase saindo, Rhys me puxou para o calor de seus braços.

— Senhorita Valor! — José correu até nós. — Você está bem?

Assenti.

— Sim, estou bem.

Ele suspirou aliviado.

— Não posso acreditar que isso aconteceu enquanto eu estava no meu intervalo.

Parei de andar.

— Honestamente, José, acho que ele estava esperando por esse momento.

Eu não sabia se isso era verdade ou não, mas só poderia ter sido daquele jeito. Fora o fato da minha estupidez ao pensar que eu estivesse recebendo flores enquanto estava ausente para a entrega do *Emmy*, ou mesmo imaginando que José estava levando até meu apartamento. Porque, vamos lá... já era tarde da noite, e as entregas geralmente não acontecem depois das cinco. A imprudência havia obscurecido meu julgamento.

— Eu sei, mas se...

— Você é porteiro, não o segurança.

— Eu sei, mas sei quem entra e sai deste prédio em todos os momentos.

— Exceto quando está de folga ou no intervalo — Rhys lembrou.

Ele deu um aceno lento com um sorriso constrangido.

— Certo.

Segurei seu braço e dei um ligeiro afago.

— Não foi sua culpa.

Rhys e eu nos dirigimos à porta, e José a abriu para nós.

— Tenham uma boa-noite.

Fomos apressadamente pela rua até o apartamento de Rhys. Uma vez lá dentro, Rhys me preparou um banho e disse que voltaria com uma bebida. Eu esperava que ele me trouxesse mais água, mas, depois de tomar banho e vestir uma de suas camisetas, ele me entregou um copo com dois dedos ou mais de um líquido ambarino.

— Uísque? — perguntei enquanto cheirava o copo.

Ele assentiu.

— Vai te ajudar a dormir.

— E você? Você estava lá quando Ethan atirou no Philip, não é?

— Estava. — Rhys suspirou e desviou o olhar. Tive a impressão de que ele não queria que eu visse o medo em seus olhos.

— E você está bem? — No meu estado confuso, nem pensei em perguntar antes, mas agora com a mente mais desanuviada, tudo o que havia acontecido estava começando a assentar em mim.

— Bem... Eu vi um cara morrer segurando você nos braços. Não é uma coisa que esteja me descendo bem, ainda.

— Ethan atirou nele enquanto eu estava... — sussurrei, mas não consegui terminar a sentença.

Ele assentiu.

— Foi. Beba, e eu te conto tudo o que você quiser saber.

Rhys tirou a roupa e entrou no chuveiro enquanto fui para o quarto, tomando goles do uísque. Quando saiu do banheiro usando apenas uma toalha em volta dos quadris, pegou seu copo no criado-mudo e tomou a bebida de uma vez. Eu o observava, absorvendo lentamente o licor suave, enquanto Rhys vestia o pijama e se arrastava para o colchão luxuoso, inclinando-se contra a cabeceira da cama, refletindo minha posição.

— Por onde quer que eu comece?

Senti meu coração começar a bater um pouco mais rápido. Queria saber o que tinha acontecido, mas estava nervosa, como se estivesse à beira de um precipício, e o mero pensamento de pular me deixasse inquieta e angustiada.

— Comece do momento em que eu apaguei.

Fiquei em silêncio enquanto processava toda a história, e então eu disse:

— Acho que precisamos de outra bebida.

CAPÍTULO 18

RHYS

— Ei, bichinha! — Enfiei os livros apressadamente dentro da mochila, querendo ir para o treino, bem como sair da reta de Corey Pritchett. — Estou falando com você! — Ele agarrou a parte de trás da mochila me empurrando contra os armários.

— Eu não sou bichinha! — sibilei.

— Não? É por isso que você joga hóquei, certo? Pra ver os garotos pelados no vestiário, daí você fica de pau duro.

— Vá se foder! — Eu cuspi nele, pouco me importando se ele fosse me dar uma surra.

— Você quer me foder, bichinha?

— Pare de dizer isso! — Eu o empurrei para trás, e antes que eu me desse conta, ele puxou uma pistola das costas. — O que você está fazendo?

— Você acha que pode falar comigo desse jeito?

— O que você vai fazer com essa arma? — insisti.

— O que você acha? Eu vou atirar em você, e depois vou embora!

— Então atire!

Ouvi um estampido alto, e então uma bala apareceu no centro de sua testa. Não era o Corey, mas o cara que atacou Ashtyn, Philip.

Acordei sobressaltado, a pulsação acelerada. Quando percebi que estava em casa, na minha cama com Ashtyn, deitei novamente e encarei o teto na escuridão. Pensei que ela fosse ter problemas para dormir, mas parece que apenas eu tive pesadelos com a merda toda. Meu passado e presente colidiram em um sonho estranho que nunca aconteceu, e não gostei de ter sonhado com nenhum deles.

Não sei por quanto tempo fiquei lá deitado, olhando para o nada, mas quando Ashtyn se espreguiçou ao meu lado, o sol estava nascendo.

— Bom dia, Cupcake. — Virei para ela e coloquei uma mecha de seu cabelo atrás da orelha.

— Já é de manhã?

Sorri.

— Sim, mas ainda é bem cedo. Quer um café? — Ela assentiu, e eu saí da cama, pisando descalço sobre o piso de madeira frio, sentindo o arrepio subir pelo meu corpo. — Preciso de uma lareira.

— Ligue o aquecedor.

— Ah, eu vou ligar! — gritei enquanto seguia pelo corredor parando à frente do termostato. Depois de acionar o aquecimento, fui para a cozinha e fiz duas xícaras de café, voltando em seguida para o quarto. — Você ainda quer ir ao Garfield Park hoje?

— Não. Na verdade, não. — Ashtyn sentou-se, pegando a caneca. — Eu só quero ficar aqui o dia inteiro sem fazer nada.

Sentei-me ao lado dela.

— Você não vai poder. Os detetives provavelmente chegarão daqui a pouco. — Ela gemeu. — E eu acho que você deveria apanhar um ar fresco hoje.

— Provavelmente está nevando.

— Sim, mas tenho certeza de que o conservatório tem aquecedor. — Tomei um gole de café.

— Eu realmente não quero ir a lugar nenhum. Nem quero voltar para o meu apartamento, pra dizer a verdade.

— Eu não quero que você volte lá, mas a gente pelo menos deveria sair para algum lugar pra almoçar. Quero ter certeza de que você respire bastante ar puro, como a paramédica aconselhou. — Eu sabia que ela precisava respirar oxigênio puro, fresco, mas eu queria que ela saísse do apartamento para arejar a cabeça. Também precisava espairecer a minha.

Ela ficou em silêncio por alguns instantes.

— Tá bom, mas só porque precisamos comer.

O telefone de Ashtyn começou a tocar ininterruptamente às oito horas. A notícia se espalhou até seus pais, e também aos amigos. Embora ela tenha garantido a todos que estávamos bem, eu me concentrei em saber o que se passava no mundo do hóquei. Aquilo era bom para esquecer os eventos da noite anterior, embora eu só quisesse guardar na memória o momento do *Emmy*, e não o que ocorreu após. Talvez meu *smoking* não tenha trazido tanta sorte assim... Meus amigos não faziam ideia do que havia acontecido, e todas as mensagens no Facebook eram sobre o troféu que eu segurava enquanto posávamos para a foto no hotel.

Após duas horas de ligações incessantes, apareceram dois detetives. Ashtyn e eu demos nossos depoimentos separadamente. Depois disso, sentamos no sofá, enquanto os detetives sentaram-se em cadeiras nos dois extremos da mesa de café, e só então informaram o que haviam descoberto até agora sobre Philip e o que o motivara.

— Seu pai conversou com o Capitão Gordon. Ele quer que coloquemos agentes disfarçados vigiando seu apartamento por algumas semanas.

— Isso é necessário? Philip está morto, certo? — Ashtyn perguntou.

— Sim, ele está morto, mas seu pai está preocupado com você.

Ashtyn assentiu.

— Se for preciso, eu posso levá-la e buscá-la no trabalho todos os dias — ofereci. — Além disso, ela vai ficar comigo à noite. Então não estará sozinha.

— Provavelmente seja meio complicado devido ao seu horário de trabalho, Sr. Cole, mas achamos que talvez não seja necessário — disse o detetive Cooper.

— Tudo bem, mas eu daria um jeito. — Afaguei o joelho de Ashtyn. — Eu não quero que ela sinta medo.

— Eu posso ter outro perseguidor — ela confessou.

— O quê? — perguntei, levantando a voz, um pouco surpreso.

Ashtyn suspirou.

— Alguém me manda rosas no trabalho toda segunda-feira.

— Você não sabe de quem são? — perguntei.

Ela encolheu os ombros.

— Estão sempre assinadas como AS ou Admirador Secreto.

— Eram enviadas por Philip — afirmou o detetive Van Drake. — Ele estava te observando há quase um ano.

Um arrepio percorreu meu corpo. Como alguém poderia estar observando-a por todo esse tempo sem ela suspeitar? O encontro da Starbucks foi proposital? Não fazia ideia do que se passava na cabeça de Ashtyn naquele momento. Eu a puxei para os meus braços.

— Acabou agora.

A sala ficou em silêncio por alguns segundos até Ashtyn perguntar:

— Como vocês sabem que eram do Philip?

Van Drake assumiu a liderança:

— Nós fomos à casa dele esta manhã e encontramos inúmeras fotos suas, de vocês dois, você e outros homens com quem se relacionou, incluindo imagens ao vivo de seu apartamento.

— O quê? — Ashtyn gritou.

— Ele tinha câmeras de vídeo nos detectores de fumaça.

— Ele, o quê? — Fiquei parado, pronto para matá-lo, mesmo que já estivesse morto.

— De alguma forma, parece que ele entrou no seu apartamento. Além disso, os registros do cartão de crédito com fatura para a floricultura The Flower Pot a cada semana, indicam que era ele quem lhe enviava as flores.

— Ok, mas como você sabe que as flores que ele comprava, eram as que eu recebia?

— Por que você acha que não era ele? — perguntei.

— Não é que eu ache que não era ele. Eu só quero me certificar de que não tenho outro perseguidor por aí.

— Antes de vir aqui, conversamos com o dono da Flower Pot. Todas as encomendas que entregaram ao seu trabalho estavam vinculadas ao seu cartão de crédito registrado.

— Então acabou? — Ashtyn perguntou.

— Acreditamos que sim. — Cooper assentiu.

— Inacreditável que tudo isso tenha sido ele. Eu o conheci há duas semanas, e agora ele está morto.

— Você me disse que o encontrou pela primeira vez há quase dois meses, no Judy's, certo? — Van Drake perguntou, anotando os dados em sua caderneta.

— Sim, mas isso foi por uma fração de segundo. Eu o dispensei.

Van Drake assentiu com a cabeça.

— De acordo com seu relato e com o que encontramos na casa dele, estamos crendo que ele observava você e estava apenas à espreita. Quando foi ao Judy's, você estava sozinha, não é?

— Sim.

— Nós pensamos que foi quando ele decidiu agir, mas falhou.

Ashtyn olhou para mim.

— Obrigada, novamente.

— A melhor decisão que fiz foi ir àquele bar naquela noite — afirmei, e quis dizer mais do que simplesmente por tê-la salvo daquele maluco. Provavelmente estaria utilizando algum aplicativo de encontros agora, se não a tivesse conhecido.

— Você teve sorte das coisas terem acontecido da maneira que ocorreram — disse Cooper. — Se não o tivesse visto colocar algo na sua bebida na noite em que saíram juntos, então sabe Deus o que poderia ter acontecido com você.

Eu não queria pensar nessa hipótese, e eu tinha certeza de que Ashtyn também não. A vida tem um jeito estranho de fazer as coisas funcionarem como devem. Diz o ditado que nunca se sabe o quão importante uma pessoa é para você até quase perdê-la. E isso era totalmente verdade pela forma como me sentia em relação à Ashtyn... e eu não estava pronto para perder essa mulher.

Depois que os detetives foram embora, Ashtyn e eu fomos até uma cafeteria próxima, na rua abaixo, em busca de algo para comer. Os pais dela queriam vê-la, para ter certeza de que ela estava bem, mas Ashtyn só queria ser deixada em paz. Eu entendia aquilo, mas como ela precisava de ar puro, eu a obriguei a sair para uma caminhada com a desculpa de almoçarmos juntos.

A neve caía e vapor saía de nossas bocas a cada palavra trocada. Eu estava gostando de estar ao ar livre e Ashtyn parecia ter tido um peso arrancado de seus ombros. Antes ela queria ficar na cama o dia inteiro, agora já estava animada até mesmo para alugar algum filme antes de irmos para casa.

Casa.

A palavra me atingiu, mas não me importei. Quando eu estava com Bridgette, era como se ela estivesse invadindo meu espaço. Agora, com Ashtyn, não queria que ela fosse embora, mesmo que morasse do outro lado da rua.

Depois de pegarmos o filme, também compramos café e seguimos para *casa* de Uber. Quando o carro nos deixou na frente do prédio, perguntei:

— Quer que eu pegue algumas roupas pra você no seu apartamento?

Ela pensou na minha pergunta por um momento.

— Sim, vou ficar aqui e conversar com José se não tiver problema. Ainda não estou pronta pra entrar lá.

— É um prazer servi-la. — Pisquei e beijei seus lábios antes de entrar no prédio.

— Senhorita Valor! — José sorriu. — Como vai?

Segui para os elevadores com as chaves de Ashtyn, enquanto ela ficava conversando com o porteiro. Ao chegar ao décimo quinto andar, caminhei lentamente pelo corredor. Eu não sabia o que iria encontrar porque Ethan havia fechado o apartamento dela na noite anterior. Eu esperava que houvesse aquela fita amarela que isolava a cena de um crime, como nos filmes, mas não havia nada. Era como se um homem não tivesse morrido há menos de vinte e quatro horas por trás daquela porta.

Coloquei a chave na fechadura, e antes de entrar achei melhor conferir se era permitido. Liguei para o irmão de Ashtyn, Ethan.

— Alô? — ele respondeu.

— Oi, Ethan. Aqui é o Rhys.

— Tudo certo?

— Tudo. Eu liguei só pra saber se não tem problema em entrar no apartamento de Ashtyn para pegar algumas roupas pra ela.

— Tem uma fita amarela na porta?

— Não.

— Então pode entrar. Essa parte da investigação acabou.

— Então beleza.

Estava girando a maçaneta quando ele falou:

— Ash está com você?

— Não. Eu subi sozinho para pegar algumas roupas pra ela.

— Ótimo. Liguei para uma empresa de limpeza de cenas de crime, mas eles só podem ir amanhã.

— Eu nem sei se ela quer voltar aqui amanhã depois do trabalho, de qualquer forma.

— Cuide dela, tá bom?

— Claro. — Corri ao socorro dela mesmo com um cara louco tentando sequestrá-la. Tudo bem que não fiz nada mais do que distrair o idiota até que o policial chegasse, mas eu estava disposto a lutar e cuidar dela até o fim dos meus dias.

Desliguei e lentamente abri a porta. Não havia nenhum esboço de giz do corpo de Philip, e nem mesmo pedaços de cérebro salpicados por toda a sala. Em vez disso, a única coisa que indicava que havia acontecido um crime ali era a pequena mancha de sangue onde o corpo estava antes de ser levado pelos legistas.

Quanto mais eu olhava para aquela piscina carmesim, mais eu revivia tudo o que se passou. Então, apressei-me até o quarto de Ashtyn e peguei alguns vestidos. Eu não fazia ideia se aquilo serviria, mas não queria me demorar ali. Revirei algumas gavetas, pegando roupas íntimas e depois fui ao banheiro para pegar alguns artigos de higiene pessoal. Se esquecesse de algo, eu compraria até que ela estivesse pronta para buscar as próprias coisas. Também peguei os dois *Emmy* que ganhamos porque ainda queria exibi-los, mas aquilo seria para nos lembrar da parte boa da noite.

— Pronta? — perguntei assim que saí do elevador no térreo.

— Sim. Você pegou tudo o que vou precisar por alguns dias?

Acenei para José quando saímos do prédio.

— Sim, Cupcake, mas deixei o vibrador que encontrei no seu criado-mudo porque esse é o meu trabalho agora.

CAPÍTULO 19

ASHTYN

Notícias de Última Hora:...

O pensamento das minhas próprias notícias de última hora era muito surreal para dar sequência à frase. Mesmo que eu reportasse notícias recentes todas as noites, quando estavam relacionadas a mim, eu não queria que fossem verdadeiras.

Eu sabia que havia um lado positivo em tudo aquilo. Embora eu tenha sido atacada e quase sequestrada, Philip agora estava morto. Meu irmão mais velho me socorreu como sempre fez. Quando eu era mais nova, me irritava com toda superproteção dos meus irmãos, agora, estava agradecida.

Porém, esta seria a primeira noite que eu voltaria à minha casa deserta.

Casa...

Eu não voltaria para a minha. Rhys tinha me dado uma chave do seu apartamento, mas ele não estaria lá quando eu chegasse. Na maioria das noites que ele tinha jogo, Rhys não voltava até depois da uma da manhã. Hoje não seria diferente.

Na semana passada, estava de licença do trabalho por ordens do chefe, e não fiquei sozinha em momento algum. Quando Rhys estava trabalhando, Jaime, Kylie ou Colleen me faziam companhia. Eu sabia que era Rhys quem estava organizando aquela escala e aquilo só me fez gostar ainda mais dele. Na verdade, eu estava certa de que estava me apaixonando. Rhys era o homem mais carinhoso, atencioso e divertido que já conheci e namorei, e não somente porque levava o café da manhã na cama para mim. Sempre que estávamos juntos, ele me fazia rir, e quando estava no trabalho, eu sentia falta dele.

— Quer que eu te leve ao trabalho? — Rhys perguntou ao entrar no banheiro enquanto eu me maquiava.

— Você faria isso por mim? — Enquanto fazia a maquiagem, mentalizava que enfrentaria o medo de ter que caminhar pelo estacionamento sozinha. Quando saí do trabalho, a garagem, provavelmente, estaria mais vazia porque era depois da agitação e das horas normais de trabalho.

— Claro. Você sabe que meu estúdio fica a poucos quarteirões de distância, mas acha que a Abby pode te trazer de volta?

— Se ela não puder, arranjo uma carona.

— Se não conseguir, me mande uma mensagem. Eu dou um jeito.

Eu me virei para ele e envolvi os braços em seu pescoço.

— Obrigada, mas acho que consigo me virar.

— Tenho certeza que sim, mas isso não impede que eu me preocupe com você.

Beijei seus lábios suavemente e me afastei para terminar a maquiagem.

— Envio uma mensagem assim que chegar em casa.

Lá estava a palavrinha novamente – casa. Eu gostava da forma como me sentia ao pensar no apartamento de Rhys também como meu.

— Ótimo. — Ele beijou o lado da minha cabeça e começou a voltar para o quarto. — Me avise quando estiver pronta pra sair, Cupcake.

Rhys parou seu Mazda SUV preto na área de desembarque do meu local de trabalho. Estava nevando levemente, e as pessoas caminhavam pelas ruas, mas, em poucas horas, a cidade ficaria deserta.

Hesitei em sair do carro. Talvez eu não estivesse pronta para voltar a trabalhar. E se eu tivesse outro *stalker* apenas esperando o momento certo para agir? Depois do pesadelo com Philip, saiu em todos os noticiários que eu havia sido atacada em casa. Meu nome e o dele foram exaustivamente citados, assim como o de Ethan, como o policial envolvido no tiroteio. Era estranho ser o centro da notícia, mas parecia que agora, uma semana depois, a poeira tinha assentado.

Rhys agarrou minha mão.

— Tente não pensar muito sobre isso. Acabou. Ele não pode mais te machucar.

Assenti com a cabeça e olhei nos olhos da cor do céu.

— Eu sei. É apenas uma sensação estranha.

— Pra mim também. Estamos juntos nisso.

Inclinei-me pelo console central e o beijei.

— Eu sei.

— Vou tentar assistir ao noticiário hoje à noite.

Sorri e abri a porta.

— Idem.

Tudo parecia como um dia qualquer. Enquanto eu seguia rumo à minha mesa, as pessoas estavam ao telefone ou digitando em seus computadores como se eu não tivesse estado ausente por uma semana.

— Oi, Ashtyn. Como tem passado? — perguntou Mitch quando saiu da sala de descanso.

Virei para me dirigir a ele.

— Aguentando.

— Estou feliz que você esteja de volta e mais ainda por tudo ter ficado bem contigo.

— Obrigada. Estou feliz por voltar.

— Você recebeu uma encomenda — Abby afirmou, caminhando atrás de mim.

Meu coração quase parou, e o pensamento das minhas entregas de segunda-feira de Philip veio à mente.

— Flores?

— Sim, mas não se parecem com as antigas.

— O quê? Como assim?

Ela sorriu.

— Vá olhar.

Tudo o que a polícia havia dito sobre a ligação da entrega das flores com Philip devia estar completamente errado. Porém, se eu estava recebendo uma nova remessa, mesmo após sua morte, então só poderia ser um engano, não é? Ou será que Philip já havia deixado agendadas entregas semanais? Será que a semana em que estive fora houve alguma entrega e ninguém me avisou? Mas se fosse esse o caso, por que a floricultura continuaria entregando, mesmo a polícia tendo ido averiguar? Talvez eles não se importassem porque dinheiro era dinheiro e o que todos querem é lucrar.

Quando finalmente cheguei à minha mesa, percebi que Abby estava certa. As flores eram diferentes. Elas estavam em um vaso claro, e havia apenas algumas hastes, não as doze usuais. Cheguei mais perto. As flores eram feitas de glacê. Peguei o cartão, com a testa franzida, sem entender.

Ashtyn,
De todas as maneiras, quero te lamber...
Rhys

Apertei o cartão no peito, temendo que alguém o lesse por cima do meu ombro. Todas as preocupações com flores misteriosas desapareceram, e um sorriso instantâneo surgiu no meu rosto. Rhys me enviou um buquê de flores de *Cupcakes* que se assemelhavam a petúnias roxas, e estava aí mais uma razão pela qual eu o amava.

Pensei sobre o assunto e cheguei à conclusão de que, sim, eu amava Rhys Cole. Eu não estava apenas me apaixonando. Já estava rendida, completamente apaixonada. Era uma das melhores notícias de última hora dos últimos tempos!

NOTÍCIA DE ÚLTIMA HORA:
ASHTYN VALOR ESTÁ APAIXONADA POR RHYS COLE!

— Isso são *Cupcakes*?

Olhei para Abby atrás de mim novamente.

— Você é um ninja ou o quê?

Ela riu.

— Do que você está falando?

— Chegando furtivamente atrás de mim...

— Você nunca escondeu os bilhetes antes. Rhys te mandou um recado safado ou algo do tipo?

— Nãããão! — menti. — Você é que surgiu assim do nada.
— Eu só quero um *Cupcake*.
— Depois eu dou. — Eu ri. — Está na hora da nossa reunião.
— Sacanagem. Estou sentindo o cheiro deles há uma hora.
— Já estavam aqui quando você chegou? — perguntei enquanto pegava meu bloco de notas e caneta.
Começamos a caminhar até a sala de conferências.
— Tudo bem, confesso. Eu já sabia sobre eles. Rhys me pediu pra buscar pra você.
— Então você sabe o que está escrito no cartão... — afirmei.
— Não, eu juro que não li.
Entramos na sala de reuniões.
— Não sei se acredito em você.
— Eu juro.
— Tudo bem. Então já que você conversou com o meu namorado, isso significa que está sabendo que preciso de uma carona de volta pra casa...
— Sim, pode contar comigo.
— Obrigada. — Sentamos em nossos lugares, e a reunião diária começou.

Depois de abordar tudo para a transmissão da noite e os temas do noticiário, todos começaram a reunir seus pertences até Leonard falar novamente:
— Antes de todo mundo sair, tenho um anúncio a fazer. Barbara nos entregou seu aviso prévio esta tarde.
Todos ficam em choque e olharam para a mulher mais velha. Ela sorriu firmemente.
— Pra que emissora você está indo? — perguntou Mitch.
Barbara balançou a cabeça.
— Pra nenhuma. Está na hora de me aposentar.
— Uau! — falei em choque. Eu sabia que chegaria o momento, mas não esperava que fosse tão cedo. Barbara apresentava o noticiário da noite há mais tempo do que eu poderia me lembrar. Antes mesmo de eu me formar na faculdade.

— Então, todos sabem o que isso significa, certo? — perguntou Leonard.

Meus olhos se arregalaram com esperança. Isso significava o que eu estava imaginando?

— Ashtyn... — Sorri para o Leonard, esperando que ele continuasse.
— *Você* sabe o que isso significa?

Assenti. Desde que fui contratada, Leonard sempre soube que o meu sonho era apresentar o noticiário do horário nobre, ao invés do último noticiário noturno, às vinte e duas horas. Eu teria um melhor aproveitamento das horas do meu dia e era tudo o que eu queria na vida, ou o que achava que queria antes de Corey terminar comigo. Além de ser o noticiário que tinha a maior audiência.

— Estará pronta quando o ano começar?

Isso seria em duas semanas, mas acenei afirmativamente.

— Sim!

— Então vamos conversar no meu escritório.

Barbara recebeu as congratulações de todos, assim como eu, quando saímos da sala. Segui Leonard para o seu escritório, e ele fechou a porta enquanto eu me sentava em uma cadeira à sua frente.

— Então o seu *sim* é uma confirmação de que você quer mesmo ser remanejada para o noticiário das dezessete horas?

— Claro! Sempre foi meu sonho.

— Perfeito, e só para você saber, vai receber um aumento de salário.

— Muito obrigada! — Sorri.

— Amanhã você pode trabalhar os anúncios e chamadas de mudança de horário com a equipe de marketing.

— Ótimo. Estou superanimada.

— Maravilha. E só para constar, fico feliz em tê-la de volta.

Abri um sorriso.

— Obrigada.

— Tenha um bom programa hoje à noite.

— Obrigada — agradeci de novo e me levantei para sair.

As pessoas dizem que quando você atinge o fundo do poço, o único caminho é para cima. Pensei que romper com Corey fosse o meu fundo do poço quando, na realidade, foi a mudança que eu precisava na vida para que tudo se encaixasse.

Algumas horas depois, estava aquecendo um *Cup Noodles*, ou o que *eu* chamo de *xícara de macarrão*, já que o nome da comida soava engraçado ao falar. Já tinha comido um *Cupcake* e comeria outro depois da sopa.

Meu telefone anunciou a chegada de uma mensagem.

Você está bem, Cupcake?

Sim, obrigada pelo meu buquê de Cupcake. Estou ansiosa por todas aquelas "maneiras" que você prometeu no bilhete... ;)

É a minha sobremesa favorita.

CAPÍTULO 20

RHYS

Eu não sabia o que encontraria quando chegasse em casa, mas duas garotas cantando *Baby Got Back* usando nossos novos *Emmy* como microfones, não passou pela minha cabeça.

No começo, elas não notaram a minha presença, então fiquei de pé, perto da porta, recostado ao batente, com os braços cruzados sobre o peito e um enorme sorriso no rosto.

— *Ooh, Rumpelstiltskin, you say you want to roll in my Benz? Well, use me, use me. 'Cause my booty says I'm juicy.* — Ashtyn virou-se e sacudiu a bunda, a palavra Juicy escrita na parte de trás.

Ri baixinho da risada da Abby.

— Essa não é a letra da música! — Elas agitaram os quadris ao ritmo, e Abby se virou, a boca aberta, prestes a continuar cantando, mas parou abruptamente quando seu olhar se fixou ao meu. Ela cutucou Ashtyn, que continuou dançando. Eu ainda tinha um enorme sorriso no rosto porque vê-la finalmente rindo outra vez, era a melhor sensação do mundo. Eu tinha certeza de que a amava. Sem dúvida alguma. Só não queria confessar ainda, com medo de assustá-la porque nosso namoro era recente. Eu diria no momento certo.

Ashtyn finalmente olhou para mim e parou de dançar. Quando percebeu que eu estava de pé à porta, ainda aberta logo atrás, correu e enlaçou meu pescoço.

— Tigrão!

— Tigrão? — Sorri.

Ashtyn afastou a cabeça, seus braços ainda em volta do meu pescoço.

— Sim. *Rawrrrrr...* — E mordeu minha orelha como se ela fosse o tal felino, e não eu.

Gargalhei.

— Tudo bem, Cupcake. Estou vendo que a noite foi boa.

Ashtyn soltou-se dos meus braços e voltou a agitar os quadris ao ritmo da música. Fechei a porta enquanto ela gesticulava em direção a Abby.

— Abs e eu jogamos um jogo legal.

— Que tipo de jogo? — Desabotoei o casaco. Abby desligou o aparelho de som.

— Quando a gente chegou em casa, o jogo já estava no segundo tempo. Assistimos ao seu programa... do jeitiiiinho que falei que ia fazeeeer... — ela disse, arrastando algumas palavras.

— É mesmo?

Pendurei o casaco e depois observei a bunda de Ashtyn balançar, mesmo sem música alguma.

— Nós decidimos brincar de beber a cada vez que você ou Jett falassem a palavra "tiro"... então... a gente tinha que virar um *shot* de Fireball.

— Quantas vezes nós dissemos a palavra? — Imaginei que um bocado, já que nossos comentários eram exatamente sobre os tiros de metas que os jogadores de hóquei fizeram ou deixaram de fazer durante o jogo.

Ashtyn encolheu os ombros.

— Perdemos a conta, mas foi *um moooonte*.

— Deu pra notar. — Sorri.

— É melhor eu ir embora — Abby falou e pegou a bolsa.

— Você não pode dirigir desse jeito — protestei.

— Eu só tomei dois *shots* durante o intervalo e foi há muito tempo. Fingi que estava bebendo as outras vezes pra deixar Ash ter um momento de diversão. — Ela abriu a porta.

— Obrigado.

— Não váááá, Abs! — Ashtyn estendeu a mão para tentar impedir Abby de sair, mas ela já havia chegado à porta.

— Eu te vejo amanhã, Ash. Coma alguma coisa, tá? — Fechou a porta e foi embora.

— Vocês não comeram nada? — perguntei. Já passava de uma da manhã.

— Comi um prato cheio de homens brutos[4].

Eu me dobrei de rir.

— Homens brutos?

— Yeeeaaap. Sabor frango[5].

— Bem, eu estou com fome. — De fato, eu não estava, mas precisava

4 Referência à brutalidade entre os jogadores de hóquei.

5 Trocadinho feito pela autora que quis brincar com o nome do time: Hawk = águia, por isso o sabor frango.

que ela comesse para absorver a bebida. Nunca a vi tão bêbada daquele jeito. — O que você acha de um café da manhã?

— Que horas são?

— Você não sabia que é excitante tomar café da manhã no jantar, Cupcake? — Caminhei para a cozinha.

— Vai fazer panquecas? — Ela seguiu logo atrás.

— E bacon.

— Você é o melhor namorado do mundo. Até me manda Cupcakes em formato de flores.

Sorri ao abrir a geladeira para tirar o bacon cru.

— Fico feliz que tenha gostado.

A partir de agora, seria eu o homem que a enviaria flores. Queria ser *tudo* para ela. Lembrei-me da vez em que Romi fez o buquê de *Cupcakes* pra nossa mãe no seu aniversário de cinquenta anos, então liguei para uma confeitaria próxima e conferi se Abby poderia buscá-lo a caminho do trabalho. Obviamente, além de ter feito esse favor, ainda tomou conta da minha namorada a noite inteira. Agora lhe devia um favor. Será que ela era solteira? Eu poderia armar algum encontro entre ela e Kenny ou Clark. Eu veria isso depois.

Ashtyn sentou-se na bancada da cozinha.

— Eu amei. Eles eram de Veludo Vermelho.

Peguei o bacon e me virei para o forno.

— Você vai me mostrar como lambeu o glacê?

Ela riu.

— Vou, eu pratiquei em dois *Cupcakes*.

Depois de deixar o bacon cozinhando no forno, fui tomar uma ducha rápida, torcendo para que Ashtyn não se juntasse a mim no chuveiro, pelo menos daquela vez. Embora eu quisesse que ela chupasse e lambesse meu pau como se fosse o glacê de um *Cupcake*, também estava um pouco receoso de que acabasse se confundindo, bêbada do jeito em que estava, e acabasse me mordendo de verdade.

— O que está fazendo aí? — perguntei, uma toalha enrolada na cintura enquanto entrava no quarto. Ashtyn estava sentada no chão, sem a camiseta e o sutiã e apenas uma perna da calça removida.

— Eu ia entrar no chuveiro com você.

— O lanche está quase pronto.

— Que horas são?

Eu ri.

— Hora de comer e depois dormir. Quando a gente acordar, você vai me mostrar como lambeu o glacê...

— Você está fazendo panquecas?

— Estou. — Estendi a mão para ajudá-la a se levantar. Ajudei a retirar a calça de moletom e vestir a camiseta de volta. Se ela ficasse nua enquanto eu cozinhava, definitivamente, o bacon queimaria. — Vamos. O bacon já deve estar quase pronto.

Seguimos de mãos dadas pelo corredor, e quando chegamos à cozinha, mandei que ela se sentasse. Beijei a lateral de sua cabeça e chequei o bacon no forno.

— Você sempre cozinha pelado?

Olhei para o meu peito nu e a toalha enrolada no quadril.

— Na verdade, não sou *chef* de cozinha.

— Mas você está cozinhando agora.

— Se ajustarmos o temporizador do forno, fica impossível queimar o bacon e estragar a refeição. E as panquecas são fáceis quando a massa já é pronta e só precisa adicionar água.

— Você é o melhor — ela disse novamente. Desta vez, descansou a cabeça na bancada fria de granito.

— Não durma, baby. Você precisa diluir um pouco desse uísque no sangue.

— Mas estou cansada.

— Me fale sobre o seu dia.

Ela descansou a cabeça na mão enquanto eu me apressava com a massa de panqueca.

— Então... eu fui promovida hoje.

Parei de agitar a garrafa da massa pré-fabricada.

— Você foi promovida?

Ashtyn sorriu.

— Eu vou apresentar o noticiário das cinco a partir do próximo ano.

— Puta merda, Cupcake. — Eu a abracei e sapequei um beijo em sua boca. Ainda podia sentir vagamente o gosto do uísque. — Estou tão orgulhoso de você.

— Sempre foi o meu sonho conseguir apresentar o noticiário dessa faixa horária.

— Por que você não me disse antes?

Ela encolheu os ombros.

— Esqueci. Fireball ajudou a dar um branco.

Eu ri.

— Sim, eu percebi.

O temporizador no forno disparou e chequei o bacon. Precisava de mais alguns minutos, então voltei minha atenção para as panquecas.

— Você acha que vou ter um novo *stalker* quando eu estiver nesse horário?

Parei de despejar a massa na grelha com manteiga.

— Espero que não. É melhor me dizer se você começar a receber flores de um admirador secreto novamente ou algum homem der em cima de você. Esse cargo está ocupado.

— Você é meu chefe agora?

Sorri enquanto olhava pelo ombro para ela.

— Sim, baby, sou.

Eu não seria nenhuma espécie de controlador nem nada, mas ela precisava saber que eu estava ali pra ficar. Se tivesse que cozinhar bacon e panquecas todas as noites, à uma da manhã, eu cozinharia. Eu gostava do nosso relacionamento. Claro que tudo tinha começado com sexo casual, cada qual usando o outro para esquecer o passado, mas agora, não conseguia mais imaginar uma noite sem tê-la adormecendo em meus braços.

As coisas pareciam estar voltando ao normal. Ou o que Ashtyn e eu pensamos como *normal*. Ela ainda não queria ficar sozinha no apartamento dela, mas não me importava. Íamos até lá e buscávamos cada vez mais as suas coisas.

Quando eu estava com a Bridgette, havia lhe dado uma chave, mas me arrependi quase que imediatamente quando vi suas merdas espalhadas por toda a parte. Mas ter as coisas de Ashtyn era completamente diferente. Eu não me importava em ter sua escova de dente ao lado da minha ou ver o sutiã largado na cadeira no canto do quarto. Na verdade, tinha me dado um mês de prazo antes de propor que encontrássemos uma casa para morarmos juntos. Uma bem longe dali.

Ashtyn estava no trabalho e eu arrumando a mesa de pôquer, esperando pela chegada dos meus amigos. Abri a porta assim que o primeiro se anunciou com uma batida suave, e Kenny entrou carregando um pacote de cerveja Blue Moon.

— Estou adiantado.

Assenti com a cabeça e ri.

— Sim, cara. Então me ajude a arrumar esta merda.

Kenny fechou a porta e me seguiu.

— E aí, Ashtyn já se mudou pra cá, oficialmente?

— Desde que você me perguntou *ontem* no trabalho?

Ele riu e deu um leve encolher de ombros depois de colocar a cerveja na ilha da cozinha.

— Sim.

Abri a caixa de fichas de pôquer e comecei a classificar as pilhas.

— Não vou mentir. Não me importo de forma alguma em como as coisas acabaram, sabe?

— Ela não é louca como a Bridgette, né? — Kenny abriu a tampa de uma garrafa de cerveja e me entregou.

— Não acho que alguém seja tão louca quanto ela. Porra, cara... — Eu não podia acreditar no que estava prestes a sair da minha boca: — Eu amo aquela mulher.

— Ashtyn?

— Sim, Ashtyn.

— Uau, merda, cara. — Kenny me bateu no ombro com a mão livre. — Quando você vai dizer a ela?

Dei um gole na cerveja enquanto pensava em sua pergunta. Eu não tinha certeza. Eu não sabia como ela se sentia, e nunca amei ninguém antes. Claro, eu tinha dito a Bridgette, mas estava na névoa da luxúria ao descobrir que ela não usava a porra de uma calcinha debaixo do vestido, porém nunca mais tornei a repetir as palavras. Quando Bridgette dizia que me amava, eu apenas acenava com a cabeça e mudava de assunto. Ela não parecia se importar desde que ela estava mais interessada no meu dinheiro. Mas se Ashtyn me dissesse *adeus*, terminando tudo comigo, eu pularia na frente do trem em andamento.

— Quando eu tiver certeza de que ela não vai esmagar o meu coração.

— Bem, mal posso esperar para ir a Vegas para sua despedida de solteiro.

— Epa! — Eu ri. — Quem diabos falou alguma coisa aqui sobre casamento?

— Eu não sei, mas você está todo domesticado agora.

— Não fique todo enciumado só porque eu transo com regularidade.

Uma batida soou à porta, e Kenny respondeu:

— Estou bem feliz com a variedade de bocetas que eu tenho, muito obrigado.

— Bom pra você. Agora abra a porta.

Eu não continuaria a discutir com Kenny. Ele podia ter uma mulher diferente a cada noite, se quisesse. Eu queria me enfiar na minha cama todas as noites com Ashtyn. Apenas a minha Ashtyn.

No final de semana logo após o retorno de Ashtyn ao trabalho, compramos uma árvore de Natal. Já que passávamos a maior parte do tempo no meu apartamento, decoramos a árvore ali. Eu não tinha lareira para o Papai Noel descer, então comprei uma lareira elétrica, e penduramos nossas meias nela. Além disso, era bom ficar aconchegados, assistindo a um filme, com a ilusão das chamas dançando em um efeito 3D. Em vários momentos, estive com as palavras na ponta da língua... queria confessar meus sentimentos. Queria *outros* Natais juntos. Mas se ela não sentisse o mesmo, acabaria encontrando alguém melhor, então eu precisava de um plano.

CAPÍTULO 21

ASHTYN

Enquanto caminhava pela rua escura em direção ao Judy's, continuamente olhava por cima do ombro para ver se alguém estava me seguindo. Eu não sabia se esse sentimento algum dia sumiria, mas não viveria mais com medo. Chicago era uma espécie de cidade onde você caminhava para todo lado. Eu queria poder tomar um café antes do meu programa. Queria poder caminhar até o bar se meus amigos quisessem tomar uma bebida.

Eu queria ser *eu* de novo.

Foi preciso pouco mais de uma semana para que eu começasse a me sentir um pouco normal de novo. Eu já estava indo e vindo do trabalho dirigindo normalmente, mesmo que estivesse sozinha. Ainda não dormia no meu apartamento, mas não era porque estava com medo. Era porque um homem tinha morrido na sala de estar. Eu tinha sorte do Rhys ainda não ter se cansado de mim.

Mesmo que Ethan tenha contratado uma empresa para limpar minha casa, toda vez que eu cruzava a porta, meus olhos iam direto para o local onde o corpo de Phillip esteve coberto por um lençol branco. Eu, provavelmente, deveria mudar os móveis de lugar, de modo a disfarçar aquele exato ponto da sala. Também deveria dormir com todas as luzes acesas, apenas no caso de ele resolver vir me assombrar. Ou então, eu me mudaria dali. Também não gostaria de continuar morando do outro lado da rua do Rhys, caso nós terminássemos.

Entrei no Judy's e vi Jaime sentada numa banqueta alta no meio do bar.

— Ei, moça — eu a cumprimentei quando tirei o casaco.

— Adoro fazer compras de Natal — Jaime brincou e bebeu um gole de seu vinho tinto. Ela também já havia pedido um para mim.

— Sim. Olhe para todas as pessoas brigando pelo último *Nerf Nitro Longshot Smash* — retruquei, lembrando o brinquedo badalado do ano. Estava em todos os noticiários.

— Nem me fale. Fiz minhas compras antes do Dia de Ação de Graças. Já sou profissional.

Tomei um gole do vinho frutado.

— Quando eu tiver filhos, algum dia, vou atrás dos seus segredos.

— Você e Rhys já estão pensando em filhos?

Eu bufei.

— Só estamos namorando há alguns meses. Não tenho planos para engravidar agora.

— Tudo bem, mas preciso de um bebê para mimar.

— Você ainda pode fazer mais alguns.

Jaime balançou a cabeça.

— Não. Chega de fraldas cagadas. Thomas já está praticamente treinado no peniquinho.

— Então você deve convencer Kylie ou Colleen.

— Vejo você com mais frequência — afirmou.

— Bem. Que tal então me perguntar isso quando eu estiver casada há mais um ano?

— Você e Rhys vão se casar? — Ela cruzou os braços sobre a mesa e inclinou-se ligeiramente para frente, como se eu tivesse um grande segredo para contar.

Revirei os olhos.

— Não que eu saiba. Mais uma vez, só estamos namorando há poucos meses.

Jaime ralhou.

— Semântica. Vocês dois são perfeitos um para o outro, e nunca tinha visto você tão feliz assim antes.

— Bem, muito obrigada. Fico feliz que você finalmente tenha aprovado meu namorado.

— De nada. Então me conte sobre esse plano.

— Não se esqueça de vestir algo quente esta noite. — Dei um beijo de despedida em Rhys antes de partir para o trabalho. Era véspera de Natal e, amanhã, tínhamos planos de ir para as casas dos nossos pais para almoçar e jantar, então decidimos trocar presentes logo cedo. O problema era que o meu presente tinha que ser entregue à noite, o único horário hábil para fazer o que eu precisava.

— Você vai me dizer o que vamos fazer?

Balancei a cabeça e peguei meu casaco.

— Se eu contar vai estragar a surpresa.

— Tudo bem. Me diga quando chegar e eu desço.

Ia ser maravilhoso!

CAPÍTULO 22

RHYS

Quando estava com a Bridgette, minha vida parecia ser uma espécie de rotina. Nunca quis terminar com ela porque achei que meu horário de trabalho era tão louco que não conseguiria namorar com mais ninguém. O que eu não entendia era que encontrar a pessoa certa era algo que não exigia esforço. Também ajudava o fato de que a Ashtyn e eu vivíamos juntos, mas não oficialmente. Bridgette sempre quis sair e gastar meu dinheiro. Pensando bem, acho que ela fazia isso porque esperava que encontrássemos com os jogadores de hóquei que eu conhecia. O problema era que muitos eram casados. A maioria, para dizer a verdade. Pelo menos aqueles com carreiras estabelecidas e que ganhavam rios de dinheiro. Além disso, será que ela tinha se dado conta de que em grande parte dos jogadores faltavam alguns dentes? Quero dizer, brigar no ringue de patinação sempre foi aceito no esporte, então muitos atletas usavam dentaduras mesmo.

Estou dizendo tudo isso porque, quando pensei em comprar um presente de Natal para Ashtyn, só o que me veio à mente foi lhe comprar uma joia. Presumi que teria que gastar ao menos uma bolada do meu salário em algo bem dispendioso, com vários quilates, mas quanto mais eu refletia, mais percebia que Ashtyn não era *daquele* jeito. Ela não usava coisas chamativas ou esperava jantares em restaurantes caros todos os sábados à noite. Ela preferia se aconchegar ao sofá e assistir a um filme ao invés de se produzir toda para sair para uma balada. Era perfeito pra caralho.

Ela era incrível. Perfeitamente *incrível.*

Então, numa manhã, enquanto Ashtyn cantava no chuveiro, pensei no presente mais espetacular de todos. Só esperava que ela não debochasse ou risse...

Muito...

Chegando em cinco minutos.

Vesti o casaco e, sendo o cara inteligente que sou, peguei luvas e um gorro. Também estava usando roupa térmica por baixo de tudo. Ashtyn disse para usar roupas quentes, então assim o fiz. Eu só esperava que não cozinhasse minhas bolas.

Quando saí do prédio, vi Ashtyn estacionar um Volvo azul à frente. Aquele carro dela era até fofo, com sistema de aquecimento no volante, para-brisa, limpadores e assentos, tanto dianteiros, quanto traseiros. Além de tudo, ainda tinha alguns cavalos de potência.

Abri a porta do passageiro e enfiei a cabeça.

— Eu deveria me sentar atrás e fingir que você é meu chofer?

— Não! — Ela riu. — Coloque essa bunda aqui e feche a porta. Está congelando aí fora.

Foi exatamente o que fiz.

— Está nevando, Cupcake. O gelo está literalmente caindo do céu.

— Sim, então você está bem aquecidinho?

— Até coloquei minha roupa interior térmica. — Pisquei.

Ashtyn afastou-se da calçada.

— Eu também.

Olhei para o corpo dela e vi que estava usando calça e não o vestido que usou quando apresentou o noticiário.

— Você vai me dizer agora para onde vamos?

— Não.

— Haverá bebidas alcoólicas?

— Não.

— Música?

— Não.

— Comida?

— Não.

— Sexo?

Ela desviou o olhar da rua enquanto esperava o sinal abrir e me olhou.

— Se você for bonzinho.

Sorri.

— Tenho certeza de que estou na lista dos bonzinhos.

— Sim, você está. Apenas não estrague tudo na próxima hora e você fará sexo quando chegarmos em casa.

Balancei a cabeça em aprovação. Eu poderia ser totalmente bom. Especialmente se o sexo fosse na mesa. Ou no sofá. Ou no balcão da cozinha. Ou no banho. Eu não era exigente.

Ashtyn levou-nos para Grant Park.

— Cupcake, odeio estourar sua bolha de felicidade, mas o parque está fechado.

— Eu sei — ela respondeu e se dirigiu para a garagem.

Havia um atendente no portão, e eu esperava que ele nos dissesse que estavam fechados, mas em vez disso, acenou com a cabeça para Ashtyn e abriu o portão. Eu me virei para ela, confuso. Ela deu de ombros.

— Regalias da profissão...

— Ok... — Hesitei até ela estacionar o carro. — Então, o que viemos fazer aqui?

— Ainda é surpresa.

Vendo que estávamos prestes a brincar no parque, vi que tinha tomado a decisão certa na escolha das minhas roupas íntimas.

Antes de sair do carro, pegamos as luvas e Ashtyn me puxou pela mão em direção à seção de minigolfe do Grant Park.

— Nós vamos jogar minigolfe?

— Não — ela negou e continuou andando.

Enquanto caminhávamos, avistei a pista de gelo ao longe. Não era uma pista de patinação típica. Na verdade, chamava-se de faixa de patinação porque a pista estava interligada ao terreno em volta. Não era apenas para patinar em círculos. A pista continha inclinações e declives que faziam o formato de uma faixa ao redor de duas paredes de escalada.

— Vamos patinar no gelo?

— Tipo isso — ela respondeu e me puxou até que estivéssemos em frente ao edifício do aluguel dos patins de patinação. Outro homem abriu a porta e, quando passamos, Ashtyn cumprimentou-o pelo nome e agradeceu.

— Então, você simplesmente molha a mão desses caras e eles te deixam entrar? — provoquei.

— Eu disse que tenho regalias.

— Que tipo de *regalias*?

Ashtyn riu.

— Não desse tipo que você está pensando! Credo!

Sorri e a segui até a cabine de aluguel de patins. Dois pares já estavam lá.

Calçamos e depois de amarrar, Ashtyn perguntou:

— Você está pronto para correr?

— Correr? — Eu ri.

— Sim. O perdedor tem que dar prazer ao outro hoje à noite.

Gargalhei alto.

— Só isso?

— Sim.

— Você se lembra de quando eu disse que jogava hóquei no gelo desde os cinco anos?

Ela deu de ombros ligeiramente.

— Como você sabe que eu não tenho patinado de vez em quando?

— Você já patinou? — perguntei e me levantei. Fiquei bem nas lâminas como se fossem botas normais que eu estava calçando. Ashtyn, por outro lado, teve que se segurar na barra lateral para se apoiar.

— Você vai ter que esperar e ver.

— Tudo bem, Apolo Ohno[6]. Vamos ver do que você é capaz.

Ajudei Ashtyn a sair do prédio e atravessar a pista ao ar livre. Depois de tirar a proteção das lâminas, pensei que precisaria ajudá-la a não cair no gelo. No entanto, ela patinou sem esforço.

— O primeiro a chegar aqui de volta é o vencedor.

— Fechado — respondi e fiquei ao lado dela em uma posição de corrida. Deveria deixá-la vencer? Não me incomodava nem um pouco ser o responsável por toda parte prazerosa. Ela sabia que eu adorava lamber seu *Cupcake*. Mas aí, quando uma mulher barra você em qualquer coisa, especialmente em esportes, ela nunca vai te deixar esquecer aquilo. Romi venceu de mim uma vez quando disputávamos quem encestava mais bolas, e até hoje, minha irmã pensa que é melhor do que eu no basquete.

— Pronto? — Ashtyn perguntou, e antes que eu pudesse responder ela disparou.

— Ei! — gritei e parti em seu encalço.

Eu estava bem atrás dela por quase todo o caminho, mesmo ela tendo me dado trabalho. As malditas ceroulas sob meu jeans estavam me apertando em lugares impróprios. Nós ríamos e rosnávamos, e ríamos um pouco mais, enquanto patinávamos pela pista. Passei à sua frente e quando estava completando a última volta, avistei algumas pessoas segurando uma faixa

6 Apolo Ohno foi medalista olímpico de competições de patinação de velocidade no gelo em pista curta.

de chegada de um lado ao outro. Ashtyn não havia poupado esforços essa noite e, ao chegar mais perto da linha de chegada, reconheci um dos homens. Não era nem o que tinha aberto a porta da garagem ou o cara do aluguel de patins.

Era meu ídolo, Jeremy Roenick.

Ainda patinando, virei a cabeça para olhar por cima do ombro para Ashtyn. Ela estava sorrindo enquanto patinava vagarosamente atrás de mim. Ela claramente queria que eu ganhasse, e agora eu sabia o porquê.

Meu olhar encontrou com o de Jeremy, e ele estava sorrindo quando cruzei a fita. Eu sempre soube que ele tinha um bom relacionamento com os fãs. Eu me lembrava de sempre ter ouvido as pessoas comentando de como ele sempre parava o que estivesse fazendo para dar autógrafos. Eu nunca consegui conhecê-lo, mas sabia que se tivesse alguma chance, ele seria bacana. E, cara... Eu estava certo, porque que jogador de hóquei aposentado se sujeitaria a ficar de pé, na neve, à meia-noite, para conhecer um fã?

Aparentemente, Jeremy Roenick era o cara.

CAPÍTULO 23

ASHTYN

Nem conseguia acreditar que tinha conseguido aquela oportunidade incrível para o Rhys. Eu conhecia um cara que conhecia um cara que conhecia um cara. E esse cara sabia que Jeremy estava na cidade, e porque ele assistiu ao jogo na outra noite, Jeremy soube quem era Rhys e estava disposto a transformar meu desejo de Natal em realidade.

Ver o rosto de Rhys no momento em que ele reconheceu Jeremy Roenick na linha de chegada foi incrível. Vê-lo confessar a Jeremy que ele era seu ídolo desde os dez anos de idade, tinha sido comovente. E, ver o rosto de Rhys quando tirei meu casaco, e fiquei com a blusa do *Blackhawks* com o número de Roenick, pedindo que ele autografasse, também foi inesquecível.

Quando chegamos em casa, Rhys se esqueceu de que havia vencido a corrida. Foi ele quem me deu prazer a noite inteira.

Não acordei com o cheiro do café. Ao invés disso, acordei com uma mão acariciando o interior das minhas coxas. Uma mão que lentamente percorria minha pele e depois a borda da calcinha antes mesmo que eu abrisse os olhos.

Gemi.

— Você deveria ter dormido nua, Cupcake.

— Estava frio — ofeguei.

— Você está com frio agora?

— Não... — Eu não estava.

Rhys arrancou as cobertas e fez o mesmo com a calcinha. Sua boca foi para o meio das minhas pernas, e correu sua língua do fundo da boceta ao clitóris num movimento fluido, como se estivesse bebendo cada gota da minha excitação. Era como se eu fosse sua xícara de café, dando-lhe a energia para continuar o dia. Dizem que o café da manhã é a refeição mais importante do dia e, nesse exato momento, havia uma fonte de proteína pela qual eu ansiava.

Rhys escorregou um dedo em meu interior, depois dois, me fodendo enquanto a língua brincava com o meu clitóris. Minhas mãos agarraram os lençóis e eu gemia, arqueando as costas enquanto o orgasmo crescia exponencialmente. Os joelhos dobrados tremiam enquanto ele me dedilhava como se eu fosse o instrumento de uma banda de Rock. Uma corda de cada vez. Agarrei os lençóis com força, então quando finalmente gozei, ouvi o som de tecido se rasgando.

Ficamos em silêncio por alguns segundos enquanto minha respiração voltava ao normal.

— Você rasgou o lençol, baby.

— Eu fiz o quê?

Rhys inclinou a cabeça em direção à minha mão. Segui seu olhar, e havia um rasgo enorme no algodão.

— Vou comprar um novo.

Ele sorriu quando ao pressionar os lábios nos meus.

— Sou bem capaz de comprar 365 jogos de lençóis se você gozar assim todos os dias...

— Bem, é Natal.

— Esse não foi o seu presente.

Sorri.

— Então, o que é?

— Papai Noel deixou alguma coisa debaixo da árvore pra você.

— Como ele entrou? Não temos uma lareira de verdade.

Rhys sorriu.

— Ele conhece um cara que conhece um cara.

Balancei a cabeça e ri.

Ao vestir a calça de pijama, ele disse:

— Vamos abrir seu presente e, depois, já que teremos que nos arrumar pra sair, podemos economizar água e tomar banho juntos. — Ele piscou. Eu não iria discutir. Sexo no chuveiro era muito gostoso. Estava extremamente curiosa para descobrir o que ele ia me dar no nosso primeiro Natal juntos.

Depois de vestir uma camiseta e calça de pijama, encontrei Rhys na cozinha.

— Primeiro, eu preciso de café — disse ele.

— Por que você precisa de café para eu abrir o meu presente?

— Você verá. Vou levar uma xícara pra você.

Fui até o sofá e me sentei. Um minuto depois, ele me entregou uma grande caneca fumegante.

— Obrigada. — Peguei a caneca.

Ele bebeu alguns goles e depois depositou o café na mesa de centro antes de pegar uma caixa de tamanho médio que apareceu recentemente sob a árvore. Eu tinha embrulhado todos os presentes das nossas famílias, e quando os coloquei sob a árvore, alguns dias antes, aquele não estava junto.

— Você comprou isso ontem? — brinquei.

Ele sorriu.

— Não. Mas embrulhei ontem.

Tirei a caixa de suas mãos. Era mais pesado do que imaginei.

— Jesus! O que tem aqui? Tijolos?

Rhys riu e pegou o café novamente.

— Abra-o enquanto termino meu café.

Rasguei o papel e quando terminei de desembrulhar, hesitei, surpresa.

— Você me deu um aparelho de karaokê?

— Imaginei que você gostasse de cantar... Aquela noite usando os *Emmy* como microfone... — Ele parou, sorrindo para mim.

Revirei os olhos.

— Eu estava bêbada.

— Eu sei, mas você canta no chuveiro.

— Eu não posso usar isso no chuveiro. — Gargalhei.

— É verdade, mas o seu presente não é só isso.

— Não?

Ele respirou fundo como se estivesse nervoso.

— Sim, o aparelho é só o instrumento.

— Instrumento? — Franzi a sobrancelha em confusão.

Ele largou o café e pegou o iPad que estava sobre a mesa.

— Eu realmente vou fazer um show para você.

Resmunguei.

— Você vai fazer o quê?

Ele sincronizou o aparelho de karaokê com seu iPad.

— Eu vou cantar pra você.

— Você está brincando!

— Não estou. — Ele abriu a caixa, e percebi que não estava lacrada completamente. Ele já a havia aberto.

— Por que você vai cantar pra mim? E por que agora?

— Você vai ver. — Ele fez algumas coisas no aparelho e depois disse: — Abra o aplicativo de karaokê e acompanhe aí.

Olhei para o iPad e notei que era o único aplicativo na tela. Toquei o ícone e abriu uma lista de músicas. Olhei para Rhys, não me ligando nos títulos.

— Você está pronta? — Rhys perguntou.

Sorri.

— Você está?

Ele sorriu.

— Bem, eu não sou o Ed Sheeran, então não pode zombar da minha voz.

Sorri de volta.

— Eu prometo.

— Agora, durante os próximos vinte e três minutos, não pode me interromper.

— Você vai cantar durante vinte e três minutos?

— Sim. Tenho seis músicas pra cantar pra você.

— Tá bom. — Sorri e me reclinei no sofá. Joguei a manta sobre mim e tomei um gole de café enquanto esperava o show.

Rhys respirou fundo, limpou a garganta e acionou o aparelho.

— Eu também vou gravar isso para que você possa ouvir quando quiser.

Eu ri, mas minha risada morreu no momento em que reconheci os acordes da guitarra e uma canção country.

Rhys começou a cantar, um sorriso o rosto dele e também no meu. Ele indicou o iPad com a cabeça, para que eu acompanhasse a letra na tela. A música falava sobre um cara que conheceu uma garota que o fez sorrir. Uma garota que atravessava a rua e faz o mundo inteiro dele girar ao simplesmente se movimentar. Rhys até mesmo adulterou a letra, mudando os olhos azuis da letra para os verdes dos meus olhos. Percebi que ele cantava sobre o momento em que me conheceu e meu sorriso não vacilou em nenhum instante. Na verdade, ficou cada vez maior e tive que resistir à vontade de cantar junto com ele.

Depois que essa canção terminou, outra começou imediatamente. Assim que ele começou a cantar sobre estar a uma ligação de distância, percebi que as músicas da lista do aplicativo do iPad eram a *playlist* selecionada por Rhys.

Rhys continuou a cantar a letra, dizendo que estava tão próximo para o caso de eu precisar de um amigo, que o Superman não era páreo para ele e, que não importava aonde eu fosse, nunca estaria sozinha. A voz dele era linda. Nos meses em que estávamos juntos, não percebi que ele tinha uma voz tão boa para o canto.

Eu movimentava meu corpo em um balanço suave, desejando que tivesse uma lanterna para agitar, tal qual nesses shows que vemos por aí. Rhys parecia ir ficando mais à vontade, cantando para mim, e quando percebi, eu o acompanhava na música.

O piano deu lugar às cordas de um violão, quando a música seguinte começou. Arregalei os olhos quando percebi que música ele estava cantando.

— JT? — sussurrei chocada.

Rhys assentiu com a cabeça, sem perder nenhuma palavra. Meus ouvidos se animaram à menção de se apaixonar. Eu sabia que era apenas uma música, mas estava claro que ele havia escolhido e agora estava cantando que era bom se apaixonar por *ele*. Ele estava me dizendo que não só era bom se apaixonar por ele, mas que ele seria o cara que curaria o meu coração. Ele *é* o cara que curou meu coração. As duas canções anteriores foram um cronograma da nossa relação, mas agora ele estava cantando que eu *deveria* me apaixonar por ele. Ele realmente queria dizer isso? Ou eu estava *lendo* demais nessas músicas?

Ele cantou a letra sobre ser a última voz que eu ouviria à noite e que queria que eu fosse a primeira coisa que ele visse ao acordar. Continuei a balançar o corpo enquanto ele fazia o mesmo ao lado da árvore de Natal. Ouvindo as palavras, percebi que não era ruim me apaixonar por ele. Eu precisava dizer a ele que o amava, mas antes que pudesse proferir qualquer palavra, a próxima música começou e Rhys rapidamente bebeu um gole de café frio.

— Garganta seca — ele sussurrou.

Assenti, sem conseguir dizer nada. Então percebi que canção tocava.

Savage Garden? — sussurrei.

Ele assentiu e começou a cantar. Eu conhecia a música. Era uma das mais populares na época do Ensino Médio. Todas as garotas sonhavam que seus namorados acabassem *verdadeiramente, loucamente e profundamente apaixonados* por elas, e eu era uma dessas garotas. Agora, eu estava com o homem perfeito e ele estava cantando como seria meu sonho, meu desejo, minha fantasia, minha esperança, meu amor e tudo o que eu precisaria. Ele era todas essas coisas, e enquanto cantava a música lenta, um nó começou a se formar na garganta.

Rhys estava me contando, através dessas músicas que ele queria estar comigo para sempre. Eu também queria estar com ele para sempre. Eu queria cantar com ele, mas não havia maneira de eu conseguir sussurrar a letra ou choraria.

Senti meu coração se expandindo no peito e fiquei paralisada, não querendo arruinar esse momento porque ele estava, finalmente, dizendo que *me* amava.

Quando na realidade, eu também o amava.

O som do violão foi diminuindo, e antes que eu pudesse me jogar em seus braços, outra canção teve início. Não tinha ideia de quantas músicas já haviam se passado. Ele disse que cantaria seis. Seis músicas que expressavam o quanto estava apaixonado por mim, ou ao menos era aquilo que eu estava supondo.

A música country que começou me fez rir. Esta falava sobre meu encontro com um Príncipe Encantado e como eu gostava de filmes românticos. Então cantou sobre como poderia me amar como Romeu amava Julieta. Ele cantou que eu só precisava dar-lhe uma chance, mas era exatamente o que eu estava fazendo. Embora estivesse com o coração partido quando nos conhecemos, abri meu coração novamente, e foi por causa dele.

Rhys cantou sobre mover Céus e Terra, me transformando no mundo dele se eu fosse sua garota. E eu era a garota dele, e ao ouvi-lo terminar a música, percebi que talvez ele tenha se apaixonado por mim antes mesmo de me pedir para ser sua namorada. Ou foi aquilo que entendi pela ordem das músicas de amor.

Então, aquela música mostrava que parte da nossa linha do tempo? Ele havia me conhecido, estava a uma ligação de distância quando precisei dele para esquecer meu passado, mas cantou também que estava tudo bem, para mim, me apaixonar por ele, antes que assumisse que estava profundamente apaixonado e que seria meu Príncipe Encantado. Então me toquei que não era somente Rhys cantando para dizer que tudo bem se eu o amasse.

Ele estava se permitindo se apaixonar por *mim*.

As lágrimas surgiram em meus olhos. Embora nós tenhamos nos conhecido em um momento em que ambos estávamos magoados e feridos, acabamos nos apaixonando. Eu não sabia exatamente quando ou como aconteceu, mas o jogo do amor nunca para. Estávamos ali, em nossa primeira manhã de Natal, apreciando nosso próprio milagre natalino.

— Esta aqui é importante — afirmou Rhys, segurando o microfone.

Eu não tinha percebido que a música tinha acabado, então assenti, ainda incapaz de me mover. Não me importava com o número da música que ele estava cantando. Rhys estava dizendo que me amava e eu queria que esse momento durasse para sempre.

Mais guitarras soaram quando a música começou a tocar. Ergui a sobrancelha quando reconheci a canção. Ou melhor, a banda que cantava a versão original.

— One Direction, sério? — Eu ri.

Rhys esboçou um sorriso, mas todas as risadas pararam quando ele chegou perto de mim e sentou ao meu lado, tocando cada parte do meu corpo correspondente à letra. E no momento em que cantou que me amava, as lágrimas que eu tentava segurar acabaram correndo pelo meu rosto. Sequer me dei conta da maior parte da letra, porque todas as vezes que ele cantava que estava apaixonado por mim, tudo desaparecia, exceto aquelas palavras.

— Você está apaixonado por mim? — sussurrei quando a música acabou.

Rhys ainda estava sentado ao meu lado e lentamente sorriu.

— Sim, Cupcake. Eu amo você pra caralho.

Uma lágrima deslizou pela minha bochecha e pingou na manta.

— Eu também te amo.

Ele afastou as lágrimas com o polegar.

— Não chore.

— Estou chorando porque estou feliz.

Ele riu levemente.

— Então isso significa que você gostou do meu show?

Revirei os olhos para a pergunta ridícula e o derrubei. Nós caímos no sofá e o café da manhã foi substituído por outra coisa. De novo, pela *segunda* vez naquela manhã.

E então novamente no chuveiro.

Chegamos à casa dos pais de Rhys ao meio-dia. Estava faminta, já que havíamos esquecido o café da manhã e, no momento que acabamos aquilo que substituiu a refeição matinal, não havia mais tempo para nada. Mas eu trocaria o café da manhã todos os dias se minhas manhãs fossem como aquelas pelo resto da vida.

Quando entramos pela porta da frente, a mãe de Rhys estava parada na entrada como se estivesse olhando pela janela à nossa espera.

— Ashtyn! — Ela sorriu e me deu um abraço.

— Feliz Natal, Claire.

— Estou tão feliz que você veio. — Ela se afastou.

— Obrigada por me receber.

— Me dê aqui seu casaco — disse Rhys.

Tirei o casaco de lã e entreguei para ele. Claire fez um gesto para que eu entrasse na sua casa e, quando nos dirigimos para a cozinha, passamos pelo fogo aceso na lareira e um pouco de dor chamuscou meu coração. Eu tinha uma lareira no meu apartamento, e sabia que Rhys queria uma. *Se ao menos eu*

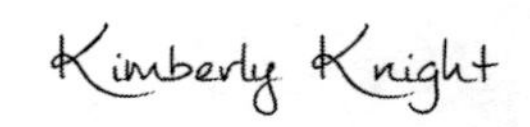

pudesse permanecer lá dentro por mais de dez minutos enquanto pegava minhas roupas...

Olhei para Rhys enquanto ele nos seguia e acenei em direção às chamas.

— Devíamos achar uma casa com uma dessas.

A mãe de Rhys parou de andar.

— Vocês dois vão morar juntos?

Meu olhar se dirigiu para Rhys, percebendo que acabei de dizer que devíamos morar juntos. Nós praticamente vivíamos juntos, mas ainda não era oficial. Algumas coisas precisavam ser providenciadas antes de compartilharmos o mesmo endereço. Como vender o meu apartamento. E se decidíssemos realmente alugar um lugar com uma lareira, então provavelmente ele também precisaria ver o que fazer com o apartamento dele.

— É uma possibilidade. — Rhys piscou para mim ao responder à mãe.

— Você ouviu isso, Romi? Seu irmão e Ashtyn talvez vão morar juntos!

Nós finalmente chegamos à cozinha e algumas pessoas estavam de pé ao redor da ilha de granito, comendo o que parecia ser molho de queijo.

— Não envergonhe a garota, mãe. — Uma mulher que se parecia muito com uma versão mais nova de Rhys caminhou até mim e estendeu a mão. — Eu sou Romi, a irmã de Rhys.

Eu sorri.

— Prazer em conhecê-la.

— Este é o meu marido, Shane. — Ela gesticulou para um homem atrás dela. Apertamos as mãos também.

— E este cara grande aqui é o meu pai — Rhys afirmou.

— É um prazer conhecê-lo, Sr. Cole.

— Por favor, me chame de Andy. — Nós também apertamos as mãos.

— Não estou tentando envergonhar a Ashtyn, Romi. Estou apenas dizendo que você pode não ser a única a me dar um neto.

— Eita! — Rhys zombou, erguendo as mãos em um sinal de rendição. — Nós ainda nem fizemos sexo. — Meus olhos se arregalaram quando Rhys jogou o braço ao redor do meu ombro e sussurrou: — Não fique com vergonha, Cupcake. Eles sabem que estou brincando.

Eu não tinha certeza do que era pior...

Uma família já era. Faltava a outra.

Foi incrível estar com a família de Rhys. Eu me senti à vontade com todos e acredito que me encaixei bem. Sua mãe era maravilhosa, assim como o pai dele. A irmã parecia brilhar, e confesso que senti "inveja" ao vê-la começando uma família. Não que pensasse que eu e Rhys devêssemos começar a nossa imediatamente por estarmos apaixonados. Era mais porque eu já tinha trinta e três anos e o tempo estava passando.

Chegamos à casa dos meus pais cerca de vinte minutos para o jantar de Natal. Eu já estava farta, mas era assim que imaginava que as ceias de Natal seriam no futuro. Pelo menos, sempre sonhei com aquilo, ou talvez no próximo ano pudéssemos comemorar o Dia de Ação de Graças com seus pais e o Natal com os meus, e então trocar no ano seguinte.

— Eu sei que você conheceu Ethan, mas tenho outro irmão. Além disso, o meu pai — eu lembrei.

Rhys olhou para mim enquanto estacionava o carro.

— Eu não estou com medo. Ethan me ama.

— Certo — bufei. Eu não tinha certeza se um dos meus irmãos algum dia aprovaria algum dos meus namorados. Eles eram muito protetores e agiam como se eu ainda estivesse no colégio e os caras só quisessem entrar nas minhas calças.

— Bem, ele sabe que estou cuidando de você, e isso é tudo o que os pais e os irmãos mais velhos querem.

— Espero que sim — suspirei. E se eles não gostassem de Rhys? E se Ethan só estivesse sendo agradável porque Rhys tentara me salvar? Não é sempre que uma garota quase é sequestrada e o namorado arrisca levar um tiro por ela. Mas eles adoravam hóquei, que era a vida do Rhys. Além disso, eles acompanharam a todos os programas de Rhys na TV.

Saímos do carro e caminhamos até a porta da frente. Estava destrancada. Papai, Ethan e Carter estavam sentados no sofá prontos para assistirem ao jogo de futebol que passava no Natal. Era um evento raro que não acontecia muitas vezes, mas este ano deixou a todos entusiasmados. Nem ao menos era um jogo de equipes que eles torciam, mas era esporte. E eram homens.

Papai se levantou quando entramos na sala.

— Pai, este é Rhys. Rhys, este é meu pai, Glen.

Rhys estendeu a mão.

— É um prazer conhecê-lo, senhor.

— Digo o mesmo.

Carter ergueu-se e também estendeu a mão.

— Eu sou o irmão de Ashtyn, Carter.

— Prazer em conhecê-lo também.

Ethan fez o mesmo.

— Rhys.

— Ethan. — Ambos se cumprimentaram.

— A mãe e as meninas estão na cozinha?

Papai assentiu.

— O jantar estará pronto em breve. Espero que vocês estejam com fome.

Gemi interiormente pensando que ganharia alguns quilos em um dia, porque eu teria comido tanto que para me movimentar só se fosse rolando, já que mover qualquer músculo seria impossível.

— Vou te apresentar às mulheres, e então você pode voltar aqui e fazer coisas de homem.

— Coisas de homem? — Rhys riu.

Indiquei a TV com a mão.

— Assistir esses homens se batendo enquanto tentam pegar uma bola.

— Futebol Americano — Rhys declarou como se estivesse me ensinando.

— Não deixe essa garota enganar você, Rhys. Ela conhece todos os esportes — papai falou.

Eu sabia o básico por causa do trabalho. Não tinha muita noção de estatísticas e outros termos como a maioria dos caras que curtiam beber uma cerveja e falar sobre esporte. Agora, pergunte-me qualquer coisa sobre os seriados *Scandal* ou *How to Get Away with Murder* e eu saberia falar sobre o assunto.

— Sei que ela sabe mais do que demonstra. Ela conseguiu que Jeremy Roenick fosse me ver ontem à noite e ainda autografasse uma camisa.

Todos os homens me olharam e encolhi os ombros.

— Conheço um cara que conhece um cara.

— Mal posso esperar pra ver o que você comprou pra gente de Natal, então... — sorriu Carter, esperançoso.

Eu fiz uma careta.

— Não comprei nada. — Olhei para a porta onde havia deixado as sacolas com os presentes.

— Ah, não faz isso, Ash... Eu salvei sua vida... — afirmou Ethan.

Ele realmente me salvou, e nem todas as camisetas autografadas do mundo seriam o suficiente para agradecer o favor.

CAPÍTULO 24

RHYS

É meio louco pensar que em uma noite, ao decidir atravessar a rua até o bar mais próximo, ao invés de surtar com a vadia que me traiu, eu tenha tomado a melhor decisão da minha vida.

A. Melhor. De. Todas.

Nem consigo pensar em uma vida sem Ashtyn. Tudo bem, provavelmente eu estaria saindo por aí, talvez até tivesse arranjado outra namorada, mas sabia que ela havia sido a melhor coisa que já me aconteceu. Eu sabia disso na minha alma. Nos meus ossos. Eu sabia disso no meu interior.

Eu só esperava que ela sentisse o mesmo.

Enquanto Ashtyn estava no trabalho e eu assistia seu noticiário na TV, peguei o laptop e comecei a procurar casas à venda. Ela tinha mencionado o desejo de alugar uma casa com lareira, e eu queria aquilo também. Não quis lembrá-la de que em seu apartamento havia uma, porque estava nítido que ela não pretendia voltar a dormir ali. Eu ficaria mais do que satisfeito em tê-la morando definitivamente comigo, então, por que não arranjar uma casa nossa? E com a lareira, mesmo que em alguns meses nem precisássemos usar, já que o clima ia esquentar. Talvez precisássemos de um lugar com piscina e uma lareira. O melhor de dois mundos.

Mas eu estaria disposto a vender o meu apartamento para comprarmos algo, juntos? Ela estaria? E se terminássemos? Claro, não era minha intenção, mas às vezes o destino tem outros planos.

Eu tinha que ser inteligente e pensar bem a respeito.

Poucas horas depois, a chave girando na fechadura anunciou a chegada de Ashtyn.

— Oi, Cupcake.

— Oi.

— Como foi o trabalho?

— Contando os dias até poder chegar em casa em um horário decente. — Ela tirou o casaco e o pendurou no gancho junto à porta.

— Vem cá... você ainda quer ir a um jogo?

Ashtyn sorriu.

— Quero.

— Beleza. Vou arranjar alguns ingressos pra você e suas amigas.

Os jogos do *Blackhawks* geralmente começavam às sete e meia da noite. Quando Ashtyn finalmente mudasse o horário para o primeiro noticiário da noite, às dezessete horas, ela conseguiria chegar a tempo para assistir um jogo, desde que fosse direto do trabalho. Eu, é claro, teria que apresentar meu programa e não poderia me juntar ao grupo, mas ela teria uma noite de garotas com as amigas.

— Estou tão animada! — exclamou e sentou-se ao meu lado no sofá.

Beijei a lateral de sua cabeça. O laptop ainda permanecia no meu colo das horas passadas no ócio. Ela estava voltando a ser quem era. Já não sentia tanto medo em estar só e também não havia mencionado nenhuma entrega de flores ou mensagens de algum *stalker*. Graças a Deus, os malucos tinham ficado no passado.

— Você vai tomar banho e se ajeitar pra dormir?

— Daqui a pouco. Eu só quero abraçar você.

— Nós podemos nos abraçar na cama. — Sorri.

Ashtyn sorriu.

— Eu sei, mas me dê alguns minutos pra relaxar aqui um pouquinho...

— Tudo bem. Enquanto você está descansando, tenho uma pergunta.

— Qual?

Esfreguei a parte de trás do pescoço em nervosismo.

— Você estava falando sério aquele dia, quando disse que devíamos arranjar uma casa com lareira?

Ashtyn inclinou ligeiramente a cabeça e mordeu o lábio.

— Bem…

Coloquei o laptop na mesa de café e me virei para ela.

— Se eu lhe disser que quero isso também, você topa?

Ela assentiu e não falou nada.

— Bom, porque acho que deveríamos fazer isso.

— É mesmo? — Ela sorriu.

— Mas acho que não devíamos nos desfazer de nossos apartamentos.

— Como assim? — Ela arqueou a sobrancelha.

Peguei a mão dela e passei o polegar pelo dorso em uma carícia.

— Nós praticamente começamos a viver juntos agora, e embora eu queira que continuemos nessa rotina, todas as noites, não tenho certeza se vender nossos apartamentos seria uma decisão sábia.

— Ah... — Ashtyn franziu a testa.

Sorri, tentando acalmá-la.

— Não estou dizendo que não quero. Acho que se pudermos pagar por um lugar novo, a gente devia alugar nossos apartamentos, e o preço do aluguel deve valer mais que a hipoteca deles juntos. E isso pode nos ajudar a pagar a hipoteca de uma casa. Nossa.

— Uma casa?

Assenti.

— Eu não sei quanto a você, mas não preciso mais da comodidade desse local — afirmei, o que significava viver na cidade e ter tudo a uma curta distância.

— Então, você quer se mudar para o subúrbio?

Abri um sorriso.

— Quero, mas só se a gente encontrar uma casa com piscina e uma lareira.

Ela pensou por um momento.

— Você sabe o que eu pensei?

— O quê?

Ashtyn sorriu.

— A mesma coisa. Bem, não estava pensando em alugar meu apartamento, mas acho que você está certo.

— Sério?

— Sério.

Fiquei de pé, puxando Ashtyn comigo.

— Bom. Agora vamos nos certificar de que fodemos em cada canto deste apartamento antes de nos mudarmos daqui.

A neve estava caindo. Outra vez. Estava frio pra caralho e, no entanto, fui burro em concordar com meus amigos que passar o Ano Novo em um iate seria divertido. Kenny veio com a ideia do tal cruzeiro *Speakeasy*, onde viu um anúncio, e queria que nós fôssemos. Além de poder virar o ano ao lado da minha garota, eu estava ansioso pelo torneio de pôquer que ia acontecer no iate. Os caras e eu tínhamos praticado durante anos, embora não soubéssemos disso. Eu não tinha ideia de como o torneio seria desenvolvido, mas esperava que nos enfrentássemos no duelo final. Eu saberia distinguir as reações de cada um e teria mais chance de sair dali com alguma grana.

Eu estava com um terno risca-de-giz, uma camisa preta de botão, gravata vermelha, sapatos lustrados *Oxford*, e um chapéu Fedora branco e preto. Estava me sentindo um legítimo gângster. Talvez aquele lance de ter que usar uma roupa ao estilo dos anos vinte não fosse assim tão ruim. Além disso, a roupa de Ashtyn...

Ela estava vestida com um vestido de gala dourado, em cetim, preso atrás do pescoço. O material abraçava cada centímetro de suas curvas, mas o que eu não conseguia parar de olhar eram seus ombros nus. A forma como a curva do pescoço criava uma inclinação sedutora com o ombro, fazia minha boca encher de água. Naquele momento, o que eu queria fazer era correr a língua por cada pedacinho de pele exposta, e não parar até que estivéssemos nus e saciados.

Mas não tínhamos tempo para isso.

— Pronta, Cupcake?

Ela pegou sua bolsa de mão.

— Sim.

Pegamos um Uber até o Navy Pier e nos encontramos com Kenny, Jett, Clark e Abby. Todo mundo estava vestido como se estivéssemos em uma época onde o álcool era ilegal, e precisássemos frequentar clubes subterrâneos para beber e jogar cartas. A maioria das mulheres usava vestidos no estilo *flapper*, mas eu preferia a maneira como o vestido de Ashtyn abraçava suas curvas, embora eu não me importaria nem um pouco com um vestido curto onde eu poderia deslizar a mão por baixo, entre as franjas da barra.

— Este não é o mesmo barco do cruzeiro de bebidas? — Ashtyn perguntou enquanto entrávamos a bordo.

— Claro que é.

— Talvez eu e Abs possamos brincar de Jenga, então, ou alguma outra coisa.

— Você não quer me ver ganhar? — Sorri.

— Eu vou ganhar esta noite — afirmou Kenny.

— Ah, qual é... Você perde toda semana — Jett zombou.

— Só pode haver três vencedores, e esta noite um deles sou eu — Clark afirmou. Ele estava certo. Só haveria primeiro, segundo e terceiro lugar. O terceiro lugar ganharia quinhentos dólares, o segundo, mil dólares, e o primeiro lugar ganharia cinco mil.

Eu revirei os olhos.

— Vocês sabem que eu sou o melhor jogador.

— Embora eu acharia o máximo ver os quatro se engalfinhando em uma briga, acho que prefiro uma bebida — Ashtyn indicou.

— Certo — concordei. — Vamos pegar uma bebida, depois ver o esquema do jantar.

Já tínhamos jantado e bebido alguns drinks no momento em que o torneio começou. Noventa e nove competidores disputavam o primeiro lugar. Havia onze mesas, cada uma com nove jogadores. Seis mesas no nível inferior, cinco no nível médio e a mesa final no nível superior. O vencedor de cada mesa passaria para o evento principal, então a mesa final contaria com onze jogadores. Os assentos foram escolhidos aleatoriamente, e eu estava em uma mesa com Clark. Eu venci.

— Você vai para a mesa final? — Ashtyn perguntou, um enorme sorriso no rosto.

— Claro que vou.

Ela empurrou meu ombro.

— Não seja tão arrogante.

— Eu jogo toda semana, Cupcake. É um hábito adquirido.

— Não é a sorte nas cartas? — Abby perguntou. Ela e Ashtyn haviam observado nosso jogo durante a última hora ou mais até eu ganhar.

— É mais do que apenas sorte. Você precisa saber quando *"pegá-los e quando largá-los". — E agora essa música do Kenny Rogers vai ficar na minha cabeça.* — Além disso — eu me inclinei mais perto e sussurrei: — Eu sou bom de blefe.

— Bom "conversa fiada", isso é o que ele é — Clark falou.

— Não fique bravo porque você perdeu.

Ele bufou.

— Eu vou te acompanhar na próxima semana.

— Certo. — Sorri.

— As senhoritas não gostariam de nos acompanhar em outra bebida enquanto esperamos? — perguntei.

— Vocês não querem ver como Kenny e Jett estão indo? — Ashtyn perguntou.

Balancei a cabeça.

— Não. Não quero distraí-los. Melhor deixá-los quietos.

Chegamos a um bar no convés superior, e cada um pediu uma bebida. Poucos minutos depois, Jett chegou até nós.

— E aí? — perguntei.

— Dei uma surra.

Assenti em aprovação.

— Eu ganhei também.

Ele olhou para Clark que deu de ombros.

— Esse merda trapaceou.

Eu ri.

— Não trapaceei porra nenhuma! Você que é ruim...

— Vamos dar uma volta no convés — Ashtyn disse a Abby. — Deixe os meninos compararem o tam...

— Cuidado, Cupcake. Lembre-se do que aconteceu na última vez que estávamos no barco...

Ela lentamente virou a cabeça para mim e estreitou os olhos, mas antes que pudesse responder, Kenny chegou.

— Quem eu vou detonar na mesa final?

— Eu — respondeu Jett.

— E eu — afirmei.

Kenny olhou para Clark que balançou a cabeça.

— Rhys trapaceou.

— Cara, eu não trapaceio.

Observei Ashtyn se afastando. Quando eu disse que seu vestido abraçava cada curva, eu não estava brincando. Observar o cetim abraçando sua bunda a cada passo, estava fazendo meu pau esticar a calça. Não ajudava o fato de ser o mesmo barco onde transamos no banheiro. Eu ainda a desejava como sopa quente em uma noite fria.

Kenny se moveu ao meu lado e se inclinou para sussurrar:

— Você vai me arranjar um encontro com a Abby?

— Vou conversar com a minha garota.

— Você é o melhor amigo, cara.

— *Yeap* — concordei.

— Você vai me deixar ganhar mais tarde também?

— *Nope.*

— Eu preciso parecer fodão pra Abby.

Gargalhei.

— Você vai precisar de mais ajuda do que ganhar num jogo de cartas.

A chave para ter melhores chances de ganhar era não chegar bêbado à mesa final. O problema foi que, no momento em que *ele* entrou no salão, desejei que estivesse mais bêbado do que um gambá.

Meu corpo ficou rígido, e a ira subiu pelas minhas veias.

Corey "filhodaputa" Pritchett entrou no salão e veio direto em direção à mesa final. Eu não sabia onde Ashtyn estava e isso era ótimo porque eu não queria que ela me visse perdendo a cabeça. Na última vez que vi Corey, eu estava sozinho e sabia que se ele tentasse algo, provavelmente eu levaria a pior na briga. Agora meus amigos estavam comigo, mas não havia para onde ir. Teríamos pelo menos mais duas horas no cruzeiro, e agora que eu sabia que Corey estava no mesmo barco, seriam as duas horas mais longas da minha vida.

Apertei os olhos em sua direção, desejando que um olhar pudesse matar. Ele olhou ao redor da mesa depois de sentar-se, e quando seu olhar encontrou o meu, imediatamente me reconheceu.

Ele sorriu.

Aquele idiota sorriu pra mim, e eu não queria nada mais do que voar através da mesa e lhe dar uma surra.

— Cole — ele disse secamente.

— Pritchett — retruquei. Eu podia sentir meus amigos olhando para mim, mas não afastei meu olhar mortal de Corey.

— Não sabia que você estava aqui.

— Idem.

Assisti uma mulher se mover para ficar atrás dele, colocando a mão em seu ombro. Ela se inclinou e perguntou:

— Posso te trazer algo para beber, doçura?

Doçura? Ela não conhecia esse cara...

Porra! Onde Ashtyn estava?

Queria que Corey me visse com ela. Para saber que eu era o melhor porque Ashtyn era minha. Eu estava namorando alguém que todo mundo conhecia e não essa garota que parecia trabalhar de pé nas esquinas da vida. Tudo bem, isso pode ter sido rude, até mesmo porque eu nem conhecia a garota, mas se ela estava namorando o valentão do Ensino Médio, então todos os insultos passavam pela minha cabeça.

Observei-o olhar para ela sem nenhuma emoção. Era como se a garota tivesse sido contratada ou ele não soubesse nada sobre ela, a não ser o nome. Eu podia apostar que era algum nome estranho como Cinnamon ou uma merda assim. Então decidi fazer o que minha mãe me ensinou. Eu seria gentil.

— Sim, traga-me um Jack e Coca-Cola.

— Tudo pra você. — Ela beijou sua bochecha e só então a atenção dele voltou para mim.

— Você conhece esse cara? — perguntou Kenny, indicando o polegar na direção de Corey.

Eu sorri. Sorri como se o filho da puta do Corey e eu fôssemos camaradas.

— Sim. Corey e eu *voltamos* ao Ensino Médio.

— Vai nos apresentar? — perguntou Jett.

Não. Esse pensamento nunca tinha passado pela minha cabeça. *Tudo bem.* Suspirei e fiz as apresentações. Todos os outros na mesa pensaram que estávamos nos conhecendo naquele momento e acabaram se cumprimentando também. Eu que não apertaria, nem fodendo, a mão do idiota sentado à minha frente.

O crupiê arrastou as cartas e distribuiu duas para cada um de nós. Par de Reis. *Caralho, aí sim.* Eu lentamente joguei minha mão inicial, fazendo com que um jogador pagasse a aposta. Kenny, Jett e Corey também pagaram. Os outros dobraram. O crupiê entregou três cartas: Dois de Espadas, Dez de Copas e Rei de Paus.

Não mostrei nenhuma emoção enquanto olhava as cartas, sabendo que eu tinha trinca de Reis. Ajudava o fato de que eu estava puto. Nunca imaginaria que ia esbarrar com esse idiota outra vez, e agora, em pouco mais de um mês, já dei de cara com esse merda duas vezes.

Duas vezes.

A mesa puxou a melhor aposta novamente e o resto de nós apostou. O crupiê virou o Dois de Copas. Eu tinha *full house* nas mãos.

Enquanto pensava em quanto apostar, Ashtyn entrou pela porta. Era como se tudo voltasse ao eixo. Sorrimos um ao outro à medida que nossos olhares se encontraram e então, quando eu estava pegando algumas fichas para entregar, Corey abriu a boca e virou meu mundo de cabeça para baixo com apenas uma palavra.

— Ashtyn?

Observei quando ela se virou ao chamado de seu nome, e parecia que uma faca havia sido enfiada no meu coração.

— Corey? — ela perguntou. Pelo jeito, ela sabia quem ele era.

Perdi o foco, não me importando mais com o jogo cuidadoso. Enquanto eu observava a conversa dos dois, sem nem ao menos ler meus oponentes, Corey sorriu e falou com Ashtyn como se não desse a mínima para o jogo.

— Eu não fazia ideia de que estivesse nessa festa.

A faca entrou alguns centímetros mais.

— Agora eu gostaria de não estar.

Meu olhar voltou para Ashtyn. Ela sempre se deu bem com todos. Além disso, por ser uma figura pública, precisava manter um sorriso no rosto, mesmo que a vontade fosse a de apunhalar alguém com os olhos. Ainda mais agora que tudo poderia ser transmitido ao vivo. De onde ela conhecia o idiota?

— Ah, não diga isso...

Corey dobrou as cartas, jogando-as no centro da mesa.

O olhar de Ashtyn virou-se para mim e eu perguntei:

— Você está bem? — Eu não sabia o que estava acontecendo além do fato de que ambos odiávamos o mesmo cara. Mas por que ela?

— Lembra-se da última vez em que estivemos no barco? — ela me perguntou.

Eu assenti.

— Sim…

— Agora é minha vez de encontrar meu ex.

A faca no meu coração torceu e causou a dor mais excruciante que já senti na vida ao me dar conta de que a pessoa que eu mais odiava namorou a pessoa que eu mais amo no mundo.

Eu precisava sair dali.

Na verdade, queria pular do barco e nadar até a margem, então eu poderia ficar sozinho, mas isso não era lógico ou plausível.

Corey "filhodaputa" Pritchett era o *ex* dela. Ele sabia o que era tê-la nos braços. Prová-la. Ouvir seus gemidos. Ele esteve dentro dela, dentro do que é meu. Meu coração, que foi partido em dois, tentava sair do peito. A pressão foi tamanha que achei que eu pudesse cair morto no chão a qualquer momento. Eu queria morrer ao saber que alguém tão mau pôde ser amado por alguém tão doce. O que isso dizia sobre ela me amar?

Olhei para a mesa e notei que meus amigos ainda estavam dentro.

— Um de vocês cobre minha aposta.

— O quê? — perguntou Jett.

— Vou desistir depois do *river*.

— O que você está fazendo? Como assim a gente aposta tudo e espera você dobrar? — perguntou Kenny.

— Estou tentando dar-lhe todo meu dinheiro.

— O quê? — Jett e Kenny disseram em uníssono. Eu vi Clark ao lado de Ashtyn e Abby olhando para mim como se eu tivesse duas cabeças. Talvez eu tivesse, e talvez por isso ela me amava, porque tinha sido capaz de amar um demônio.

— Eu preciso sair daqui. — Meu olhar voltou para Ashtyn, que franziu a testa, provavelmente se perguntando por que eu estava tendo esse tipo de reação em relação ao *ex*. Talvez ela tenha pensado que joguei fora a chance de ganhar cinco mil dólares para que pudesse fodê-la no banheiro a fim de que esquecesse o Corey. Não era esse o caso. Eu precisava me afastar para o mais longe possível, contando o fato de que estávamos na porra de um barco.

Os rapazes se encararam enquanto minha perna subia e descia, esperando impacientemente que decidissem o que fazer. No final, Kenny cobriu minha aposta e Jett dobrou.

O crupiê entregou um Quatro de Espadas, e sem hesitação, dobrei, jogando minhas cartas no centro da mesa. Então fiquei de pé, precisando respirar. Ashtyn veio em minha direção, mas Corey falou, me impedindo de sair pela porta.

— Vocês estão namorando?

Inclinei a cabeça para baixo.

— Isso não é da sua conta.

Corey sorriu.

— Tinha que ser... você pegando as minhas sobras.

— Cala a porra da sua boca.

Ele sorriu.

— Aww, pisei no seu calo? Você vai correr pra casa da mamãe?

— Deixe-o em paz, Corey — Ashtyn sibilou.

— Sua namorada está lutando suas batalhas?

— Isso é o que você pensa? — Eu ri.

— Não importa. Ela foi apenas um buraco pra eu enfiar meu pau.

Eu o agarrei.

Minhas mãos pegaram um punhado de sua camisa, e eu colei no rosto do Corey. Meu chapéu caiu da cabeça enquanto eu rugia:

— Que merda você acabou de dizer?

— Epa!! — Ouvi atrás de mim, e os braços começaram a tentar me afastar de Corey. Não me movi.

— A segurança vai te jogar pra fora, cara — Kenny alegou.

Olhei para Corey.

— Duvido muito, já que estamos no meio dessa porra de lago. Que tal eu o lançar para fora do barco?

— Senhor — disse alguém. Eu não sabia quem. Não importava.

— Você acha que pode falar da minha mulher desse jeito? — gritei.

— Ela foi minha primeiro.

— Senhor — disse alguém novamente. Eu os ignorei, ainda com a camisa de Corey em um aperto firme e mãos tentando me afastar.

Uma conclusão me ocorreu assim que processei suas palavras. Não importava que ele tivesse estado com ela antes, porque quem ocupava aquele lugar agora era eu. E eu a amava pra caralho.

— E sou eu quem vai estar com ela pelo resto da vida. — Eu o empurrei quando soltei sua camisa. Quando me virei, o olhar de Ashtyn encontrou o meu e, honestamente, não sabia o que fazer naquele momento. Estava com raiva, não dela, mas queria ficar sozinho.

— Senhor. — Ouvi de novo e me virei para ver uma mulher vestida em um terninho com um rádio na mão. — Nós vamos precisar que você deixe este salão.

— Era o que eu ia fazer — respondi ao pegar o chapéu e sair pela porta.

O ar frio bateu no meu rosto, mas não foi o suficiente para me acalmar. Eu precisava de outra bebida. Ouvi o som dos saltos atrás de mim.

— Rhys.

Eu me virei e olhei por cima do ombro, vendo Ashtyn.

— Agora não.

— Você está com raiva de mim?

Parei de andar e me virei de frente para ela.

— Não, mas quero ficar sozinho agora.

— Não vou voltar pra ele — ela afirmou.

— Eu sei. — Suspirei. Pelo menos era aquilo que eu esperava.

— Eu não entendo por que você está tão bravo. Ele estava apenas tagarelando porque é um idiota que se acha um presente de Deus para as mulheres.

Suspirei novamente, tentando me acalmar.

— Podemos falar sobre isso mais tarde? Eu preciso mesmo de uma bebida.

— Sim. Tudo bem. Se você prefere.

Ashtyn começou a se afastar, mas agarrei seu pulso, impedindo-a. Eu me aproximei dela e segurei seu rosto com ternura.

— Eu não estou com raiva de você, mas ele também faz parte do meu passado.

Seus olhos se arregalaram.

— Como?

— Eu não quero falar sobre isso agora. Preciso de uma bebida, e então preciso ficar sozinho por alguns minutos enquanto me acalmo.

— Por que você está me afastando?

— Eu não estou tentando te afastar. Eu só preciso esfriar a cabeça.

Seus olhos de esmeralda olharam para os meus azuis, e foi sua vez de suspirar.

— Está certo, mas estamos bem?

Eu sorri.

— Claro. Apenas me dê um tempo.

— Tudo bem. Eu vou ficar com a Abby e te encontro depois, perto de meia-noite.

Inclinei-me para frente e pressionei meus lábios nos dela.

— Obrigado. E não se preocupe comigo. Não há nada que um uísque não resolva.

Ashtyn sorriu.

— Eu acho que devíamos transar agora.

Assenti com a cabeça.

— Eu adoraria arrastar você para o banheiro, onde fodemos antes, mas acho que já passamos dessa fase, não é?

— Você está certo. Meu futuro é você.

— E meu futuro é você. Eu te amo.

— Eu também te amo.

— Te vejo em alguns instantes. — Quando ela estava se virando, agarrei seu pulso novamente.

— Dê um toque em Abby sobre Kenny.

— O que tem ele?

Sorri.

— Ele quer que arranjemos um encontro.

Os olhos de Ashtyn se arregalaram.

— Ele gosta dela?

— Acho que ele *acha* que ela é fofa. Não tenho certeza de que tenham trocado mais do que algumas palavras.

— Isso me deixa emocionada. Eu queria arranjar um encontro pra ela!

— Show. Vá falar com ela, e eu vou tomar uma bebida.

Eu a beijei novamente antes que ela se afastasse. Voltei ao bar e ao chegar já estava mais calmo, mas ainda tinha que digerir que o amor da minha vida namorou o cara que me espancava na escola.

CAPÍTULO 25

ASHTYN

Eu não fazia a menor ideia da razão do Rhys ter agido como se quisesse matar o Corey. Tudo bem que eu não fiquei feliz nas poucas vezes em que esbarramos com a *ex* dele, mas nunca quis bater nela. Bom, admito, talvez eu quisesse esbofeteá-la, mas provavelmente nunca chegaria a fazer isso. Mas quando Rhys partiu pra cima de Corey, eu sabia lá no fundo, que se os dois estivessem sozinhos naquele salão, socos teriam sido trocados. Mas por quê? O que Corey fez que poderia ter causado aquela reação em Rhys? Desde que estamos juntos, Rhys sempre foi doce, amável e não tem um pingo de maldade no corpo.

Voltei para a sala onde o jogo de pôquer prosseguia. A mesa estava cheia, exceto pelo assento de Rhys, e Kenny olhou para mim quando caminhei diretamente até onde Clark e Abby estavam.

— O que diabos foi aquilo? — perguntou Kenny.

Dei de ombros.

— Ele não me disse.

O jogo de cartas continuava enquanto conversávamos.

— Eu vou te dizer — Corey cuspiu, me parando no caminho. — A *cadela* sempre corre porque ele tem medo de mim.

Olhei para Corey.

— Medo de você? Como você o conhece?

— Sim, cara. Esclareça isso — Jett rosnou, ácido permeando suas palavras. — Diga-nos como você conseguiu que uma das pessoas mais amáveis que conheço tenha ficado tão irritado daquele jeito.

Corey jogou algumas fichas no centro da mesa.

— Seu garoto é um maricas. Sempre foi, desde o Ensino Médio.

Ensino Médio? Eles se conheceram na escola?

Kenny levantou-se, fazendo com que a cadeira caísse no chão de madeira.

— Vá se foder, cara! — Ele apontou para Corey. — Quem diabos você acha que é?

— Ooooh, Kenny ficando todo agressivo é bem atraente... — assobiou Abby ao meu lado.

A cada palavra que Corey dizia, mais eu queria dar na cara dele. Mas, eu era uma figura pública, e não queria ser demitida se alguma coisa vazasse na internet, então tive que manter a calma, mesmo sendo difícil.

— Cavalheiros — advertiu o crupiê — , se isso continuar, terei que pedir a todos que se retirem da mesa.

— Ele é quem devia sair — Kenny cuspiu, apontando na direção de Corey.

— Vamos nos acalmar — afirmou Clark. — Comece o jogo, e quando terminar, todos podemos sair.

Os outros jogadores concordaram sacudindo as cabeças. Kenny se recostou e olhei de volta para Corey. Ele estava sorrindo. O que eu tinha visto nele? Como cheguei a pensar que poderíamos nos casar? Eu não precisava saber a história completa sobre Rhys e Corey para ter certeza de que meu rompimento com ele havia sido a melhor coisa que poderia ter me acontecido. Foi isso que ocasionou a ligação de todos os pontos, fez com que as estrelas e luas se alinhassem. Foi um livramento, certeza.

Eu queria voltar para o Rhys e confortá-lo, dizer-lhe que não me importava com Corey e, de fato, nunca mais queria falar dele. Estava me matando ser paciente e dar tempo a Rhys, mas, claro, algo aconteceu para fazer com que ele agisse assim depois de todos esses anos.

Atirei olhares mortais na direção de Corey durante todo o jogo de pôquer até vê-lo fora. Os únicos que sobraram foram Kenny e Jett. Eles eram realmente bons, e Rhys estava certo. Não se tratava apenas de ter sorte, era preciso habilidade. Eu queria tanto que ele estivesse jogando e se divertindo, como fazia com os amigos em casa.

— Eu vou atrás de Rhys. Nos encontre quando acabar aqui, ou trinta minutos antes da meia-noite — eu disse a Abby.

— Tudo bem. Vou assistir...

— Kenny. — Eu pisquei para ela.

Abby sorriu.

— Você me conhece tão bem.

Eu ri e fui em direção à porta. Rhys queria que eu falasse com Abby sobre Kenny, mas não havia necessidade. Aqueles dois acabariam se arranjando sozinhos.

Fui até o bar onde Rhys disse que estaria. Trinta minutos já haviam se passado e se ele precisasse de mais tempo, então... Bem, eu não sabia o que fazer porque estávamos em um barco, pelo amor de Deus.

A neve tinha parado de cair, e quando cheguei ao bar ao ar livre, vi Rhys de pé debaixo de uma lâmpada de aquecimento conversando com um homem mais velho. Rhys virou-se e sorriu assim que me viu. Aparentemente, dar-lhe algum tempo valeu a pena. Todo mundo digere a raiva de forma diferente e descobrir que Rhys somente precisava de tempo para esfriar a cabeça, era maravilhoso.

Rhys estendeu a mão e a peguei ao chegar ao seu lado.

— Otis, esta é minha namorada, Ashtyn.

Otis estendeu a mão e eu o cumprimentei.

— Claro. Você apresenta o último noticiário da noite...

— Na verdade, ela está mudando para o horário nobre. Vai apresentar as primeiras notícias da noite — afirmou Rhys.

Eu sorri.

— Amanhã é o meu primeiro dia.

— Parabéns. — Sorriu Otis.

— Obrigada.

— Otis possui um bar de karaokê.

Meus olhos se arregalaram.

— Sério?

— Sim, e fiquei sabendo que você adora cantar.

Meu rosto esquentou.

— Isso é exagero. Este cara aqui — apontei o polegar na direção de Rhys — que é o cantor de karaokê.

Todos nós rimos.

— Bem, se vocês dois quiserem aparecer e cantar com o coração e a alma, me liguem. — Otis entregou a Rhys seu cartão.

— Obrigado, cara. Tenho certeza de que podemos fazer isso qualquer noite dessas — respondeu Rhys.

— É melhor eu procurar minha esposa. Ficar preparado para a virada do ano e essas coisas. Foi um prazer conhecer vocês. — Nós apertamos as mãos novamente.

— Quer uma bebida? — Rhys perguntou depois que Otis foi embora.

— Quero.

Ele se virou para o bar e soltou minha mão, levantando o dedo para solicitar outra bebida. Eu não tinha ideia do que ele havia pedido, até o barman colocar um copo de *Rosé* no balcão.

— Quem ficou na mesa? — perguntou Rhys enquanto me entregava a taça.

— Kenny e Jett.
— Corey, não?
Balancei a cabeça.
— Não.
— Então ele está rondando por aí?
Tomei um gole do meu vinho e coloquei a taça na mesa ao lado.
— Acho que sim.
Rhys respirou fundo.
— Eu não posso acreditar que seu *ex* é o Corey Pritchett.
Suspirei.
— Não posso acreditar que vocês tenham estudado juntos.
— Ele disse a você?
Assenti.
— Sim, mas foi só isso.
— Só fizemos o Ensino Médio juntos no meu primeiro ano de calouro.
— Mesmo? E você ainda se lembra dele depois de todo esse tempo?
Ele olhou para longe e demorou alguns minutos antes de responder:
— Meio difícil esquecer o cara que costumava me bater sem motivo.
Meus olhos se arregalaram e senti um nó na barriga.
— Ele era o garoto que te fazia *bullying*?
— Quase todos os dias. — Ele tomou um gole de sua bebida.

Minha garganta começou a fechar quando me lembrei do que Rhys tinha me contando sobre o valentão da escola e o encontro que haviam tido algumas semanas atrás. Na mesma noite em que Philip tentou usar a droga do estupro comigo.

— Agora eu sei porque você o odeia tanto.

Rhys suspirou.

— Foi há muito tempo, mas porra, se não faz meu sangue ferver saber que ele é seu *ex*.

Ficamos em silêncio por alguns instantes. Eu não sabia o que dizer, porque não podia mudar meu passado, assim como ele não podia mudar o dele. Também não sabia o que faria se estivesse em seu lugar. Nunca sofri *bullying* quando criança. Na verdade, eu era uma das meninas populares. O que eu sabia era que amava Rhys. Ele tinha entrado na minha vida e era como o raio de sol depois de uma tempestade. O pensamento de ele me deixar acabaria com meu mundo. Eu não seria capaz de seguir com a minha vida se ele não fizesse parte dela. Eu precisava de Rhys para ser feliz.

Dei um passo à frente e Rhys me envolveu em seus braços. Antes que eu pudesse falar alguma coisa, o demônio em pessoa se aproximou.

— Você continua nervosinho, Cole?

Senti o corpo de Rhys ficar tenso contra mim.

— Vá se foder — ele rilhou.

Corey riu de novo.

— Lembre-se de que a vingança é doce e esperei muitos anos pra ter a minha.

E toda a raiva que eu estava mantendo controlada explodiu. Girei e empurrei Corey.

— Apenas feche a maldita boca, Corey! — Ele tropeçou para trás, e Rhys agarrou minha cintura, tentando me puxar de volta, mas continuei empurrando enquanto gritava: — Nós não queremos nada com você. Deixe-nos em paz! — Naquele momento, não estava nem aí se tinha alguém por perto, e não me importaria se meu ataque de raiva fosse circular em toda a internet. Eu estava de saco cheio das porcarias que Corey estava falando.

Uma garota apareceu ao lado dele. Era linda, loira, tinha peitões e um bronzeado falso. Bronzeada na porra do inverno.

— Não toque no meu homem! — ela sibilou.

Eu recuei, e não foi porque ela achou que íamos brigar pelo *homem dela*, mas porque percebi que Rhys e eu éramos melhores do que eles. Melhor do que esses dois pedaços de lixo.

— Ele é todo seu. — Afastei as mãos e peguei a de Rhys. — Corey, por que você não se atira de cabeça na frente do barco?

Reboquei Rhys atrás de mim. Não tinha ideia para onde estávamos indo, mas não queria ficar perto eles. Fomos para a parte de trás do barco onde as pessoas estavam de pé. Os lugares que podíamos ir estavam se tornando escassos, e eu já estava ansiosa para atracarmos logo. *Deus, eu queria que não estivéssemos em um barco.*

— Se atirar de cabeça na frente do barco? — Rhys riu.

Gemi e olhei para o céu escuro.

— Estou muito puta agora. Não faço a mínima ideia do que falei.

Rhys envolveu seu braço em meus ombros e me puxou para ele.

— Se você não tivesse interferido, eu teria esmurrado aquele merda e os policiais provavelmente estariam me esperando quando voltássemos ao píer.

Revirei os olhos frustrada.

— Que merda de coincidência do caralho foi essa? — Ainda podia sentir o sangue quente. Eu odiava Corey. Com todas as forças. E se ele nunca tivesse terminado comigo? E se ele me pedisse para casar com ele como pensei que faria um dia? Eu teria visto quem ele realmente é?

— Que tal nunca mais voltarmos neste barco?

Balancei a cabeça em seu ombro, olhando para a linha do horizonte brilhando.

— Eu estava pensando a mesma coisa.

Ficamos assim por alguns minutos até nossos amigos chegarem atrás de nós.

— Aí estão vocês — disse Kenny.

Nós nos viramos e Rhys falou.

— Quem ganhou?

Jett sorriu.

— Este que vos fala.

Um garçom chegou com uma bandeja de champanhe.

— É quase meia-noite.

Pegamos nossas taças, e percebi que tinha deixado meu Rosé na mesa do outro lado do barco. Ah... saco. Tudo bem. Já estávamos perto de ir para casa mesmo.

Enquanto esperávamos que o relógio desse meia-noite, desviei o olhar para onde Abby estava. Ela e Kenny estavam rindo e conversando. Eu sabia que eles iriam se arranjar. Provavelmente, também ajudou que estivéssemos num maldito barco.

Sim, nunca mais faria isso...

Barcos... nunca mais.

Não muito tempo depois, as pessoas começaram a fazer a contagem regressiva a partir do dez. Quando chegou a um, nós brindamos para o Ano Novo e Rhys e eu nos beijamos. Fogos de artifício explodiram à distância, e quando se beija a pessoa certa, você não pode dizer quem está beijando quem.

E estava claro para mim que essa pessoa era o Rhys.

Mudar para o primeiro noticiário da noite não era muito diferente do último, à exceção que eu saía do trabalho mais cedo. A reunião diária acontecia basicamente no mesmo horário e com a mesma duração de antes, mas agora, quando eu chegava ao estúdio, fazia os vídeos promocionais antes de tudo, ao invés de fazê-los depois da reunião.

Retocando a minha maquiagem no camarim, enviei uma mensagem a Abby. Rhys estava trabalhando hoje à noite e queria descobrir mais sobre Kenny e Abby. Eu sei que eles saíram juntos depois que nos separamos na virada do Ano Novo, alguns dias atrás, mas queria saber se tinha rolado alguma coisa.

O que você vai fazer no intervalo do jantar?

Eu trouxe uma salada sem graça pra comer na sala de descanso. Por quê?

Almoce mais cedo e venha jantar comigo.

Ok. Qual o problema?

Nenhum. Eu apenas sinto falta da minha amiga.

Ok. Vejo você depois do programa.

Estava esperando por Abby, depois da transmissão quando recebi uma mensagem. Recuei quando li de quem era. Corey.

Parabéns pela mudança de horário no noticiário.

Eu olhei as palavras na tela, e meus dedos pairavam sobre as letras, querendo responder. Mas não fiz. O que havia para dizer? Obrigada?

Vai à merda.

— Pronta? — Abby perguntou, parando à minha mesa.

Levantei.

— Sim. Adivinha quem me enviou uma mensagem?

— Quem?

— Corey! — Começamos a caminhar em direção aos elevadores.

— O que ele queria?

— Me felicitar pela mudança no noticiário da noite.

— Você respondeu? — Abby perguntou enquanto pressionava o botão para descermos.

— Nem a pau. — Entramos no elevador, e Abby pressionou o botão para o lobby.

— Provavelmente, ele terminou com aquela puta.

— Oh, meu Deus! — Ri, tentando conter as gargalhadas que me assolavam. — Ela era uma prostituta, né?

— Ela era alguma coisa. Kenny achav...

— Falando em Kenny... — Sacudi as sobrancelhas. — Vocês dois…?

— Eu não saio por aí contando as coisas que eu faço...

Dei um gritinho quando o elevador parou e as portas se abriram no piso térreo. Nunca achei que uma mulher de trinta e três anos pudesse ficar tão empolgada quando sua parceira de trabalho contou que estava namorando o amigo do namorado.

Mas eu estava.

— Posso usar sua camisa do Roenick para o jogo? — perguntei ao Rhys. Passaram-se algumas semanas desde que meu horário no noticiário mudou, e ele havia me arranjado quatro ingressos para o jogo. Chamei Jaime, Kylie e Colleen. Meus irmãos, obviamente, ficaram com ciúmes. Acho até que Ethan ligou para Rhys e disse-lhe que ele lhe devia a vida e tinha que descolar alguma coisa pra ele.

— Não — ele disse sem rodeios.

Eu fiz uma careta.

— Sério?

— Não é que eu não quero que você use a camisa. É porque está autografada e não quero que estrague.

Assenti com a cabeça em compreensão.

— É mesmo. Não tinha pensado nisso.

— Eu tenho camisas do Toews, Kane, Crawford e Tootoo. Escolha qualquer uma.

— Por que você tem tantas?
— Porque eu ganhei. Não recuso camisas de hóquei.
— Qual deles é o melhor jogador?
— Você sabe que não posso responder a isso. Tenho que ser imparcial para ganhar a vida.
Gemi.
— Então, qual eu devo usar?
— Bem, Toews é o capitão...
— Então vai ser essa.
Rhys sorriu.
— E Crawford é o goleiro.
— Oh... — Percebi que ele ia falar um por um.
— Tootoo...
Eu ri com o nome. Como não rir? Rhys parou e olhou para mim.
— O quê? — perguntei.
Ele revirou os olhos.
— Deixa pra lá. Basta escolher uma camisa. Não dá pra errar.
Pensei por um momento.
— Eu irei com Crawford. Ele joga a partida inteira, não é?
— Geralmente.
— Beleza. As meninas podem vestir as outras?
Rhys assentiu e se virou para o armário.
— Claro.

As garotas e eu descemos as escadas, em busca dos nossos lugares. Rhys nos colocou nos assentos ao lado do ringue, quase na cara do vidro. Eu teria que agradecer ao Rhys *adequadamente*. Quando estávamos acomodadas, tiramos *selfie* de nós quatro e enviei para os meus irmãos, com a pista de gelo ao fundo. Também publiquei no Facebook e mandei uma mensagem de agradecimento ao Rhys.

Durante o primeiro intervalo, fomos comprar cerveja e salgadinhos quando o telefone zumbiu no bolso traseiro do meu jeans. Corey.

Vi você na TV. Seu namorado consegue esses assentos?

Revirei os olhos e guardei o celular de volta. Eu me concentrei na conversa que as garotas estavam tendo sobre o quão engraçado estava sendo nossa noite de garotas, em um jogo de hóquei, sendo que os maridos delas estavam em casa com as crianças. Meu coração doeu com o pensamento. No fundo, eu queria fazer parte dessa conversa. Queria saber como era amar alguém antes mesmo de conhecer. Queria saber como era a sensação de tê-lo se mexendo no ventre. E como será que nos sentimos ao olhar para alguém, sabendo que você o criou.

Sério? Eu queria um bebê... *agora*?

CAPÍTULO 26

RHYS

Duas noites atrás, tive outro pesadelo. Esbarrar em Corey, aparentemente, tinha esse efeito em mim. Apesar de que, esse sonho foi diferente. Ao invés de Bridgette me trair com um cara qualquer na minha cama, agora era Ashtyn e Corey que estavam juntos. A única coisa que me fez superar aquele pesadelo era o fato de que eu acordava todos os dias ao lado dela. Ela estava *comigo*.

Assim como esta manhã.

Ela se espreguiçou ao meu lado, acordando. Percorri com um dedo todas as sardas do seu braço, ligando uma a uma, preguiçosamente, sentindo a maciez da pele.

— O que você está fazendo? — ela perguntou sonolenta.

Sorri e encontrei seu olhar.

— Você sabe.

Aproximando-me, rocei o dedo no mamilo túrgido que estava saliente contra a camisa, e girei a ponta, antes de fazer o mesmo com o outro. Ela estremeceu, e aproveitei para deitar em cima dela, usando seu estômago para me deixar mais duro. Ao ponto de simplesmente deslizar dentro dela e fodê-la com um bom-dia apropriado.

Pressionei os lábios nos dela. Ashtyn abriu a boca e procurou minha língua. Deixei que ela brincasse, então afastei a cabeça para trás, mordendo o lábio inferior levemente. Cada centímetro dela era como açúcar para mim, e bastava que eu a provasse para não conseguir parar. Retirei sua camisa, logo em seguida a minha boxer, e só então deslizei a calcinha pelas pernas.

Agora que estávamos nus, percorri com minha língua a lateral do seu pescoço até que ela gemeu e inclinou a cabeça para trás. Chupei a pele da garganta, sentindo a pulsação nos lábios. Se eu não fosse cuidadoso, ela precisaria esconder minha marca antes de apresentar seu próximo programa. Ou ela poderia deixar toda a cidade de Chicago saber que havia sido muito bem fodida naquela manhã.

De qualquer forma, eu faria o meu trabalho.

E bem-feito.

Movendo ligeiramente para o lado, deslizei a mão pelos seios e não parei até encontrar o calor que estava procurando. *Cristo*. Ela sempre estava tão preparada pra mim... Tão pronta que a senti empurrando meu peito e antes que eu me desse conta, estávamos em posições invertidas. Ashtyn sorriu enquanto me montava, tomando meus lábios em seguida.

Eu sentia a sua quentura enquanto ela deslizava pelo meu pau.

— Camisinha — resmunguei. Era o melhor que eu podia fazer, porque se eu não entrasse logo nela, gozaria de maneira precoce como um adolescente dando amassos numa garota pela primeira vez.

Ashtyn conseguiu pegar uma no criado-mudo. Pensei que ela fosse me entregar, mas não, ela mesma fez as honras. Sua boca voltou para a minha, e eu me guiei de volta para *casa*.

Ela ofegou, interrompendo nosso beijo enquanto eu a preenchia.

— Ah, merda. Sim... — ela gemia sem parar enquanto eu estocava nela. Nós parecíamos uma máquina lubrificada, à medida que eu estocava repetidamente. Ela gemia, eu gemia, e quando ela estava prestes a gozar, chupei e suguei o mamilo com força.

— Porra! — ela sibilou, gozando.

Eu ainda não tinha terminado.

Permaneci dentro dela enquanto a ajeitava de lado, posicionando meu corpo atrás e erguendo uma das pernas para deixá-la mais aberta. Sua mão enlaçou meu pescoço, se segurando.

— Cristo, baby — gemi. — Olhar seus peitos balançando desse ângulo vai me fazer gozar em dois segundos.

— Não... — ela protestou como um gemido.

Sorri, ainda bombeando nela. Eu sabia que ela queria gozar novamente, e eu faria acontecer. Acelerando o ritmo, nossos quadris se batiam, então busquei seu clitóris e comecei a criar círculos no mesmo ritmo dos meus impulsos.

— Rhys — Ashtyn gemeu.

— Isso mesmo, Cupcake. — Bom Deus, ouvir meu nome em seus lábios em forma de gemido quase me levou ao orgasmo.

— Mais rápido... — ela ofegou. Meus dedos pressionaram com mais força. — Estou quase lá...

Intensifiquei as estocadas, quase atingindo o colo do útero e sentindo seus espasmos novamente. Desta vez, em vez de chupar o mamilo, mordi o lóbulo da orelha, e um arrepio percorreu minha coluna enquanto enchia o látex.

Eu estava exausto.

Nós dois estávamos suados, mas eu sabia que ela estava *bem fodida*.

Ashtyn tinha começado oficialmente a trazer suas coisas para o meu apartamento. Decidimos alugar o dela, para procurarmos um lugar nosso, e só então eu colocaria o meu para alugar. Assim que ela encontrasse um inquilino, planejávamos guardar os móveis em um depósito. Esta era uma das outras razões pela qual eu sabia que ela estava somente comigo.

Em meados de janeiro, os policiais disseram a Ashtyn que a investigação de Philip havia sido encerrada. Estava provado que foi ele que a tinha perseguido e que esteve obcecado por Ashtyn por pelo menos um ano. A polícia encontrou várias gravações de Ashtyn na casa dele, e também o que parecia ser um quarto feito para ela no porão. Era o tipo de coisa que se via na TV. Felizmente, acabou.

— O que você quer fazer hoje? — perguntei enquanto Ashtyn e eu tomávamos o café da manhã lendo o jornal.

Ela me olhou e deu de ombros.

— Eu não sei. O que você quer fazer?

Pensei por um momento, olhando pela janela para o sol que brilhava.

— O que você acha das alturas?

— Alturas? — Ashtyn quase engasgou com um gole. — Por quê?

— Eu tenho uma ideia.

Ela dobrou o jornal e apoiou o queixo em sua mão.

— Explica isso direito.

— Deixe-me fazer uma ligação. — Larguei o jornal e peguei o celular enquanto ia até o escritório.

— Você tem que fazer a ligação escondida? — gritou ela.

— É surpresa.

— Por quê?

— Você vai ver. — Depois de finalizar a chamada, voltei para a cozinha. — Vai rolar.

— O que é que vai rolar?

— Ainda é surpresa. — Ashtyn gemeu, e eu ri enquanto me sentava na cadeira ao seu lado. — Estou te dando o troco pelo Natal.

— Tudo bem, mas você conheceu seu ídolo. Eu vou conhecer o Channing Tatum?

— O quê? — exclamei. — Channing Tatum é seu ídolo?

Ela riu.

— Não, mas não me importaria em conhecê-lo.

— O que ele tem que eu não? — Cruzei os braços.

Ela sorriu.

— Pra começar, o gingado.

— Eu tenho gingado.

— Mostre-me.

Grunhi.

— Tá, eu não tenho o gingado do cara. O que mais?

Ela pensou por um momento.

— Nada mais que me importe.

— Bom. — Ri.

— Então, você vai me dizer o que planejou para hoje?

— Não. — Tomei um gole final do meu café.

Ashtyn gemeu.

— Ahhh! Não sei se gosto de surpresas.

Levantei.

— Claro que gosta, Cupcake. Todo mundo gosta de surpresas.

Eu estava ansioso para ver o rosto dela quando descobrisse o que faríamos. Eu já tinha feito aquilo, mas nunca com uma namorada. Havia ido com Kenny, e estava certo de que dessa vez seria muito melhor.

— Vou poder saber agora?

— *Noooope* — respondi, alongando o O para dar um efeito.

— Quando vou saber?

— Quando chegarmos lá.

Entramos no meu carro e nos dirigimos ao Aeroporto de Chicago de voos executivos. Não nos juntaríamos ao *Mile-high Club*.

Pelo menos, não hoje.

— Vamos voar para algum lugar? — Ashtyn perguntou enquanto olhava para a torre de controle à distância.

— Não exatamente.

— Como assim? Você está entrando em um aeroporto.

— Já pilotou um avião?

Ela bufou.

— Bom... acho que não...

— Bem, hoje você vai.

Seus olhos estavam arregalados, quando a olhei esperando uma resposta.

— Está falando sério?

— Tão sério como se eu estivesse tendo um ataque cardíaco.

— Quem está prestes a ter um, sou eu.

— É melhor não. Você tem que pilotar um avião.

— Como?

Estacionei à frente do hangar onde me disseram para ir ao telefone.

— Conheço um cara que conhece um cara.

Ashtyn revirou os olhos.

— Copiando a minha fala agora?

Dei uma gargalhada.

— Eu conheço um cara que conhece um cara. Normalmente, você deve reservar com três semanas de antecedência.

— Sério?

— É — confirmei, e abrimos nossas portas para sair.

Enquanto esperava à janela, olhando a pista, eu a observei. Ela teve que assinar alguns papéis e depois nos encontramos com um instrutor de voo com certificação da Administração Federal de Aviação. Ele informou os prós e contras da mecânica do avião a Ashtyn enquanto eu assistia. Eles passaram pelo painel de instrumentos e fizeram uma inspeção pré-voo do pequeno avião. Depois, nós três fomos para a aeronave. Ashtyn e o piloto se sentaram na frente, comigo atrás. Um sorriso estampava meu rosto o tempo todo enquanto eu a via aprender tudo o que ela precisava saber sobre como pilotar o avião. Eu podia ver a alegria irradiando de seu corpo enquanto ela absorvia tudo, e sabia que meu plano para este sábado tinha sido a decisão certa. Foi um impulso louco que surgiu no momento, mas ver Ashtyn irradiando felicidade era o que sempre almejei.

Colocamos o cinto naquele *cockpit* pequeno com capacidade para quatro passageiros, e Ashtyn taxiou o avião monomotor para a pista. Pilotar avião era essencialmente o mesmo princípio para o carro, mas, claro, com muito mais controles, já que realmente precisava levá-lo para o ar.

Assim que recebemos autorização da torre de controle para a decolagem, o piloto assumiu a aeronave, por conta das normas de segurança da FAA[7]. Quando subimos à altitude de quarenta mil pés, ele ainda mantinha o controle do avião, e só então Ashtyn se virou para olhar para mim.

— Isso é incrível! — Ela sorriu.

Sorri de volta, ambos falando nos fones de ouvido que precisávamos usar.

— Eu sei.

— Tudo bem, Ashtyn. Os controles são todos seus — disse o piloto.

Ashtyn virou-se e os assumiu. Ela não hesitou quando o piloto a instruiu a fazer várias coisas. Subimos, descemos, fizemos várias voltas, e quando estávamos perto do nosso destino, Ashtyn transmitiu um rádio para a torre de controle para ver se havia autorização para pousar.

Aterrissamos no Aeroporto Grand Geneva, onde um carro preto estava nos esperando.

— Para onde vamos? — Ashtyn perguntou, ajeitando o cabelo.

— Almoçar.

— Almoçar?

Entramos no carro.

— Vamos para o *Grand Geneva Spa and Resort* aqui em Wisconsin pra almoçar antes de voltarmos para casa.

— E como isso se parece com a vida real, hein? — Ashtyn riu. — Estou me sentindo uma celebridade.

— Bem, você *é* uma celebridade.

— Só em Chicago.

— É verdade, mas, tecnicamente, qualquer um pode pagar por uma experiência assim.

— Eu não tinha ideia de que era possível. Obrigada. — Ela se inclinou e me deu um beijo casto. — Isso dá de dez a zero no habitual programa de ficar em casa, assistindo TV.

---

7 Sigla para a Federal Aviation Administration, traduzida no livro para Administração Federal de Aviação.

Abri um sorriso.

— Com certeza.

Depois que o carro nos deixou na entrada, caminhamos diretamente para o *Grand Café*.

— Obrigada por fazer isso. — Ashtyn sorriu, contemplando o lago pela janela.

— De nada, mas é divertido dar uma pequena escapadela, né?

— É incrível.

— Falando em incrível, encontrei algumas casas que devemos olhar.

— É mesmo? — Ela sorriu.

— Aqui, vou te mostrar algumas. — Peguei o celular no bolso e abri o site do corretor de imóveis onde encontrei algumas casas. Acessei o primeiro e entreguei o telefone a Ashtyn. — O que você acha dessa?

Ela percorreu as fotos.

— Não tem lareira.

— Mas tem piscina.

— Mas queremos uma lareira e uma piscina, não?

— Tudo bem. — Peguei o telefone. — Que tal esta?

Ashtyn pegou o telefone e olhou para as fotos da próxima.

— Acho que devemos olhar, porque se o *closet* for pequeno, vai ser um "não" bem grande.

Gargalhei.

— Oookay. Que tal se eu ligar para o corretor e pedir que ele agende alguns lugares para vermos no próximo fim de semana?

Ela se debruçou sobre a mesa e uniu os lábios suavemente aos meus.

— Eu adoraria.

Na sexta-feira seguinte, Ashtyn gemeu ao fechar a porta depois de voltar para casa do trabalho.

— Dia ruim? — perguntei, tirando a tampa da minha cerveja.

— Não, tive um ótimo dia. — Ela pendurou o casaco.

Coloquei a cerveja na mesinha de centro.

— Então por que está resmungando? — Eu estava assistindo ao jogo *San Jose Sharks* e *Minnesota Wild* que acabara de começar. Estávamos jogando uma de duas partidas seguidas contra o *Sharks* para compensar o jogo que foi cancelado em Outubro. Jogos seguidos, geralmente, não eram comuns no hóquei por causa do estilo extenuante e brutal das jogadas, mas às vezes eram necessários.

— Corey.

— Corey? Mas que porra tem ele?

Ashtyn suspirou e afundou no sofá.

— Ele continua me enviando mensagens de texto.

Senti o corpo retesar, o jogo na TV esquecido.

— O que você quer dizer com "ele continua enviando mensagens de texto"?

— Ele continua me enviando mensagens sobre coisas aleatórias.

— Como o quê? — Eu estava tentando agir numa boa, mas, honestamente, ouvir que Corey estava fazendo contato com Ashtyn, testava minha paciência até o limite. Quem faz isso, porra? Um maldito filho da puta que viu com os próprios olhos que Ashtyn tinha seguido em frente, só pode. O que ele estava querendo com ela?

Ashtyn desbloqueou o celular e começou a ler as mensagens.

— "Te vi na TV. Seu namorado consegue esses assentos? Você é boa demais para me responder agora? Como foi o seu dia? Não é hoje o dia em que nos conhecemos? Eu sinto sua falta..."

— Ele o quê? — Tirei o telefone dela e li o resto das mensagens.

Eu sinto sua falta. Me liga.

Eu te amo. Sei que disse que estava mentindo, mas isso, sim, era uma mentira.

Por favor, pelo menos, me responda. Eu cometi um erro.

Não consigo parar de pensar em você.

Baby, termine com esse perdedor e case comigo. Eu te amo.

— Case com ele? — sibilei. — Ele te pediu em casamento?

— Não posso dizer que uma proposta feita via mensagens de texto seja legítima.

Meu corpo estava tenso em pura raiva que irradiava em minhas veias. Eu ia matá-lo. Ia arrebentar a cara dele como ele tinha feito comigo em todos aqueles anos, mas eu não pararia até que ele não estivesse respirando.

— Não me interessa. Quem faz isso, porra? — Joguei o celular no sofá.

— Isso importa? Nunca respondi a nenhuma das mensagens ou liguei de volta.

— Por que você não me disse que ele está te enviando mensagens?

— Porque ele só começou depois do Ano Novo.

— Faz quase um mês — falei entredentes.

— Eu não queria que você ficasse bravo como está agora.

Olhei para ela, processando o que havia dito.

— Estou puto porque ele só está fazendo isso porque você está namorando comigo. Pense nisso. — Comecei a andar de um lado para o outro na frente da TV.

— Não importa. É com você que eu estou.

— Você acha que ele vai parar?

— Vou bloquear o número dele.

— Bom. — Andei um pouco mais e depois gritei: — Espere!

— Esperar?

Estendi a mão.

— Me dê o celular.

— Por quê? — Ashtyn segurou-o no peito, longe de mim.

— Porque eu vou ligar para esse filho da puta.

— O quê? Por quê?

Fui em sua direção, minha mão ainda estendida.

— Porquê, Cupcake, ele teve a chance dele. E deixou você escapar, e eu nunca vou te deixar. Ele precisa saber disso.

— Deixa isso pra lá. Vou bloquear o número e pronto.

Fiquei de pé na frente dela.

— Até ele aparecer no seu trabalho ou alguma merda dessas. Já passamos por isso com um *stalker*. Não precisamos de outro.

— Se ele me perseguir – o que acho que não vai – ele fará isso mesmo você ligando ou não. Merda, isso pode fazê-lo ficar mais obcecado.

— Eu tenho que fazer isso.

— Por quê?

Esfreguei as mãos no rosto e suspirei.

— Porque ele não pode ganhar.

— Ele não está ganhando. Seja como for, *você* está.

Ashtyn acenou com a mão em minha direção.

— Apenas deixe-me fazer isso. Eu *preciso* fazer isso — implorei.

Ela olhou para mim por um instante e então me entregou o telefone.

— Tudo bem.

— Sério?

— Sim. Depois de descobrir que ele era o valentão que te importunava, fiz algumas pesquisas e descobri que confrontar o agressor é bom para o agredido. Claro, eu nunca ia te dizer isso por causa de quem ele é. Achei que era melhor deixar pra lá.

Eu não sabia disso. Tê-lo novamente tentando arruinar minha vida foi a última gota. Já não éramos crianças.

Antes de desistir, tirei o telefone de sua mão, encontrei o número em seus contatos e pressione o botão para chamá-lo. Tocou duas vezes antes que ele atendesse.

— Ashtyn! Obrigado...

— Não é a Ashtyn.

— Cole.

— Sim, sou eu. Pare de ligar para a minha namorada! — Comecei a andar novamente. Desta vez, em toda a sala de estar porque eu não conseguia ficar parado.

— Eu posso ligar pra quem eu quiser.

— Cara, ela não está mais interessada em você.

— Você é apenas o estepe.

— Estou feliz que você pense assim, mas eu acho que é bem diferente.

— Eu a conheço há muito mais tempo, e ela foi minha primeiro.

— Por que você se importa com isso? Já não seguiu em frente com aquela loira?

Ele zombou.

— Estou pouco me lixando para a outra.

— Tudo bem, deixe Ashtyn em paz ou...

— Você está me ameaçando?

— Preciso?

Ele riu.

— Eu não faria isso ou...

— Ou você vai o quê? Me bater como fazia na escola? Sou muito maior agora, imbecil, e goste ou não, Ashtyn e eu estamos juntos.

— Não por muito tempo.

— Sim, por muito tempo. Para sempre.

Meu olhar se encontrou com Ashtyn, e ela sorriu. Tentei sorrir de volta, mas a risada no meu ouvido me fez fechar os olhos em frustração.

— Então ela mostrou o painel dela do *Pinterest*? Vocês vão se casar agora?

— Eu não sei sobre que porra de painel de *Pinterest* você está falando. — Ashtyn revirou os olhos e suspirou, balançando a cabeça. — Mas sim, para responder a sua outra pergunta, se ela quiser.

— Não, se eu impedir. — Ele desligou. Não fazia ideia do que queria dizer, mas parecia que nosso pequeno jogo não havia acabado.

CAPÍTULO 27

ASHTYN

Algumas semanas atrás, quando eu estava no jogo com minhas amigas, pensei que queria ter um filho. Mas já passou, porque ser capaz de entrar e pilotar um avião até um SPA, por um capricho, era mais meu estilo. Pelo menos por enquanto. Meu relógio-biológico estava correndo, mas adorei o que tinha feito com Rhys, e também não queria assustá-lo.

Além disso, como eu poderia trazer uma criança ao mundo com tanto drama? Corey filho da puta. Eu só queria que ele me deixasse em paz. Todas as suas mensagens eram confusas, e depois que Rhys ligou de volta, realmente achei que ele queria nos separar.

— Se eu deixar você fazer o quê? — perguntei.

— Nada. O que ele está falando sobre o *Pinterest*?

Respirei fundo. Se ele se assustasse porque eu tinha mania de planejar as coisas, então era melhor saber agora.

— Eu tenho um painel de casamento no *Pinterest*.

Ele ficou em silêncio por alguns segundos.

— E daí?

Assenti.

— Bem... O Corey...

— Foda-se, o Corey. Eu não quero falar sobre esse filho da puta novamente.

— Tá bom. Devolva o celular.

— O que você vai fazer? — perguntou Rhys.

— Bloquear o número.

E fiz exatamente isso.

Durante as semanas seguintes, Rhys e eu saímos para visitar várias casas. Eu não precisava mais da agitação da cidade. Queria a lareira e a piscina. Inferno, eu queria uma lareira ao lado da piscina. Nenhum dos lugares que visitamos realmente nos agradou, mas acabei encontrando uma inquilina para alugar meu apartamento. Era estranho saber que uma estranha moraria ali, mas desde a morte de Philip, não sentia mais como sendo o meu lar. A nova inquilina não parecia se importar que um homem tivesse sido assassinado na sala de estar. Na verdade, ela era uma autora de romance paranormal e parecia pensar que isso a ajudaria com a escrita. Cada um com suas manias.

Alguns podem pensar que comprar uma casa com o namorado depois de apenas quatro meses juntos é muito rápido. Talvez seja para alguns, mas quando você sabe, sabe. Estar com o Rhys era diferente do que com qualquer outro homem com quem eu namorei antes. Ele me fazia sorrir, gargalhar, e me sentia segura com ele. E quase levou um tiro tentando me proteger. Se isso não é amor verdadeiro, então não sei o que é.

— As meninas estão vindo pra cá hoje à noite depois do trabalho. Nós vamos assistir ao jogo.

Rhys olhou para mim rapidamente enquanto permanecíamos deitados na cama. Algo que fazíamos algumas vezes por semana. Era como se quanto mais tempo ficássemos na cama, mais o tempo desaceleraria, então teríamos mais tempo juntos.

— Você está tentando chegar atrasada no trabalho?

— O quê? — Eu ri.

— Você acabou de me deixar duro novamente dizendo que as meninas estão vindo para assistir ao jogo. Tenho certeza de que com essa frase, me apaixonei mais por você.

— Bem... — Senti meu rosto corar.

— Daqui a pouco você vai me dizer que elas virão para a noite do pôquer.

Meus olhos se arregalaram.

— Sim! Vamos fazer isso. Vamos fazer um torneio de pôquer quando comprarmos uma casa. Como festa de inauguração, mas com o pôquer.

— Você sabe mesmo jogar? — Ele riu.

— Não, mas você pode me ensinar. Nós temos tempo.

Rhys sorriu e rolou em cima de mim.

— Você, Ashtyn Valor, vai ser a minha morte.

— Eu vou chegar atrasada — lembrei-lhe.

— Você não vai chegar atrasada. Serei rápido. — Ele me beijou de maneira febril e foi fiel à sua palavra, logo, eu não cheguei atrasada ao trabalho. Cheguei até mesmo com alguns minutos de sobra.

Depois do trabalho, eu passaria na loja de bebidas para comprar algumas garrafas de vodca. Como era uma noite de sexta-feira, as meninas e eu poderíamos beber até perder as contas. Eu não estava dirigindo, e Rhys tinha o café da manhã secreto que curava ressacas. Além disso, eu poderia pedir que ele me fizesse aquele agrado, usando apenas uma toalha, novamente.

Eu estava retocando a maquiagem, passando rímel, para a apresentação logo mais, quando Abby passou por mim.

— Ei! — gritei.

Ela parou antes de virar a esquina.

— E aí?

— Alguma coisa que queira me contar?

Ela sorriu.

— Sobre o quê?

Guardei o tubo de rímel e me virei para ela.

— Você sabia que Rhys e os rapazes jogam pôquer toda semana? — Inclinei o quadril na penteadeira e cruzei os braços.

Ela assentiu.

— E você sabia que eu moro lá agora?

Ela assentiu de novo.

— Bem... — Eu ri e balancei ligeiramente a cabeça em diversão. — Para deixá-los à vontade jogando, eu me enfio no quarto pra ler ou fazer qualquer coisa, mas ainda assim, consigo ouvi-los, sabe?

— Ooookaaay...

— E você sabe o que ouvi na quarta-feira à noite?

Abby sorriu lentamente como se soubesse o que eu ia dizer.

— Diga.

— Digamos que estou sabendo que Kenny não tem dormido em casa.

Ela deu de ombros.

— Eu não sou de sair espalhando essas coisas.

Dei uma risada.

— Aparentemente, Kenny sim.

Abby começou a se afastar.

— Homens!

Voltei para o espelho. Depois de afofar o cabelo, busquei meu microfone de lapela e me sentei ao lado de Everett, o principal apresentador do telejornal da noite. Assim que ele se aposentasse, eu seria a próxima na linha de sucessão, exatamente como havia acontecido com a Barbara, ao se aposentar.

— Grandes planos neste fim de semana? — perguntou Everett, alisando a parte de baixo do terno.

— Acho que não. Rhys e eu provavelmente vamos assistir The Blacklist.

— Ah... Gosto muito dessa série.

— Ei, Everett? — Ouvi a voz de nossa produtora, Chantel, no meu fone.

— Sim? — respondeu ele.

— Temos notícias de um tiroteio que aconteceu há trinta minutos. Vamos começar com isso.

— Parece bom — ele respondeu e depois me olhou. — Quer assumir?

— Sério? — Sorri.

— Claro, por que não?

— Obrigada.

— Entraremos ao vivo em cinco — disse Chantel novamente no meu ouvido.

Clareei a garganta e esperei o sinal.

— Boa noite, eu sou Everett Johnson.

— E eu sou Ashtyn Valor. — Li o monitor sem saber a história a relatar. — Nós começamos esta noite com as últimas notícias da área de River North. Um homem que dirigia um Ford Mustang vermelho abriu fogo em outro veículo antes de fugir do local. As autoridades estão em alerta e solicitam que entrem em contato se alguém tiver algum detalhe sobre o seu paradeiro. A vítima estava dirigindo um Mazda preto... — Parei quando vislumbrei no monitor o carro com um adesivo do *Blackhawks* na traseira. Meu coração começou a bater mais rápido.

— Ashtyn — Everett sussurrou.

Eu não conseguia falar enquanto olhava para o monitor. As imagens que estavam sendo mostradas eram do carro de Rhys. E estava sendo isolado com fitas amarelas pela polícia e um monte de peritos fazendo investigação.

Isso não estava acontecendo.

Everett assumiu.

— A vítima que dirigia o SUV Mazda preto foi levada para o hospital. Não há nenhuma informação sobre seu estado de saúde, até o momento.

— Mustang vermelho. Levado para o hospital... — eu disse em voz alta. Era apenas um sussurro, mas novamente senti que Everett me olhava enquanto eu mantinha o olhar fixo no monitor. — Eu tenho que ir. — Fiquei de pé e comecei a tirar meu microfone. Todos ficaram em silêncio enquanto continuavam a filmar minha saída intempestiva, ao vivo. Eles me olhavam, e vagamente ouvi Everett conversando com o câmera, mas tudo em que eu podia pensar era que Corey tinha atirado em Rhys. Ou pelo menos, era o que eu achava, já que ele tinha um Mustang vermelho. Como foi que isso aconteceu? Estive com Rhys pela manhã, e agora eu estava relatando que Corey havia atirado nele a caminho do trabalho. Ele tinha sido baleado a poucos quarteirões do meu estúdio.

— Ei, o que aconteceu? — Abby me deteve quando saí da sala de redação.

— Corey atirou em Rhys.

— O quê?

Passei por ela para chegar à minha mesa a fim de pegar minha bolsa e chave do carro.

— Eu tenho que ir, Abs.

— Eu vou ligar para o Kenny.

Eu não a esperei, embora pudesse senti-la atrás de mim. Eu a ouvia falando ao telefone, mas não prestei a menor atenção. Meu foco era chegar até Rhys. Sabia que Carter era ortopedista, e ele me disse uma vez que todos os feridos por armas de fogo eram encaminhados para o Centro de Traumatologia. Era ali que eu teria que procurar por ele, mas como conseguiria dirigir com meu coração batendo a um milhão por hora e a cena do acidente se repetindo na minha cabeça?

— Kenny não fazia ideia. Ele disse que estavam tentando ligar para Rhys, quando ele não apareceu no trabalho.

— Porque ele foi baleado! — gritei e peguei a bolsa da gaveta inferior da minha mesa. Eu tinha que sair.

— Deixe-me dirigir. Te deixo na frente da sala de emergência.

— Tudo bem — concordei. — Rápido.

Abby correu para a mesa dela enquanto fui ao elevador e apertei repetidamente o botão. Assim que a porta se abriu, Abby correu até mim. Entramos, e continuei pressionando o botão uma e outra vez. Eu precisava ir para a garagem, e se esta merda de elevador não descesse logo, eu ficaria louca.

— Eu tenho certeza que ele está bem.
Minha cabeça inclinou em sua direção.
— Nós não sabemos.
— Eu sei, mas ele tem que estar.
Suspirei.
— Sim, ele tem que estar.
Chegamos ao carro de Abby e entramos. Enquanto ela dirigia, pensei sobre o que poderia ter acontecido para fazer Corey atirar em Rhys. Imagens de Rhys morrendo entraram na minha cabeça e as lágrimas começaram a fluir pelo rosto.
— Vai ficar tudo bem. — Abby deu um tapinha no meu joelho.
Eu não a olhei de volta. Em vez disso, olhei para o céu escurecendo e rezei para que tudo estivesse bem.
— Como você sabe que foi seu ex?
Eu pisquei, diante da pergunta de Abby.
— Merda! — gritei e comecei a vasculhar minha bolsa em busca do telefone. — Eu preciso ligar para o meu irmão.
— Tenho certeza que pode esperar.
— Ele é policial. Preciso dizer a ele que acho que foi Corey.
— Oh... Sim, ligue para ele. Estamos quase no hospital.
Pressionei o botão para ligar para Ethan. Ele atendeu depois de alguns toques.
— Ash…
— Você está trabalhando no tiroteio perto do meu trabalho?
— Não, por quê?
— Rhys foi baleado.
— Você está falando sério?
— Sim! — gritei. — E a pessoa que estava dirigindo o Mustang é Corey, meu ex.
— Tem certeza?
Suspirei, exalando com força.
— Ele dirige a porra de um Mustang, Ethan, e ele e Rhys têm uma história no passado.
— Qual é o sobrenome dele?
— Pritchett — informei e percebi que Corey nunca tinha conhecido minha família. Ele nunca quis.
— Você sabe o endereço dele? — Passei a localização do apartamento em que já estive. Não sabia o endereço, mas sabia onde era. — Como está o Rhys?

Minha garganta fechou, finalmente, quando a adrenalina começou a diminuir.

— Eu não sei. Estou a caminho do hospital.

— Mantenha-me atualizado, e eu vou procurar pelo Corey.

— Obrigada.

Desliguei o telefone e olhei para fora da janela, vendo o nada, enquanto uma lágrima deslizava pela bochecha.

— Kenny está a caminho? — perguntei num murmúrio.

— Sim, claro.

Assenti, tantos pensamentos passando pela minha cabeça.

— Que bom.

Abby parou na frente da Emergência.

— Vou estacionar e te encontro lá dentro.

— Obrigada. — Abri a porta e saí do carro, limpando as lágrimas. Senti como se estivesse andando em areia movediça enquanto entrava apressadamente no hospital. Minhas pernas estavam tentando se mexer, mas meu coração estava dizendo que elas não eram rápidas o suficiente. Quando finalmente consegui entrar, fui direto ao balcão de atendimento. — Estou procurando meu namorado. Ele deve ter sido trazido com um ferimento de bala — eu disse quando a enfermeira olhou para mim.

Então me encarou, me reconhecendo.

— Senhorita Valor. Quem é seu namorado?

— Rhys Cole. — Comecei a olhar ao redor, procurando nervosamente por qualquer sinal de Rhys. Talvez até por Carter. Eu não tinha certeza se ele estava trabalhando ou não, mas sabia que ele trabalhava na emergência.

Ela começou a digitar no computador, e ouvi meu nome ser chamado às minhas costas. Ao me virar, vi Kenny e Abby correndo ao meu encontro.

— Alguma notícia? — perguntou Kenny.

Neguei com a cabeça.

A mulher me olhou com simpatia e disse:

— Sr. Cole está em cirurgia. — Eu sabia que era tudo o que conseguiria de informação. Sabia que tive sorte de ela ter me passado essa, mesmo eu sendo apenas a namorada.

— Cirurgia? — perguntou Kenny.

— Desculpe, mas é tudo o que posso dizer, a menos que você seja da família. Você pode ir até a ala cirúrgica e esperar se quiser.

— Onde fica? — perguntei.

A enfermeira nos deu instruções, e seguimos na direção indicada.

— Deixe-me ver se consigo falar com meu irmão. Ele é médico aqui.

Eles assentiram e nós continuamos andando enquanto eu ligava. O telefone tocou e tocou, e nada de atender.

— Ele não atendeu.

— Você acha que ele está fazendo a cirurgia? — perguntou Abby.

Suspirei.

— Não faço ideia. — Senti como se não soubesse nada no momento e eu precisava saber tudo porque estava apavorada.

— Claire e Andy estão a caminho? — Kenny perguntou enquanto seguíamos para um elevador.

Meus olhos se arregalaram.

— Eu não liguei pra eles. Merda, eu não liguei.

— Tudo bem, Ash. — Abby tocou meu braço. — Ligue agora.

— Certo. — Peguei o telefone e senti as mãos suadas enquanto procurava pelos contatos, em busca do número de Claire. No momento em que ela atendeu, estávamos chegando ao centro cirúrgico.

— Ashtyn! — Claire exclamou. — O que aconteceu? Eu estava assistindo ao noticiário e...

— Você reconheceu o carro?

Ela ficou em silêncio por um momento.

— O quê?

— O carro na notícia que eu estava reportando, antes de sair do estúdio de transmissão... — Chegamos à sala de espera do centro cirúrgico e nos sentamos perto de uma parede.

Claire levou alguns instantes antes de responder.

— Parecia o carro de Rhys, mas ele está no trabalho.

— Não. — Balancei a cabeça, as lágrimas se formando novamente. Era quase a hora da sua apresentação ao vivo antes do jogo, e ninguém saberia de sua ausência até que Jett entrasse ao vivo. — Ele foi baleado.

— Não pode ser...

As lágrimas escorreram e pingaram no meu vestido azul.

— Mas é. — Ela ofegou e eu disse a ela o hospital, e que estávamos aguardando na sala de espera do centro cirúrgico. — Eles não nos falarão nada porque não somos familiares.

— Estamos a caminho.

— Quer que... — Abby começou a dizer exatamente quando Claire e Andy atravessaram as portas corrediças.

Nós três nos levantamos e eu corri para os pais de Rhys, envolvendo Claire em um abraço acolhedor.

— Como isso aconteceu? — perguntou, chorando em meus braços.

Estava na ponta da língua dizer que havia sido Corey, mas segurei porque, embora meu instinto me dissesse que era ele, ainda assim, queria esperar para ter certeza. Entre lágrimas, respondi:

— Eu não sei.

Nós nos separamos, e vi Andy conversando com uma enfermeira no corredor. Eu não sabia de onde ela tinha surgido. Talvez ele a tivesse parado quando ela estava passando. Finalmente, ele voltou.

— A enfermeira disse que Rhys entrou em cirurgia não tem muito tempo e que, assim que terminar, um médico virá nos dar uma atualização.

Eu abracei Andy, e então Kenny deu um passo à frente, dando-lhes um abraço enquanto eu secava minhas lágrimas.

Depois que Kenny os abraçou, ele os apresentou a Abby:

— Andy, Claire, essa é minha namorada, Abby.

Eles apertaram as mãos.

— Sinto muito por Rhys — Abby retrucou com um sorriso singelo.

— O garoto é durão. Ele vai passar por essa — Andy respondeu com naturalidade.

Ele era durão. Mas ainda me preocupava que algo tão pequeno quanto uma bala pudesse tirar o que eu tinha de mais importante na minha vida.

— Vou ver se encontro um café pra gente — disse Abby, e eu sorri para ela. Eu a amava e estava feliz por ela e Kenny estarem juntos.

— Eu vou te acompanhar — Kenny ofereceu e os dois saíram.

O sentimento surreal voltou quando me sentei ao lado de Andy e Claire. Eu não podia imaginar o que eles estavam passando. A gente espera que os filhos tenham uma vida mais longa que os pais. E se isso não acontecesse aqui? Eu não fazia ideia de quanto tempo Rhys já estava em cirurgia, mas levar um tempo tão longo para remover uma bala já era demais para o meu gosto. Eu queria invadir aquele lugar, abraçá-lo, beijá-lo e passar as mãos pelo corpo inteiro dele, para ter a certeza de que ainda estava vivo.

Mas e se não estivesse?

E se ele tiver levado o tiro na cabeça? E se atingiu alguma artéria e os médicos não conseguiram parar o sangramento? Tantos cenários passaram pela minha cabeça repetidas vezes. Não saber das coisas estava me matando. Além disso, o que você diz aos pais do seu namorado numa situação dessas? Eu queria dizer-lhes que tudo ficaria bem, mas eu também não tinha aquela certeza, e não queria lhes dar falsas esperanças.

Abby e Kenny voltaram com cinco copos de café. Observei enquanto Abby preparava o café para os pais de Rhys, da maneira como eles gostavam, e Kenny retirava alguns pacotes de creme e açúcar do bolso do casaco.

— Abby — chamei, um pensamento me ocorrendo.

Ela olhou para mim.

— Sim?

— Você não precisa voltar ao trabalho? — Eu não queria que ela fosse, mas nós tínhamos saído às pressas, e não tinha avisado a ninguém.

— Liguei para o Leonard e contei o que estava acontecendo. Eles me disseram para ficar e cuidar de você.

Suspirei e minha garganta começou a fechar novamente.

— Obrigada. — Nós estávamos todos em silêncio novamente, tomando nossos cafés quando me lembrei de outra coisa. — E o trabalho de Rhys? O jogo não está acontecendo?

— Eu cuidei disso — afirmou Kenny.

Assenti com a cabeça e tomei outro gole da bebida quente. Tinha um gosto horroroso, mas pelo menos me distraiu enquanto esperávamos.

Finalmente, um médico saiu.

— Membros da família O'Neill?

Foi audível o momento em que nós cinco afundamos em nossos assentos.

— Por que está demorando tanto? — Claire perguntou.

Andy deu um tapinha no joelho.

— Vamos ver pelo lado bom. Eles ainda estão trabalhando nele, então ele não está morto.

Meu coração apertou com suas palavras.

— Não diga isso, Andy! — Claire exclamou.

— Eu apenas estou dizendo para pensar positivo.

— Eu só quero saber se ele está bem — ela respondeu.

Olhei para Abby e Kenny. Ele tinha o braço em volta de seu ombro, enquanto a cabeça dela se apoiava na dele. Por que não poderia ser Rhys e eu assim? Eu faria qualquer coisa para estar em seus braços e saber que tudo está bem. Em vez disso, o amor da minha vida estava lutando pela sua, e talvez eu nunca consiga abraçá-lo novamente.

Enquanto continuávamos a aguardar, chegaram dois detetives.

— Sr. e senhora Cole? — saudou o policial.

— Sim? — Andy falou.

— Nós somos os detetives Coulson e Bailey — o detetive Coulson mostrou seu distintivo, e então a detetive Bailey nos mostrou o dela. — Estamos investigando o tiroteio onde seu filho foi atingido — disse ele.

— Você sabe o que aconteceu? — perguntou Andy.

— Testemunhas disseram que ele foi baleado por um homem branco que conduzia um Mustang vermelho. Você conhece homens que se encaixam nessa descrição? — Eles olharam para mim, e eu me levantei.

— Não acho que ele conheça a pessoa que dirigia aquele carro, mas não temos certeza — afirmou Andy.

— Eu conheço.

Todos se voltaram para mim.

— Seu irmão, detetive Valor, mencionou que pode ser seu *ex*. Isso é verdade? — perguntou Coulson.

— Sim, eles têm uma história, e Corey dirige um Mustang.

— Nós enviamos uma equipe para o apartamento dele. Devemos saber mais alguma coisa em uma hora.

— Você realmente acha que aquele babaca fez isso? — perguntou Kenny.

— Ele tem me enviado mensagens de texto e algumas semanas atrás, Rhys disse a ele para me deixar em paz. Ele mencionou algo sobre impedir que ficássemos juntos, mas nunca imaginei que ele tentaria matá-lo.

— Há mais alguém em quem você consiga lembrar? — perguntou a detetive Bailey.

Todos nós sacudimos a cabeça.

— Tudo bem — observou Coulson. — Vamos à procura do Sr. Pritchett, e se você pensar em outra pessoa, nos ligue. — Ele nos entregou seu cartão de visita.

— Obrigada, detetives — Claire finalmente falou.

— Nós estaremos de volta à primeira hora da manhã para conversar com Rhys e pegar seu depoimento. Queremos esperar até a sedação desaparecer após a cirurgia, mas não muito tempo.

Isso significava que ele ia ficar bem? Eles já sabiam daquilo?

Enquanto esperávamos novamente por qualquer atualização sobre o estado de Rhys, eu sabia profundamente no meu íntimo que havia sido

Corey quem atirou. Eu simplesmente não entendia a razão. Ele terminou comigo, mas agora que eu estava feliz e namorando outra pessoa, queria estragar tudo.

Os minutos iam passando e, finalmente, outro médico saiu. Quando ele se virou, reconheci Carter. Fiquei de pé e corri para ele.

— Carter!

— Ei, Ash. — Ele sorriu. Ele realmente sorriu apesar de eu estar no maldito hospital querendo saber se meu namorado sobreviveria. — A cirurgia do Rhys já terminou.

Dei um suspiro de alívio.

— Você quem o operou? — perguntou Andy.

— Foi.

— Ele também é meu irmão — esclareci.

— Sou, e Rhys vai ficar bem.

Claire ofegou.

— Oh! Graças a Deus.

Mordi o lábio, lutando contra as lágrimas que decidiram reaparecer. Desta vez, de alívio.

— A bala não atingiu nenhuma grande artéria, e conseguimos removê-la e reparar o dano ao músculo deltoide, nos tendões e ao tecido circundante. Depois de algumas sessões de fisioterapia, ele vai ter uma recuperação completa, mas vamos mantê-lo aqui por alguns dias para monitorá-lo.

— Podemos vê-lo? — perguntou Kenny.

— Ele está sedado e ainda não foi transferido para o quarto. O horário de visita provavelmente já vai ter acabado quando ele acordar, mas assim que despertar e já estiver instalado, vamos permitir que um de vocês entre.

— Obrigada, Carter. — Eu o abracei.

Ele apertou a mão de Andy e depois saiu.

Rhys estava bem, mas o pensamento de que Corey ainda estava por aí à solta na rua, me deixou extremamente nervosa. Pensei que quando os policiais fossem ao apartamento dele, o encontrariam ali, e tudo isso ficaria para trás.

CAPÍTULO 28

RHYS

Essa deve ter sido a sensação que Ashtyn sentiu quando acordou depois de ser nocauteada pelo éter. No entanto, quando abri os olhos, não vi ninguém conhecido. O quarto estava cheio de pessoas de branco, máquinas e luzes brilhantes. *Por que as luzes eram tão brilhantes?*

— Como você está se sentindo, Rhys? — Olhei para a direita e vi uma enfermeira digitando em um computador.

— Como se tivesse sido baleado — brinquei, com a voz rouca. Eu mal podia falar porque a garganta estava completamente seca.

Ela sorriu e assentiu.

— Porque você foi mesmo.

Na verdade, não sentia nada, exceto extremo cansaço. Então tudo veio à tona, e lembrei exatamente do que aconteceu...

Saí da garagem do meu prédio e fui em direção ao trabalho. Pela primeira vez, não estava nevando, mas estava frio pra caralho. Embora eu vivesse em Chicago a vida toda, os invernos nunca ficaram mais fáceis, mas ter Ashtyn aquecendo minha cama todas as noites era um bônus adicional. Claro, nos últimos dois anos sempre houve uma mulher na minha cama – Bridgette –, mas Ashtyn era diferente. Quando acordava todas as manhãs, Ashtyn estava me tocando de alguma maneira. Mesmo que fosse apenas seu braço encostado no meu, eu ainda acordava aquecido e tinha todos aqueles estranhos sentimentos difusos no meu coração.

Amor.

Quando a música mudou no som do carro, sorri. One Call Away estava fluindo através dos alto-falantes e a manhã de Natal inundou minha memória.

Sim, isso era amor.

Charlie estava fazendo uma serenata pra mim quando percebi que alguém estava me encarando. Virei a cabeça para a esquerda e me deparei com ele. Corey "filho da puta" Pritchett. Ele acelerou o Mustang, e eu revirei os olhos. Imbecil. Quais as probabilidades de eu encontrá-lo? Então lembrei de que Ashtyn o tinha visto perto do trabalho dela, e isso me fez pensar se ele estava nos perseguindo.

Ela era a mulher mais linda que eu já tinha visto, e qualquer homem, provavelmente, mataria para estar no meu lugar. Eu sabia que, embora Philip tivesse desaparecido, talvez houvesse outros mais, incluindo Corey. Tomara que um próximo stalker não fosse tão extremo. Eu estava tranquilo em ser o homem com a mulher que todos queriam ter. Aquele que segurava sua mão e se perguntava como havia tido tanta sorte. Esse homem seria eu, enquanto estivesse respirando, e não o Corey ou qualquer outro homem, porque eu nunca desistiria dela.

Corey abaixou a janela e gritou:

— Ei, bichinha!

Não respondi.

Em vez disso, virei a cabeça para frente e esperei que o sinal ficasse verde. Quando ficou, pisei no acelerador. Corey fez o mesmo, mas, em vez de avançar lentamente, ele me ultrapassou e depois entrou na minha frente e freou bruscamente. Parei de uma vez, a centímetros de acertar a traseira do carro dele.

— Filho da puta! — gritei com raiva quando coloquei o carro em ponto morto.

Os carros atrás de mim começaram a buzinar, enquanto os da esquerda seguiam na pista. Olhei no espelho retrovisor, procurando uma brecha na esquerda para que pudesse sair de trás do carro dele. Em vez disso, pelo canto do olho, o vi sair de seu carro.

Era isso.

Este era o momento em que esperei toda a minha vida.

O momento em que eu poderia finalmente enfrentar o cara que pensava que eu era um saco de pancadas e não um ser humano.

O problema foi que, enquanto ele caminhava em direção à minha porta do motorista, o vi pegar algo atrás das costas, e, então, pela segunda vez na vida, encarei o cano de uma arma.

— Você só pode estar de sacanagem!

— Eu lhe disse que ia te impedir — ele cuspiu.

Meus olhos ficaram colados no buraco negro. Aquele que em qualquer momento poderia descarregar a bala que acabaria com a minha existência. Como isso aconteceu de novo? Em que porra tinha se transformado a minha vida? Desta vez, não haveria Ethan correndo para salvar o dia. Eu estava sozinho e no meu carro.

— Abaixe a arma, Corey — gritei, sem abaixar o vidro, como se isso pudesse deter uma bala. Levantei as mãos em rendição e vagamente percebi que as buzinas atrás de mim pararam de soar, bem como os carros ao lado que já não passavam na pista. Provavelmente todo mundo temia que ele apontasse a arma em sua direção, mas eu era o único afortunado na história.

— Cala a boca! — ele berrou. — Estou cansado dessa sua boca, porra!

— Do que você está falando?

— Quando você está com Ashtyn do lado, se acha o fodão, né? Bem, quem está com a vantagem agora, hein?

— Tudo bem, cara. — Eu concordaria com qualquer coisa enquanto ele estivesse apontando uma Glock na minha cara. — Abaixa a arma e vamos conversar.

— Você não entendeu. Você tirou tudo de mim.

— Ashtyn não te quer de volta.

— Eu também não a quero de volta. Quero que você pague por arruinar a minha vida!

Aconteceu em um piscar de olhos. Não vi Corey disparar a arma. O que eu ouvi foi minha janela estilhaçando e depois uma dor aguda e ardente no braço quando me encolhi. Agarrei-o, tentando conter a dor dilacerante e o sangramento que encharcava minha camisa e casaco, pressupondo que a ferida fosse no ombro. Então observei, sem palavras, quando Corey correu para o carro e fugiu acelerando.

Não sabia o que fazer. Eu estava vivo. Estava consciente, mas estava com tanta dor que quando movi o braço, ligeiramente, achei que desmaiaria. Ainda segurando o braço, me assustei quando um homem correu até minha porta e a abriu.

— Você foi atingido?

— Sim. — Respirei pesadamente.

— A ajuda está a caminho.

— Nós vamos transferi-lo para um quarto privado em apenas um minuto. — Pisquei e percebi que a enfermeira no computador ainda estava falando comigo.

Eu acenei com a cabeça e senti meu corpo adormecer, não conseguindo manter os olhos abertos.

Quando acordei novamente, estava ouvindo vozes.

— Ele vai ficar meio grogue ainda, até a anestesia desaparecer por completo.

— Eu não vou demorar.

Abri os olhos e vi a Ashtyn falando com uma enfermeira.

— Cupcake — sussurrei bruscamente.

Ashtyn virou a cabeça em minha direção e então correu da porta, agarrando minha mão no lado não ferido.

— Ei, tigrão. Como você está se sentindo?

— Foi o Corey — respondi, embora aquela não tenha sido a pergunta.

Ela assentiu.

— Eu sei. Já falei com os policiais.

— Eles o pegaram?

— Não sei.

— Ashtyn. — A enfermeira enfiou a cabeça no quarto. — Eu odeio fazer isso, mas o horário de visita acabou, e Rhys precisa descansar.

— Tudo bem — Ashtyn respondeu. — Eu vou voltar bem cedinho amanhã.

— Não vou mentir, Cupcake... mas vou sentir falta de dormir com você esta noite.

Ela se inclinou e roçou os lábios nos meus.

— Toda a morfina no seu sistema vai te ajudar a esquecer.

— Eu quero que você me ajude a esquecer.

Ashtyn bufou.

— Já vi que ter uma experiência mortal não mudou você em nada.

— Não quando você está envolvida.

Ela me beijou de novo.

— Descanse um pouco. Te vejo assim que você puder receber visitas.

Eu segurei seu pulso para que ela não pudesse se afastar.

— Você vai ficar bem esta noite?

— Vou ficar na casa da Abby.

— Bom. — Assenti.

Ela se inclinou e me beijou de novo.

— Eu te amo.

— Te amo também, Cupcake.

Meus medicamentos contra a dor foram incríveis. Não senti nenhuma, e dormi como um bebê. As enfermeiras entraram em horários alternados para verificar meus sinais vitais e essas merdas todas. Todas as vezes elas diziam que eu estava indo muito bem, então saíam e eu voltava a dormir.

Cumprindo o prometido, Ashtyn entrou no meu quarto antes de me servirem o café da manhã.

— Você está aqui para me dar um banho de esponja? — Sorri.

Ashtyn riu e balançou ligeiramente a cabeça, um copo de café na mão.

— Já vi que está se sentindo bem. — Ela se inclinou e beijou meus lábios.

— Nem parece que fui baleado.

— Eu acho que é a morfina ainda bombeando pelas veias.

Dei de ombros.

— Pelo menos não estou sentido dor para me lembrar de que fui baleado. Ainda não consigo acreditar nisso.

Ela suspirou e sentou na cadeira ao lado da cama.

— Eu também.

— Alguma notícia do Corey?

— Não, mas os policiais devem estar aqui em breve.

Meus olhos se arregalaram quando percebi que faltei ao trabalho na noite anterior.

— O pessoal do meu trabalho sabe?

— Sim, Kenny disse a eles.

— Porra... — Respirei fundo e olhei para o teto branco, ainda sem acreditar no que tinha acontecido.

— Eu fiquei tão assustada — Ashtyn confessou.

Voltei meu olhar para ela e a vi com lágrimas nos olhos, então segurei sua mão, entrelaçando nossos dedos.

— Você não vai conseguir se livrar de mim tão rápido, Cupcake.

— Eu não quero me livrar de você. — Ela revirou os olhos.

— Eu sei. Só estava brincando. Sabe que sou assim. Está tudo bem.

Naquele momento, um homem e uma mulher, ambos vestindo ternos, entraram no quarto.

— Bom dia, Sr. Cole. Eu sou o detetive Coulson, e esta é a detetive Bailey. Como você está se sentindo?

Ok, essa pergunta estava ficando batida...

— Estou usando drogas — afirmei honestamente.

Ashtyn bateu no meu braço – aquele que não foi operado.

— Rhys!

Os detetives riram.

— Senhorita Valor — Coulson falou — , é bom vê-la novamente. E tenho que dizer que é bom te ver de bom humor, Sr. Cole.

— Por favor, me chame de Rhys, e honestamente, vou ficar mais animado se você me disser que pegou o filho da puta.

— Eu gostaria de dizer isso — afirmou Bailey — , mas estamos aqui para colher seu depoimento e pra ver se sabe quem atirou em você.

— Sim, eu sei. Foi o filho da puta do Corey Pritchett.

— Isso foi o que a senhorita Valor nos contou. Estamos investigando. — Bailey olhou para Ashtyn.

— Eu vi quando ele me apontou a arma e atirou.

— E sabe por que ele atirou em você? — perguntou Coulson.

— Nós nos conhecemos desde o Ensino Médio — comecei explicando tudo, desde como ele costumava me bater, sobre o fato de ele e Ashtyn terem sido namorados, o que aconteceu na véspera de Ano Novo, e depois meu telefonema semanas antes. Também informei o que ele disse antes de me matar.

— Certo. Bem, como mencionei anteriormente, gostaríamos de poder lhe dizer que ele já está preso — detetive Bailey afirmou.

— Por que ainda não o pegaram? — Ashtyn perguntou.

Bailey continuou:

— Não conseguimos localizá-lo.

— Ele está foragido?

Os detetives riram do meu uso da palavra.

— Nós apenas não conseguimos localizá-lo, ainda — respondeu Coulson. — Ele não voltou para casa.

— Vocês foram ao trabalho dele? — Ashtyn perguntou.

— Estamos indo lá nesse instante — Coulson informou.

— Ele costumava trabalhar no turno da tarde.

— Nós o encontraremos — afirmou Bailey.

Era melhor mesmo, porra.

Recebi alta do hospital no dia seguinte. Meus pais e minha irmã vieram me visitar, assim como Kenny, Jett e Clark. Ninguém acreditava que essa era a minha realidade. Nem eu, mas o que mais me assustava era o fato de Corey ainda estar desaparecido.

Os policiais voltaram na manhã em que fui liberado para nos dar uma atualização e ver se tínhamos mais alguma informação. Não tínhamos e explicamos que Ashtyn havia bloqueado o número de Corey. Quando perguntaram se ela estaria disposta a desbloquear, quase perdi a paciência. Tudo o que queríamos era ficar sozinhos, e parecia que estar juntos era uma combinação mortal.

Ashtyn desbloqueou o número com a esperança de que ele ligasse, mas para mim, a única solução que eu podia pensar era que precisávamos comprar uma casa imediatamente e ficar o mais longe possível. Até mesmo porque Corey sabia onde Ashtyn morava. Mesmo que ela não estivesse morando mais lá, estava do outro lado da rua e, se quiséssemos caminhar até o Judy's ou sair para almoçar ou o que fosse, nas proximidades, poderia haver uma chance de Corey estar à espreita e atacar outra vez.

Eu não podia deixar isso acontecer.

Sabia que ele poderia ter acesso a qualquer um de nós dois a caminho de nossos trabalhos, como aconteceu comigo, mas agora faríamos uma coisa de cada vez, até que tudo estivesse resolvido.

Fazia uma semana desde o tiroteio, e eu estava de volta ao trabalho. A temporada terminaria em alguns meses, e depois, Ashtyn e eu estaríamos indo para bem longe, muito longe. Eu não me importava para qual lugar, desde que fôssemos apenas nós dois, e os nossos problemas ficassem para trás.

— Você tem certeza de que está pronto pra voltar? — Ashtyn perguntou, fechando o vestido cor de ameixa.

Apoiei a cabeça na mão enquanto a olhava, ainda deitado na cama.

— Estou só um pouco dolorido. Não é grande coisa.

— Sim, mas você está usando Norco e dormiu sentado.

— Isso aconteceu uma vez só.

— Você estava no banheiro.

— Eu estava confortável.

— Você estava doidão.

Dei de ombros.

— Ainda estou.

Ashtyn revirou os olhos e entrou no banheiro ainda falando:

— Exatamente por isso você deveria ficar em casa. Você tem que apresentar o programa ao vivo e as pessoas estarão observando você.

— Vai tudo ficar bem. Além disso, eu quero sair deste lugar. — Acenei com a mão indicando o quarto, embora ela não estivesse no aposento.

Ela voltou para o quarto.

— Tá, mas se você não estiver se sentindo bem, tenho certeza de que Jett não se importaria em lidar com tudo de novo.

No dia em que fui baleado, não havia ninguém para me cobrir, e, portanto, Jett teve que fazer tudo sozinho. Ouvi dizer que ele lidou como um profissional *porque ele é um*, e nos últimos dois jogos, acabamos recebendo o Jeremy Roenick para apresentar no meu lugar. Aparentemente, ele tinha ficado sabendo do que aconteceu e ofereceu seus serviços. Tenho que dizer, observando-o na TV novamente, falando sobre hóquei, me encheu de orgulho. Ou talvez fossem as drogas "falando". Elas me deixavam com sensação de bem-estar e a dor era quase inexistente. Além disso, a ferida estava melhorando a cada dia, e os pontos estavam quase cicatrizados.

Eu estava conseguindo dormir à noite toda sem ter pesadelos e acordava bem-disposto. Não tinha certeza do porquê, mas estava aliviado já que não queria reviver o tiroteio novamente. E a cada dia eu mandava mensagem para Ethan para ver se eles tinham encontrado Corey, mas ele respondia informando que ainda não. Eles não conseguiram encontrá-lo usando o GPS do celular dele, Corey não estava usando cartões de crédito, e também não voltou mais para casa. Era como se tivesse evaporado.

Só nos restava esperar.

— Vai ficar tudo bem. Já estou desmamando dos remédios.

O telefone de Ashtyn tocou.

— Abby chegou. — Ela vinha dando carona a Ashtyn todos os dias para o trabalho, e providenciamos para que Kenny também passasse ali e me apanhasse nos dias de jogo.

— Venha me dar um pouco do seu glacê, Cupcake.

CAPÍTULO 29

ASHTYN

Corey estava desaparecido há dois meses.

Eu tinha voltado a andar sempre olhando por cima do ombro quando saía de casa, mas às vezes esquecia que ele poderia aparecer a qualquer momento. O que me deixava um pouco mais à vontade era que Rhys e eu havíamos comprado uma casa.

Juntos.

Rhys tinha alugado o apartamento há cerca de um mês, e as coisas estavam caminhando tranquilamente. Nossa nova casa de dois andares era feita de madeira, com acabamentos brancos nas varandas e o portão vermelho. O terraço da frente era gostoso, e o quintal de trás tinha uma piscina exatamente do jeito que queríamos. Também tinha quatro quartos, o que significava que cada um tinha o próprio escritório, e uma cozinha enorme onde Rhys fazia café da manhã para mim todos os sábados de manhã.

Era perfeito.

Para a nossa festa de inauguração, acabamos fazendo uma noite do pôquer como eu havia sugerido. E apesar de Rhys ter me ensinado a jogar, todos, incluindo Kenny, Jett e Clark, acabaram perdendo para ele. Eles brincaram que nós poderíamos comprar algo para casa com o ganho do jogo. Então compramos uma banheira de hidromassagem para o deck dos fundos para deixar o nosso pequeno paraíso no subúrbio mais aconchegante.

Tudo era perfeito…

Com exceção de não sabermos onde estava o Corey.

Tentávamos não pensar sobre o assunto, mas era inevitável. Paramos de ir a qualquer lugar, exceto o trabalho e casa e, por mim tudo bem, porque tudo o que eu queria era ter Rhys seguro. Se nós nunca tivéssemos começado a namorar, então nada disso teria acontecido. Eu poderia estar trancafiada no porão do Philip ou morta, mas Rhys nunca teria sido baleado. É louco pensar que um encontro ao acaso acabou se transformando em um jogo onde eu e Rhys estávamos tentando ganhar. O jogo do amor.

Eu só esperava que não tivéssemos que lutar por nossas vidas, porque não era assim que o amor deveria ser. As pessoas não devem ter que morrer por ninguém para ficarem juntas.

Felizmente, Rhys e eu ainda estávamos vivos.

Nos últimos dois meses, também decidi que não conseguiria fazer reportagens externas, com matérias especiais ou qualquer coisa do tipo. Eu precisava ficar no estúdio onde me sentia segura. Conversei com Rhys e meu chefe, e tomei a decisão de não fazer nenhum trabalho de campo até Corey ser preso. Isso significava que a matéria que eu queria fazer sobre a ilha flutuante iria para outra pessoa. Eu estava chateada, mas Rhys me disse que ele me levaria lá quando fosse inaugurado, e isso era tudo o que eu realmente queria fazer de qualquer maneira.

Hoje, no entanto, eu estava indo para o último jogo da temporada do *Blackhawks*. Rhys conseguiu um monte de ingressos de cortesia: Jaime, Kylie, Colleen, Abby, meus irmãos, suas famílias, meus pais, os pais de Rhys, sua irmã, Romi, e o marido, Shane. Ele nos colocou em uma sala vip no último andar do estádio com comida, bebidas, TVs que transmitiam o jogo – e a apresentação do programa de Rhys antes e durante o jogo –, bem como a vista de todo o gelo.

Seria ótimo.

Ele me emprestou sua camiseta de Crawford de novo, e depois de chegar ao estádio com Abby e Kenny, nos encontramos com todos os outros e esperamos para ser acompanhados até a sala. Uma senhora finalmente apareceu, e depois de confirmar que nossos ingressos eram para a área vip, nos levou em grupos até lá. Eu estava no último grupo para subir.

— Ei, mana — disse Carter, apoiando o braço sobre meu ombro enquanto entrávamos na sala. Paramos na frente da televisão que estava no mudo, onde Rhys e Jett estavam transmitindo. — Rhys é o melhor cara que você já namorou.

Eu o afastei de brincadeira.

— Eu sei, mas você só está dizendo isso porque o seu sonho de ganhar ingressos para assistir ao *Hawks* se tornou realidade.

— Eu salvei a vida dele — ele respondeu.

— É verdade, mas ele só foi baleado no ombro.

— Apenas se sinta sortuda por nós termos aprovado o cara — Ethan falou.

— Deixe sua irmã em paz — minha mãe ralhou — , e vão cuidar de seus filhos.

Cada um dos meus irmãos tinha dois filhos, e as crianças estavam escoradas no o parapeito da sala, como se tivessem se esquecido do estádio. Tyson, o caçula de Ethan, estava com a barriga apoiada na grade, olhando pra baixo, como fosse o Superman. Cohen, o mais velho de Ethan, e Jacob, o mais novo de Carter, estavam olhando para Tyson como se estivessem a dois segundos de fazer exatamente o mesmo.

— Merda — Ethan murmurou e foi salvar o filho da queda. Carter seguiu atrás.

Olhei para o bar e vi as duas esposas pedindo bebidas. Eu também precisava de uma.

— Obrigada, mãe. Quer uma bebida?

— Claro. Uma taça de vinho. Eu vou conversar um pouco com a Claire.

Sorri e fui em direção ao bar. Meus amigos já haviam formado uma fila.

— Então, quando vocês dois vão morar juntos? — perguntei a Abby e Kenny.

Os olhos de Kenny se arregalaram.

— Nós não somos tão apressados quanto você e Rhys — respondeu Abby.

— Ah, qual é... — resmunguei e apontei o polegar na direção de Kenny. — Este aqui continua fofocando com os rapazes toda semana, falando sobre o quanto ele fica sempre na sua casa e essas coisas. "Abby faz o melhor café", "Abby faz uma omelete pra mim todas as manhãs", "hoje à noite, quando for pra casa da Abby"...

— Nós entendemos. — Kenny riu como se estivesse envergonhado.

Eu sorri.

— Então, novamente, quando vocês vão morar juntos?

Eles se olharam e encolheram os ombros. Eu ri levemente e entrei na fila, logo após minha cunhada pegar suas bebidas.

— Ash, o que você vai querer? — perguntou Jaime.

Eu parei ao seu lado.

— Dois vinhos tintos, por favor.

O *bartender* começou a encher uma taça de vinho borgonha.

— Como é a casa? — perguntou Kylie.

— É boa. Grande. — Eu ri.

— Já batizou o lugar todo? — perguntou Jaime.

Meus olhos se arregalaram, e olhei para os meus pais e os de Rhys. Então voltei a cabeça para as meninas e sorri.

— Só isso que você gostaria de saber, né?

— Exatamente — afirmou Colleen.

Dei de ombros e não confirmei que elas estavam, de fato, pensando corretamente. Até mesmo a piscina, uma vez. Ainda estava frio demais para realmente desfrutá-la, mas eu sabia que passaríamos muito mais tempo ali no verão.

Sem mais gracejos e provocações, as luzes acima do gelo diminuíram, indicando que jogo estava prestes a começar. Depois de entregar a bebida à minha mãe, fui me sentar ao lado do meu pai e Andy, nos assentos da primeira fila da sala vip.

— Ei, garotinha — papai me cumprimentou.

— Ei, papai.

— Eu estava falando com Andy sobre ir a um jogo do *Cubs*. Você e Rhys querem ir?

Pensei por um momento. No passado, eu gostava mais de beisebol do que hóquei, mas o esporte nunca tinha sido minha praia antes de Rhys.

— Vou perguntar a ele.

Meu pai voltou para o pai de Rhys e começaram a conversar novamente. Observá-los conversar estava aquecendo meu coração. Era o que eu sempre quis. Agora eu tinha um homem, minha família o amava, eu o amava e vivíamos juntos. Até minha mãe e Claire estavam conversando, ambas rindo. Emocionei-me ainda mais.

O time do *Blackhawks* saiu de um túnel escurecido para o gelo, onde eles patinavam na frente da rede e depois para o centro da pista, onde formavam uma linha, de frente para o gol na linha vermelha. Depois que o hino nacional foi cantado, o jogo finalmente começou.

O disco caiu na pista, e os jogadores começaram a patinar, entrando em qualquer posição que precisavam para obter o *puck* e tentar fazer um gol. De onde estávamos, ainda podíamos ouvir os patins atravessarem o gelo quando os jogadores paravam, se atiravam contra os adversários nas laterais, causando choques sempre que alguém atirava o disco.

— Senhorita Valor? — Eu olhei para cima e uma senhora com calças pretas e uma camisa polo *Blackhawks* estava parada ao meu lado.

— Sim?

— A cada intervalo temos brincadeiras para os fãs. Estávamos pensando se você gostaria de participar de uma durante o segundo intervalo?

Isso significava que eu perderia a apresentação de Rhys. Hesitei, mas minha família e meus amigos começaram a gritar:

— Vai! Vai! Vai!

— Você pode ganhar alguns prêmios. Talvez até uma nova camiseta.

— Pelo amor de Deus, vá, Ash!

Eu ri, pensando que talvez eu pudesse ganhar uma camisa do Crawford ou Kane ou a de qualquer outro se eu realmente ganhasse.

— Tudo bem, claro.

— Ótimo. Voltarei no meio do segundo tempo para buscá-la e levá-la ao gelo.

Posso ver a manchete agora...

NOTÍCIAS DE ÚLTIMA HORA: ASHTYN VALOR É MUITO RUIM NOS ESPORTES. ELA TAMBÉM CAIU DE BUNDA NO GELO.

O tempo de jogo terminou e todos na nossa sala focaram nas TVs. Andy aumentou o volume e o rosto bonito de Rhys encheu a tela. Observar Rhys apresentar seu programa me deixava com tesão. Não vou mentir. Observá-lo em seu elemento me deixava excitada a cada noite, quando eu o assistia. Ele dominava a câmera quando falava. Seu show de intervalo só durou cerca de doze minutos porque o intervalo era de apenas quinze. Na terça-feira, no último jogo dos *Hawks*, prometi que não perderia um único segundo do programa.

Após o término do intervalo voltamos a assistir ao jogo, e fiquei ainda mais nervosa. Por que não nasci com alguns dos genes atléticos dos meus irmãos? Eles fizeram esportes durante toda a infância, mas eu era aquela que optaria por algum tipo de jogo. *Bem que poderia ser Jenga. Se fosse, eu brincaria com certeza.* Claro, isso não era possível porque precisava ser algo rápido, então o Zamboni poderia fazer isso antes dos quinze minutos que acabavam.

Perdida em meus pensamentos, não percebi que era hora.

— Ashtyn, está pronta?

Eu olhei para ela.

— Tão pronta quanto eu poderia.

— Deixa de ser mariquinhas e vá lá — Ethan berrou enquanto apontava para a pista.

Revirei os olhos e levantei.

— Boa sorte! — todos desejaram enquanto eu seguia a mulher.

— Eu sou a Brittany, a propósito.

— Prazer em conhecê-la. — Fomos em direção aos elevadores. — O que eu farei exatamente?

— Você vai ter que arremessar dois discos ao gol.

— Só isso?

Entramos no elevador e Brittany pressionou o botão para descer.

— Você precisa disparar da linha azul e depois da linha vermelha do centro. Há um prêmio para cada linha.

— Oh... O que vou ganhar se acertar?

— Você precisa fazer os gols pra descobrir.

Eu ri.

— Sério?

— São as regras. — Ela deu de ombros.

— Não pode me dar uma dica?

Ela pensou por um momento.

— Um deles pode ou não ser uma camisa.

— E o outro?

— Não posso te dizer.

O elevador apitou anunciando que havíamos chegado ao piso subterrâneo do estádio. Pelo menos era o que eu achava. Era industrial com um monte de paredes de concreto esbranquiçado. Percorremos o corredor e passamos por uma passarela, onde os jogadores treinavam no gelo antes de seguir para a pista, no início do jogo.

Brittany e eu ficamos dentro do túnel, e ela me passou uma ideia geral do que fazer. A campainha tocou, e os jogadores se dirigiram para os bancos e para os vestiários.

— Tudo bem, aqui vamos nós.

— Espere — eu disse. — Não preciso de patins?

Ela sorriu.

— É fácil caminhar no gelo. Só vá devagar que você não cairá.

— Espero que não! — Pelo menos eu estava de tênis e não de saltos.

— Vai dar tudo certo. Há tapetes nos locais onde você vai fazer os arremessos com os discos.

Soltei um suspiro de alívio e segui Brittany para o gelo tão devagar quanto pude. Era escorregadio, mas cheguei ao primeiro tapete na linha azul. Conseguia ouvir meus amigos e familiares na sala vip à minha esquerda, berrando e torcendo por mim.

— Senhoras e senhores, temos uma convidada especial na arena esta noite.

As palavras dela me fizeram estacar, então me lembrei de que essa parte não era televisionada porque as pessoas estavam assistindo Rhys apresentar o show do intervalo e Corey não saberia onde eu estava.

— Vocês podem reconhecê-la como Ashtyn Valor do noticiário noturno. Ela vai tentar dois tiros ao gol. Um é da linha azul e o outro da linha vermelha. Podemos fazer barulho pra ela?

As pessoas aplaudiram e me posicionei no centro do tapete na linha azul. Enquanto tentava segurar o taco, Tommy Hawk, o mascote do *Blackhawks*, um falcão preto gigante, patinou e ficou na frente do gol como se fosse o goleiro.

Eu ri e virei a cabeça na direção da Brittany.

— Não vão facilitar pra mim, né?

Ela sorriu e falou no microfone:

— Você consegue, Ashtyn!

A multidão aplaudiu novamente, incluindo todo mundo que estava na sala vip. Eles eram os mais animados, o que me deu incentivo para fazer o melhor que eu podia. Alinhei o disco e arremessei com o taco. Era mais pesado do que pensei, mas observei enquanto ele deslizava e entrava no gol, por baixo das pernas de Tommy Hawk. Ele colocou as mãos sobre os olhos fingindo estar arrasado com a derrota. A multidão continuou a torcer.

— Um já foi! Resta apenas um agora! — anunciou Brittany no microfone.

Fui até o tapete mais distante, ajustei meu agarre no taco e alinhei com o disco, posicionando para que ficasse na reta do gol. Arremessei e observei o disco deslizar mais uma vez até alcançar a rede. Prendi a respiração, à medida que ele se aproximava de Tommy Hawk, que mais uma vez fingiu perder a defesa do gol. Eu ri e me virei para a Brittany, pronta para receber meus prêmios.

— Aqui está um deles. — Ela estava segurando uma camiseta do *Blackhawks*. — E Tommy Hawk está com o outro.

Virei-me de volta e percebi que ele estava de pé, à minha frente, segurando o que parecia ser uma caixa quadrada de joias. Então, Tommy Hawk começou a tirar a cabeça da fantasia. Ele literalmente arrancou a cabeça do pássaro preto do corpo, e eu pisquei, dando de cara com os olhos azuis que eu via todos os dias e noites.

— Rhys? — sussurrei.

Ele não disse nada mesmo quando se ajoelhou no gelo. A multidão ficou louca, tão selvagem quanto meu coração batendo no peito. Se eu não estivesse de pé no tapete, com certeza escorregaria e cairia de bunda. Eu não queria que esse acidente ficasse registrado no momento em que Rhys estava me pedindo em casamento, então fiquei absolutamente imóvel e cobri a boca com as mãos.

— Cupcake... — ele começou, sorrindo para mim.

Ele foi interrompido quando alguém gritou:

— Não estamos conseguindo te ouvir, cara!

Nós dois rimos e pensei que essa era uma questão nossa. Não queríamos compartilhar esse momento, mesmo que estivéssemos na frente de mais de dezenove mil pessoas.

Rhys continuou, ainda segurando a caixa, que agora percebi que estava aberta e um diamante enorme brilhava para mim. Não saberia descrevê-lo naquele momento porque as lágrimas começaram a se formar nos meus olhos, fazendo com que Rhys e o anel ficassem embaçados.

— Como eu estava dizendo, Cupcake, desde o momento em que nos conhecemos, você não saiu mais dos meus pensamentos. Você foi a luz para a minha escuridão, e eu quis fingir que o que tínhamos era apenas um usando o outro para acabar com a tristeza que sentíamos. Mas quanto mais tempo passávamos juntos, mais eu percebia que você sempre segurou a chave do meu coração. Você me faz feliz. Me faz sentir livre. Me faz sentir vivo. E embora eu não me importe de ser usado, porque vamos combinar, baby, você pode me usar a qualquer momento, eu quero torná-la *minha*.

— Eu sou sua — sussurrei.

Ele sorriu.

— Então case comigo e torne isso oficial.

Assenti com a cabeça e murmurei um "sim" antes de me atirar em Rhys. Um anel de diamante era muito melhor do que uma camisa. Rhys me pegou e ficou de pé, então nós deslizamos pelo gelo, eu com os braços em volta de seu pescoço e os lábios pressionados nos dele.

A multidão aplaudiu novamente, e Brittany falou no microfone:
— Eu acho que ela disse sim.

**NOTÍCIA DE ÚLTIMA HORA:
ASHTYN VALOR DISSE SIM!**

CAPÍTULO 30

RHYS

Ashtyn seria minha esposa.

Quando corri para a arena após a primeira transmissão do show do intervalo, meu coração estava batendo acelerado. Kenny me deixou na área de carga da parte de trás e entrei às pressas. Trabalhar nesse meio tem suas vantagens, especialmente quando recebi um desconto pela sala vip da cobertura, então eu poderia ter todos os que eram importantes para nós ali, para presenciar o momento em que eu a pediria em casamento. Todos sabiam o que ia acontecer, mas quando tirei a cabeça do mascote, e Ashtyn viu que era eu, percebi que ninguém tinha dado com a língua nos dentes.

Ela ficou chocada.

Alguns pensariam que noivar seis meses depois de nos conhecermos pode ser um pouco precipitado. Mas quando você sabe... sabe, e, porra, eu não queria que mais um dia se passasse sem torná-la minha. Oficialmente minha.

Eu estava nervoso porque, embora tivéssemos comprado uma casa juntos, não tinha certeza se Ashtyn queria compromisso ainda. Havia uma chance de que, diante de mais de dezenove mil pessoas, ela pudesse esmagar meu coração. Graças a Deus, a resposta foi sim.

Patinei pelo gelo com Ashtyn nos braços, e quando saímos da pista, deixei-a sentada para que pudesse caminhar sobre as lâminas dos patins.

— Como você fez tudo isso? — Ashtyn perguntou, olhando para o anel de noivado, com um largo diamante incrustado de pequenos brilhantes em volta, assim como na borda superior da banda de ouro branco. Eu estava na dúvida se ela gostaria, mas o joalheiro disse que aquela aliança era chamada de "Centro do Meu Universo", e Ashtyn definitivamente era o centro de toda a minha galáxia.

— Conheço um cara que conhece um cara.

Ashtyn riu.

— Usando a minha fala de novo?

— Mas é verdade. — Sorri e peguei sua mão na minha. — Você sabe como essa aliança é chamada?

Ela balançou a cabeça, ainda olhando para o brilhante diamante.

— Centro do Meu Universo.

Ela olhou para mim.

— Sério?

— De verdade. Eu juro. Essa aliança tinha que ser sua, porque... Cupcake, você é o centro do *meu* Universo.

Ashtyn sorriu calorosamente.

— Não há nenhum outro lugar que eu queira estar.

Capturei seus lábios com os meus e a beijei até que eu tivesse que me controlar, porque tínhamos algumas coisas para resolver, e eu ainda vestia uma maldita fantasia de mascote. Pegando sua mão novamente, seguimos até o vestiário de Tommy Hawk e entramos. Ele estava sentado em um sofá, assistindo ao show do intervalo.

— Ei, cara.

— E então? — ele perguntou, ficando de pé. Ashtyn caminhou ao meu lado e acenou pra ele. — Certo. Parabéns!

— Obrigada — Ashtyn e eu respondemos.

Comecei a tirar a roupa e a entreguei a Tommy. Esse não era o nome verdadeiro dele, mas ninguém precisava saber. Só precisei de seu disfarce para executar meu plano.

— Jett parece estar fazendo um bom trabalho sem você — Ashtyn afirmou, assistindo à TV.

— Ele pegou prática quando fui baleado, lembra? — As sobrancelhas de Tommy franziram. — Eu sou durão.

— Está mais para sortudo — corrigiu Ashtyn.

Eu ri.

— É melhor eu continuar tendo muita sorte hoje à noite.

— Isso aí... — Tommy riu.

— Veremos. Você tem que voltar ao trabalho?

— Não. Jett está segurando as pontas.

— Tudo bem. Então vamos encontrar o nosso pessoal.

— Nosso pessoal já sabe. — Despedi-me com um aceno a Tommy.

— Verdade. Vamos mostrar-lhes meu anel!

Nos últimos seis meses, Ashtyn, sua mãe, minha mãe e as melhores amigas dela planejaram o nosso casamento. Ashtyn mencionou que tinha algumas ideias no *Pinterest* e as meninas ficaram loucas. Eu fiquei fora dessa. A única coisa que eu tinha a dizer era...

A quem eu estava tentando enganar? Eu não tinha que falar merda nenhuma, e estava muito bem com isso, porque a única coisa que me importava naquilo tudo era que eu ia me casar com Ashtyn.

Com o final da temporada, o *Blackhawks* foi para os *playoffs*, mas na final, eles não passaram pela segunda rodada e, portanto, não ganharam a Stanley Cup. Este ano, a temporada começaria intensa e eu esperava que fosse o ano deles. No meu tempo de folga entre o início dos jogos, passei os dias no campo de golfe com meus amigos, e as noites com minha noiva.

A vida era boa.

Eu tinha minha mulher, meus amigos, e Romi teve um bebê. Agora eu era o titio orgulhoso de uma garotinha que já estava louco para mimar. Romi e Shane lhe deram o nome de Margaret. Eu ia chamá-la de Maggie ou Mags. Já estava acordado entre nós.

Hoje, no entanto, eu estava fazendo de Ashtyn minha esposa. Nosso relacionamento foi intenso desde o início, mas com todos os eventos que enfrentamos, transformar Ashtyn em minha esposa, no dia do nosso aniversário de primeiro encontro, era perfeito pra caralho.

Corey ainda estava desaparecido, então, por motivos de segurança, Ashtyn e eu não tivemos as tradicionais despedidas de solteiro, porque não sabíamos do que ele era capaz. Não estava a fim de ser baleado de novo, e, com a minha sorte, mesmo que estivéssemos em um lugar lotado, não duvidava que ele fosse capaz de disparar uma arma.

Ter ficado com Ashtyn valeu a pena. Enquanto ela endereçava os envelopes, assistimos a vários filmes. Quando procurou por vestidos de noiva, online, estávamos aconchegados assistindo algum programa gravado. Quando ela fez a marcação de assentos da festa, cozinhamos o jantar juntos. E quando escolhemos nossa primeira música de dança, dançamos no quintal sob as estrelas.

A vida, definitivamente, era boa.

Especialmente hoje.

— Aqui. — Olhei no espelho do banheiro. Eu estava de pé e vi Kenny entrar. Ele estava segurando uma bebida. — Pensei que você poderia querer um 7&7.

— Obrigado. — Aceitei a bebida dele, tomei um gole e depois voltei a me olhar no espelho para endireitar a gravata preta. Aluguei uma suíte no *Westin*, próximo ao local do evento, e Kenny, Jett, Clark e eu estávamos usando para nos prepararmos antes de ir ao Museu do Esporte para que eu pudesse "me enforcar". Ashtyn estava em outra suíte, num andar diferente, se aprontando, embora seria ali, na minha suíte executiva, que nosso casamento seria consumado... a noite inteira.

— Você está nervoso?

— Eu deveria estar?

Kenny encolheu os ombros.

— Ouvi dizer que alguns homens ficam.

— Não eu, cara. Estou casando com a minha garota.

— Bem, então beba e vamos selar o seu destino.

Revirei os olhos para a piada e virei a bebida, pronto para começar o próximo capítulo da minha vida.

Ashtyn não só concordou em se casar em um Museu de Esportes, como a ideia partiu dela. Meu amor por esportes estava influenciando a minha mulher.

Os rapazes e eu entramos no Chicago Sports Museum, e fomos recebidos por um homem de terno preto.

— Sr. Cole. — Ele estendeu a mão. — Parabéns.

— Obrigado — agradeci, cumprimentando-o. — Kenny, Jett, Clark, este é Matt. Ele será responsável pela segurança esta noite.

Mais dois homens vestidos com ternos pretos saíram do Museu.

— Aqui dentro serão permitidos somente funcionários preparando o lugar e o pastor.

— Perfeito — respondeu Matt. — Estes são Noah e Liam. Eles vão me ajudar a ser "olhos e ouvidos" esta noite.

Ashtyn e eu, incluindo o pai e o irmão, Ethan, concordamos que deveríamos contratar segurança para hoje, apenas no caso de Corey ainda estar em Chicago. Era melhor prevenir do que remediar, e se isso significava seguranças contratados, então era o que eu faria.

— Impressionante.

— Vocês estão liberados para entrar agora. — Matt gesticulou para que entrássemos no museu.

No ensaio da noite anterior, Ashtyn e eu tínhamos passeado pelo local e já sabíamos como tudo funcionaria. Mas ver a decoração toda montada quando entrei, pareceu surreal. Havia exposições interativas, teríamos um *Open Bar* que atravessava o lago.

Era perfeito.

Andamos por entre as mesas que estavam dispostas ao lado das antiguidades e coleções. Cada mesa estava coberta por toalhas brancas e no centro havia um arranjo de rosas roxas com cheiro de lavanda. Velas decorativas rodeavam as flores, mas ainda não haviam sido acesas, e cada lugar marcado tinha um cartão dourado com o nome do convidado escrito em letras roxas. Estava lindo. As garotas tinham se superado.

Atravessei a pista de dança e fui para a parte de trás do prédio, onde as cadeiras estavam arrumadas na direção do Lago Michigan. Uma passagem com tecido branco separava os dois lados.

— Rhys — O pastor me cumprimentou, estendendo a mão.

Apertei a dele em um cumprimento firme.

— Mason.

— Bonitos ternos, rapazes.

Olhei para o paletó cinza escuro do meu terno alinhado. Abaixo dele, um colete no mesmo tom, camisa branca e uma gravata preta. Meus amigos estavam vestidos da mesma forma, exceto que, em vez de uma gravata preta, a deles era roxa, para combinar com o esquema de cores da Ashtyn, bem como os coletes roxos.

— Obrigado.

— Os convidados devem chegar em breve.

— Merda — murmurou Kenny, cortando Mason. — Eu quase esqueci. — Ele correu na direção em que entramos, e depois de alguns segundos voltou com uma pequena caixa nas mãos. — Coloque essa merda na lapela.

Peguei uma *boutonniere* que ele me entregou. Tinha lavanda seca e uma rosa roxa disposta em um embrulho. Fixei na lapela do paletó e meus amigos fizeram o mesmo.

— Como eu estava dizendo — Mason começou novamente — , os convidados devem chegar em breve. Sinta-se livre para escoltá-los até seus assentos.

Assentimos com a cabeça e voltamos para a entrada aonde calmamente conduzimos minha família e a de Ashtyn aos seus lugares.

Enfim, a hora chegou.

Os rapazes voltaram para o corredor, e uma melodia lenta começou a tocar. Eles voltaram a entrar com as damas de honra, de braços dados, dois de cada vez. Cada dama usava um vestido estiloso com as costas nuas, na cor berinjela, que combinava com as gravatas e coletes dos padrinhos. Nós não tínhamos uma florista ou pajem, então eu sabia que a próxima pessoa que eu veria seria a Ashtyn. Uma música diferente começou a tocar nos alto-falantes e o tempo parou. Eu não a conhecia, mas a mulher cantava sobre por quanto tempo ela amaria a pessoa. A resposta era que enquanto as estrelas estivessem acima deles.

Mas todas as outras palavras desapareceram assim que a vi.

Reparei em seu vestido branco tomara que caia que tinha babados na forma de rosas gigantes na saia. Agora eu sabia por que os homens não podiam ver o vestido antes que a noiva caminhasse até o altar. Elas estavam tentando nos matar. Ashtyn estava de tirar o fôlego e, porra, eu, literalmente, não conseguia respirar enquanto ela dava um passo de cada vez na minha direção, com o pai ao lado.

Isso realmente estava acontecendo?

Espero que ela não tropece.

Respirei fundo, tentando encher meus pulmões com oxigênio novamente, mas não estava funcionando. Ela era uma visão e tanto. Era minha melhor amiga, e não havia ninguém que eu gostaria de passar o resto da vida, senão ela. E assim seria.

Eu fui um verdadeiro filho da puta sortudo ao entrar no Judy's naquela noite.

Peguei a mão de Ashtyn de seu pai e beijei sua bochecha.

— Está tentando me matar, Cupcake? — eu sussurrei.

Ela franziu a testa e sussurrou de volta:

— O quê?

— Você tirou meu fôlego enquanto caminhava na minha direção. — Ela provavelmente pensaria que era uma cantada brega, mas eu realmente fiquei sem ar.

— Bem-vindos, família, amigos e entes queridos — começou Mason. — Estamos aqui reunidos hoje para celebrar o casamento de Ashtyn e Rhys. Vocês vieram para compartilhar esse compromisso formal que eles fazem um ao outro, para oferecer amor e apoio a essa união, e permitir que Ashtyn e Rhys iniciem a vida conjugal, cercados pelas pessoas mais importantes em suas vidas. Você, Rhys, aceita esta mulher como sua legítima esposa?

— Sem a menor sombra de dúvida. — Todos riram, e Mason olhou para mim. — Sim, cara. Aceito.

Ele balançou ligeiramente a cabeça e continuou:

— Você, Ashtyn, aceita este homem como seu legítimo esposo?

Ela sorriu e olhou diretamente nos meus olhos.

— Aceito.

Sorri de volta.

Mason continuou:

— Alguém se opõe à união deste casamento entre Rhys e Ashtyn? Fale agora ou...

— Eu me oponho, caralho!

Meu olhar virou-se para o som da voz e vi Corey no final do corredor apontando uma arma para mim.

Novamente.

CAPÍTULO 31

ASHTYN

Algumas noivas temiam que chovesse no dia do casamento.

Já eu temia morrer.

Também temia perder o amor da minha vida antes que pudéssemos eventualmente começar nossa vida juntos como marido e mulher. Estávamos a poucos segundos de oficializar nossa união, e agora eu estava a prestes a conhecer o destino desse jogo em que estávamos.

— Você tem que estar de sacanagem! — Rhys gritou, me puxando para ele.

Ouvi todos os que nos rodeavam gritando, cadeiras sendo jogadas no chão enquanto as pessoas se atropelavam tentando sair do caminho. Então, tudo pareceu acontecer em câmera lenta como se eu estivesse assistindo uma cena de luta épica na TV. Meu pai, que estava sentado na primeira fila, veio em nossa direção, enquanto Ethan, que estava sentado na segunda fila, virou-se e puxou a arma.

— Largue a arma! — Ethan ordenou.

Corey parecia desfigurado e drogado. Seu sorriso era diabólico.

— Não.

Eu não sabia como ele conseguiu entrar com três guardas de segurança, mas quando observei a forma como estava vestido, notei que era igual ao uniforme das pessoas que trabalhavam no evento. Ele usava a mesma calça preta e camisa branca.

— Eu disse, solte a porra da arma! — Ethan berrou novamente.

— E eu disse, não. Este idiota roubou tudo de mim.

— Se você não soltar a arma, eu vou atirar em você — afirmou Ethan.

— Você sabe o que é estar no caminho para uma bolsa de estudos, mas daí aparece alguém e, de repente, você se vê sentado no banco de reservas?

— Ele ainda está guardando mágoa do Ensino Médio — afirmou Rhys.

Que merda era essa? Então, isso não tinha nada a ver comigo?

— Sim, estou mesmo. Eu poderia ser jogador profissional agora, em vez de me esconder e dormir em albergue, fugindo dos policiais.

— Este é o seu último aviso — afirmou Ethan.

— Eu não me importo. Está na hora de Rhys aprender como é perder *tudo*.

Corey ligeiramente se virou e apontou a arma na minha direção, mas antes que pudesse disparar, um dos seguranças o derrubou no chão. A arma que ele segurava deslizou pelo chão, e Ethan correu para pegá-la.

Corey foi detido e restrito por dois homens da segurança, um de cada lado segurando seus braços, enquanto Ethan ligava para o 911.

A raiva fez meu sangue ferver. Eu não queria que esse homem pensasse que ele havia arruinado o meu dia.

Dia esse que levei seis meses planejando.

Que levei sete horas para me preparar.

O dia em que eu estava casando com meu melhor amigo.

Este não era o dia em que Corey Pritchett iria estragar, não importa o quanto ele tentasse.

Saí dos braços de Rhys e caminhei em sua direção, passando pelo meu pai que segurava minha mãe, assim como pelas pessoas que ainda estavam em seus assentos.

— Ashtyn! — Ouvi as pessoas gritarem.

Eu não parei enquanto caminhava apressadamente pelo tapete de linho branco. Seu olhar encontrou o meu e ele sorriu. Ele realmente sorriu. Isso só me deixou mais irritada. Alguns braços tentaram me agarrar, mas eu os afastei. Vagamente, também ouvi Ethan me chamar. Nada e nem ninguém me deteria. Eu era a noiva, e este era o meu dia.

Empurrei o peito de Corey com força e gritei:

— Eu vou te matar! — Braços estavam ao redor da minha cintura, mas continuei a acertar o peito de Corey. — Quem é você para aparecer aqui? Você atira no Rhys, foge e agora acha que pode aparecer aqui e o quê? Acabar o serviço?

— Eu planejei te matar, sua puta.

— Vocês dois nunca mais tinham se visto, exceto este ano, e agora, de repente, você tem uma vingança contra ele?

— Ashtyn — sussurrou Rhys, e percebi que eram seus braços tentando me afastar. Não me movi. Eu queria respostas.

Corey não respondeu.

— Responde! — gritei e dei e lhe dei uma bofetada.

— Vai se foder!

Dei-lhe um chute no saco.

Ah, me fez um bem enorme ver o Corey com dor. Ele tentou se dobrar, mas os guardas o mantiveram de pé. Os policiais entraram no salão e finalmente deixei Rhys me afastar dali.

— Já acabou, Cupcake. Ele vai para a prisão.

— Contratamos segurança pra nada... — Suspirei. Pelo menos eu poderia sair daqui hoje e não ter que me preocupar com Corey surgindo do nada... novamente.

— Vou falar com o coordenador e descobrir como ele conseguiu a vaga de trabalho e quando.

— Você ainda quer casar comigo? — perguntei, olhando para os olhos azuis de Rhys, não querendo que ele me deixasse.

Ele enrugou a testa em confusão.

— É claro que sim.

— E se fizermos isso agora?

— Está falando sério?

Estava. Talvez o choque ainda não tenha assentado, mas não permitiria que esse momento passasse.

— Estou.

— Vamos lá.

Rhys pegou minha mão e fomos até onde Mason estava conversando com nossos pais.

— Ainda vamos nos casar.

— Claro que vocês vão, querida. — Claire sorriu brandamente.

— Não. — Rhys balançou a cabeça. — Agora. Vamos nos casar agora.

Todos se assustaram com suas palavras e Mason ecoou:

— Agora?

— Agora — afirmei.

— Como? — Claire e minha mãe perguntaram ao mesmo tempo.

Olhei em direção a Ethan. Ele estava falando com os policiais.

— Deixe-me perguntar a Ethan.

Larguei o lado de Rhys e fui até Ethan.

— Ainda podemos nos casar?

— Precisamos colher o depoimento de todos.

— Eu imaginei, mas não podemos dar um jeitinho? Este é o meu casamento. — Uma lágrima começou a rolar pela minha bochecha. Porra, eu não podia chorar. Este era o dia do meu casamento... pelo menos eu esperava que fosse.

— Deixa eu ver o que posso fazer.

Eu o abracei e voltei para Rhys e para todos.

— Ele vai ligar para um cara que conhece um cara — brinquei.

Papai falou:

— Ele vai apenas confirmar com o policial que efetuou a prisão.

E foi o que ele fez.

— Todos serão interrogados na saída do casamento, ou podem fazê-lo durante a recepção. Durante a cerimônia, eles vão pegar as declarações dos guardas de segurança que você contratou e dos funcionários.

— Obrigada! — Abracei Ethan novamente.

— Tudo bem — disse Mason. — Vamos colocar todos sentados e começar de novo.

Rhys voltou-se para nossos amigos e familiares.

— Pessoal, se puderem voltem aos seus lugares, eu quero me casar com o amor da minha vida agora.

As pessoas hesitaram por uma fração de segundo, mas depois voltaram para a sala que parecia como se nada houvesse acontecido. Rhys me acompanhou de volta pelo corredor, e depois entrelaçamos nossas mãos, nos olhando nos olhos. As garotas e os rapazes retomaram seus lugares de cada lado de Rhys e o meu.

Mason limpou a garganta.

— Tudo bem, onde estávamos?

— Ninguém se opõe! — afirmou Kenny ao lado de Rhys.

Sorri baixinho e Rhys também. Pelo menos, conseguimos rir da situação. Ficamos calados enquanto Mason continuava:

— Vamos apenas ao que interessa, não é mesmo? — Nós assentimos. — Por favor, todos de pé. — Assim fizeram. — Vocês estão presentes aqui hoje, cercando Rhys e Ashtyn de amor, oferecendo-lhes a alegria de suas amizades e apoiando-os em seu casamento?

Todos disseram:

— Sim, estamos. — E Mason instruiu-os a sentarem-se de volta.

— Chegamos ao ponto da cerimônia onde vocês farão seus votos. Mas antes que o façam, peço que se lembrem de que o amor será o alicerce de um relacionamento duradouro e profundo. Nenhum outro vínculo é mais terno, nenhum outro voto é mais sagrado do que este que vocês irão realizar agora. Se puderem manter os votos que fizerem...

— Achei que íamos direto ao ponto? — Rhys perguntou, cortando Mason.

Eu ri comigo porque estava pensando o mesmo. Esta cerimônia foi, provavelmente, mais longa do que uma católica.

— Ok, então, digam seus votos. — Mason balançou a cabeça e sorriu.

Rhys sorriu para mim e instantaneamente fiquei nervosa porque nunca sabia o que poderia sair da boca dele. E eu estava certa.

Ele começou a cantar:

— *You came in like a wrecking ball...*

Todo mundo começou a rir, e eu revirei os olhos, mas ele continuou:

— Brincadeira! Mas, sério, Cupcake. Eu poderia cantar todas as canções de amor já escritas e nenhuma delas jamais conseguiria expressar o quanto eu te amo. Você é minha fatia do céu, meu infinito, meu universo, e nada mudará isso. Não é o louco de um *ex* — ele acenou na direção de onde Corey tinha feito sua grande entrada —, *stalkers*. Ninguém. Ninguém vai te tirar de mim. Hoje, amanhã e quando tivermos oitenta anos, ainda vou te amar. Eu te prometo que, quando eu estiver a sete palmos abaixo da terra, ainda vou te amar porque você, Ashtyn Valor, é minha vida e nada mudará isso.

Lágrimas começaram a deslizar pelo meu rosto de tão reais que eram suas palavras. Três vezes ele foi colocado numa situação que poderia ter acabado com ele a sete palmos abaixo da terra, e, apenas a lembrança disso era o suficiente para fechar minha garganta e impedir que eu falasse.

— Ashtyn? — disse Mason depois de alguns segundos.

Engoli em seco, e Rhys limpou minhas lágrimas, e apenas o seu toque foi o suficiente para me lembrar de que ele não foi tirado de mim e estava lá de pé à minha frente, confessando seu amor.

— Hoje e todos os dias, penso em quão sortuda eu sou, quando no ano passado, nós dois pensamos que o álcool era a resposta. Mas olhando para trás, não era essa resposta que afogaria nossas mágoas. A resposta foi nos encontrarmos. Você trouxe a luz que eu precisava para ver meu futuro, e aqui estamos, prestes a ser oficialmente marido e mulher, e tudo em que posso pensar é que nada pode mudar, porque estava destinado a ser...

Respirei e enxuguei as lágrimas que continuavam a cair.

— Para sempre nunca será suficientemente longo porque, enquanto houver estrelas no céu, eu vou te amar. Você poderá estar sete palmos abaixo, ainda me amando, mas eu vou estar bem ao seu lado. Sem você, eu não seria inteira, e juro que vou precisar de você enquanto eu estiver respirando.

— Vamos às alianças? — perguntou Mason.

Kenny e Jaime nos entregaram, cada um, as respectivas alianças, depois repetimos o que Mason disse sobre aquele ser o símbolo do nosso amor e colocamos as alianças na mão esquerda um do outro.

— Pelo poder do seu amor e compromisso, e do poder a mim conferido, agora os declaro marido e mulher. Você pode beijar a noiva!

Rhys deu um passo à frente, tomou meu rosto entre as mãos e me beijou como se não houvesse amanhã. Então festejamos como se nada tivesse acontecido com o Corey. Nosso bolo foi feito de cupcakes, é claro, e apesar de ter sido uma noite louca, eu finalmente era a Sra. Ashtyn Cole.

Exatamente onde o jogo encerrou.

EPÍLOGO

RHYS

Três anos depois

— Eu vou te pegar! — avisei, perseguindo em um círculo a criança gritando, que passava de nossa sala de jantar, pela cozinha, para a sala de estar, pela entrada e depois de volta à sala de jantar.

Dylan gritou e riu da resposta.

— É melhor correr — avisei novamente.

— Papai! — Dylan riu de novo. — Não!

Eu estava tentando dar um cansaço na pequena bola de energia, porque Ashtyn e eu tínhamos um casamento para ir e minha mãe viria para ficar com ele essa noite.

Kenny e Abby estavam dando o grande passo. Kenny levou dois anos para fazer o pedido, e fiquei surpreso por não ter feito isso antes, mas eles não estavam na montanha-russa de alta velocidade que eu e Ashtyn estivemos. Não acho que alguém seguiria o nosso exemplo, mas eu não mudaria nada.

Corey foi para a prisão e pegou trinta e sete anos por tentativa de assassinato. Ashtyn atualmente era a principal apresentadora do noticiário do horário nobre, e este que vos fala, agora tem oito *Emmy*, enquanto Ashtyn tem dez, mas quem está contando? Dois meses depois de nos casarmos, ela ficou grávida de Dylan. Agora esperamos outro. Eu estava torcendo por uma garotinha porque Romi não estava planejando ter mais filhos. Ethan e Carter só tinham meninos, e a minha mãe e a de Ashtyn nos imploravam, vez ou outra, por outra neta, como se eu pudesse conversar com meu esperma e dizer-lhes que seria melhor produzir um bebê com uma vagina ou algo assim.

— Tudo bem, fedorento. É hora de tirar uma soneca para que eu possa tomar banho com a mamãe.

— Banho. Mamãe?

Peguei-o no colo e comecei a subir as escadas.

— Estamos economizando água, amigo, porque você está tentando acabar com a comida da geladeira e da despensa. Você precisa arranjar um emprego.

Dylan riu.

— Eu sei. Seu velho é engraçado.

— *Englaçado!* — ele concordou.

Coloquei Dylan no berço.

— Seja um bom menino e vá nanar, tá bom?

Ele olhou para mim e começou a se sentar.

— Não, não. Feche seus olhos e quando você abrir de novo, depois de acordar, vovó estará aqui.

— Vovó?

— Sim, amigo. Tio Kenny e tia Abby estão se casando hoje, e eu preciso ter certeza de que ele não vai amarelar como um franguinho.

— Comer *flanguinho*.

Eu ri.

— A vovó vai fazer pra você no jantar. Tire uma pequena soneca, tá bom? — Entreguei seu ursinho de pelúcia marrom. — Boo Bear está com sono. Tire um cochilinho com ele.

Dylan se aconchegou mais perto de Boo Bear e depois fechou os olhos. Eu não tinha certeza se foram minhas palavras, o maldito urso, ou o fato de que eu o persegui pela casa por dez minutos. De toda forma, consegui um tempo para economizar água.

— Precisamos nos apressar — informei a Ashtyn, entrando no chuveiro atrás dela.

— Estou pronta — ela respondeu e me empurrou até eu estar sentado no assento embutido dentro do boxe. — Mas você, não.

Nós dois olhamos para baixo, para a minha virilha.

— Nada que a sua boca não possa consertar.

Ashtyn sorriu e sem mais nenhuma palavra ficou de joelhos e agarrou meu pau. Que começou a endurecer imediatamente. Ela sugou. Lambeu. Fez alguns movimentos com a ponta da língua sobre a cabeça, e com certeza, agora eu estava duro.

— Não estamos economizando água — apontei.

— O quê? — ela perguntou, meu pau saindo de sua boca.

— Nada. Chupe, baby. Chupe.

Ashtyn voltou à tarefa, passando a língua na parte inferior do meu eixo. Ela acrescentou a mão, acariciando-me em sincronia com o balanço de sua cabeça.

— Poooorra... — gemi e encostei a cabeça na parede de azulejos.

— Mmmm — ela gemeu, enviando uma vibração do meu pau direto para as bolas. Ashtyn agarrou meu saco e começou a massagear. Eu estava cada vez mais perto de gozar, mas então ela parou. Sem dizer uma palavra, levantou, empurrou meus quadris e então se guiou para baixo sentando no meu pau.

Pele com pele.

Melhor sensação no mundo inteiro.

A primeira vez que Ashtyn me deixou penetrá-la sem preservativo estávamos em nossa lua de mel. Ela perguntou o que eu achava sobre transformar um dos quartos da nossa casa em quarto de bebê, e eu caí dentro. Naquela tarde – e o resto da nossa lua de mel no Havaí –, gastamos tentando fazer o Dylan. Não o concebemos nessa viagem, mas dois meses de tentativa me permitiram desfrutar de nove meses sem o látex. Depois que Ashtyn teve Dylan, ela passou a usar a pílula, e apenas cinco meses atrás decidimos tentar ter outro bebê.

Quando se experimenta, não se quer outra coisa.

Agora, quando olho para os nossos quadris unidos, sua pequena barriga protuberante, o orgulho começa a avolumar-se no meu peito. Eu não sou muito de chorar – não derramei uma lágrima quando fui baleado, mas no dia em que Dylan nasceu, chorei como um bebê.

— Sim, baby — incentivei.

Ashtyn estava balançando para frente e para trás fazendo meu pau entrar profundamente nela. Seus peitos estavam saltando na minha cara, e eu me agarrei a um deles, precisando prová-la. Qualquer parte dela. Não tinha importância. Adorava cada centímetro desta mulher.

— Estou perto — ela ofegou.

— Eu também — respondi e agarrei sua bunda, espalhando-a ainda mais.

Ela gemeu no meu pescoço e gozou quando se inclinou para mim. Segui logo atrás, derramando meu gozo em sua boceta como um creme recheando um *cupcake*. Até hoje, não consigo olhar para um *cupcake* e não pensar em Ashtyn Cole, minha esposa, minha alma gêmea.

Abby agora era, oficialmente, a Sra. Kenny Blackwell.

Ninguém se opôs à sua união, e agora, depois do jantar, Ashtyn e eu estávamos dançando no salão antes de irmos para casa. O DJ começou a tocar *When a man loves a woman* de Percy Sledge e, enquanto Percy cantava as palavras que eu sentia no meu coração sobre Ashtyn, nós balançávamos nossos quadris pressionados juntos.

— Você se lembra do eu te disse na noite em que nos conhecemos? — perguntei em seu ouvido.

Ela levantou a cabeça do meu ombro.

— Você me fez muitas perguntas, mas ao quê, exatamente, você está se referindo?

Sorri calorosamente. *Não é divertido como a vida muda?* Um minuto você quer afogar sua raiva no álcool, e no próximo, encontra a pessoa que se torna a sua razão para respirar. A pessoa que é o centro do seu Universo.

— Eu te disse que um dia você faria um homem realmente feliz. E sabe de uma coisa?

— O quê?

— Você faz.

FIM

CONCERTO DE AMOR DE RHYS

I met a girl – William Michael Morgan
One call away – Charlie Puth
Not a bad thing – Justin Timberlake
Truly madly deeply – Savage Garden
I can love you like that – John Michael Montgomery
Little things – One direction

NOTA DA AUTORA

Queridos leitores,

Espero que vocês tenham gostado de *Use-me*. Se puderem fazer a gentileza de deixar um comentário onde você comprou esse livro, assim como no Goodreads, ou Skoob, eu ficaria muito grata. Comentários honestos ajudam outros leitores a encontrar meus livros e este apoio significa o mundo para mim.

Assine o meu blog, receba a newsletter ou ambos para manter-se atualizado de todos os meus lançamentos. Você pode encontrar os links no meu site em www.authorkimberlyknight.com. Você também pode me seguir no Facebook em www.facebook.com/AuthorKKnight.

Até breve, queridos.

Kimberly

AGRADECIMENTOS

Eu sempre começo pelo meu marido, já que ele tem me apoiado nessa jornada. Este último ano você trabalhou intensamente para que eu pudesse me dedicar ao meu sonho. Agradeço todos os dias que o *eHarmony* nos uniu tantos anos atrás. Eu te amo, você sabe, não é?

À minha revisora, Jennifer Roberts-Hall: Você é a melhor! Eu sei que isso é curto e grosso, mas é a verdade! Você sabe como me tornar melhor.

À minha melhor amiga, Lea Cabalar: Obrigada por fazer todo o meu trabalho pesado para que eu tenha tempo para escrever. Sinto sua falta. Vamos fazer uma viagem só de garotas em breve?

À Cristiane Saavedra: Obrigada, do fundo do meu coração por tudo o que você tem feito por mim. Você é uma verdadeira amiga e sou muito feliz porque um personagem fictício nos aproximou. Mal posso esperar junho para conhecê-la pessoalmente.

Às minhas alfas betas, Carrie Waltenbaugh, Kerri McLaughlin, Kristin Jones, Stacy Nickelson and Stephanie Brown: Obrigada por todas as horas em que vocês dedicaram a transformar essa história na melhor possível e por me dizerem quando minhas ideias são uma droga. De verdade, eu não poderia ter escrito esse livro sem vocês.

Às minhas betas, Jill e Keri: Obrigada por fazerem essa história ter sentido. Eu agradeço pelo tempo que vocês levaram e pelo feedback!

A todos os blogueiros que participaram da revelação de capa. Blitz de lançamento e blog tour de resenhas, muito obrigada! Sem vocês, eu não faço ideia de onde eu estaria. Vocês sempre me deram uma chance e aos meus livros, sempre, e não consigo externar minha gratidão.

A Richard Allen, Veronica Eichman and Lindsey Wheeler: Obrigada por me permitirem usar seus cérebros para tornar a história o mais verossímil possível.

A Jeremy Roenick: Espero que você não se importe por eu tê-lo usado em meu livro. Provavelmente você nunca o lerá, mas apenas saiba que sou grata por ter tido a chance de vê-lo jogar hóquei.

E finalmente, aos meus leitores: Obrigada por acreditarem em mim e darem uma chance aos meus livros todas as vezes. Sem vocês, eu não continuaria escrevendo e vivendo meu sonho.

SOBRE A AUTORA

Kimberly Knight é autora BEST-SELLER USA TODAY e vive nas montanhas, perto de um lago, com o marido amoroso e o gato mimado, Precious. No tempo livre, ela gosta de assistir aos seus programas de TV favoritos, assistir os Giants San Francisco vencer a World Series e o San Jose Sharks vencer o time adversário.

Ela também lutou contra um câncer desmóide por duas vezes, o que a deixou mais forte, tornando-se uma inspiração para os seus fãs.

Agora que mora perto de um lago, está empenhada em ganhar um belo bronzeado, bem como passar mais tempo ao ar livre observando caras gostosos praticarem esqui aquático. No entanto, na maior parte do tempo, se dedica à escrita e leitura de romances e ficção erótica.

www.authorkimberlyknight.com
www.facebook.com/AuthorKKnight
twitter.com/Author_KKnight
pinterest.com/authorkknight
Instagram: KimBrulee10

OBSERVE-ME

Da autora internacional bestseller do USA Today, conheça o thriler que te levará para dentro da mente de um serial killer.

Ethan Valor pensava que tinha tudo com a carreira que sempre sonhou, além da família perfeita em casa. Porém, quando sua esposa inesperadamente pede o divórcio, ele tem que se mudar para o apartamento da sua irmã.

Precisando de uma bebida depois de uma longa jornada de trabalho na delegacia, Ethan decide tomar uma dose no bar próximo onde mora, conhecido, pela família, como um lugar que costuma formar casais. Ou, no caso dele, trazer o primeiro amor de volta.

Reagan McCormick voltou para Chicago depois de vinte e três anos longe. Divorciada, e com a filha já na faculdade, era hora de Reagan focar naquilo que a fazia feliz. Querendo fazer novos amigos e ganhar um dinheiro extra enquanto estuda, ela acaba aceitando um trabalho de bartender. O passado explode em sua vida certa noite, provando que voltar à cidade dos ventos foi a melhor decisão que havia tomado.

O que Ethan and Reagan não esperavam era o quão fácil seria recomeçar, juntos. Ou que suas carreiras acabariam se cruzando perigosamente...

Quando um serial killer ataca a cidade perigosa, Ethan fará de tudo para manter Reagan em segurança. Mas quão seguros eles estariam quando havia alguém sempre à espreita?

O jogo do amor nunca para...

E o deles... estava apenas começando.

EM BREVE...

A The Gift Box é uma editora brasileira, com publicações de autores nacionais e estrangeiros, que surgiu no mercado em janeiro de 2018. Nossos livros estão sempre entre os mais vendidos da Amazon e já receberam diversos destaques em blogs literários e na própria Amazon.

Somos uma empresa jovem, cheia de energia e paixão pela literatura de romance e queremos incentivar cada vez mais a leitura e o crescimento de nossos autores e parceiros.

Acompanhe a The Gift Box nas redes sociais para ficar por dentro de todas as novidades.

 www.thegiftboxbr.com

 /thegiftboxbr.com

 @thegiftboxbr

 @GiftBoxEditora